Caroline Rosales

DIE UNGELEBTEN

Caroline Rosales

DIE UNGELEBTEN

Roman

Ullstein

Besuchen Sie uns im Internet:
www.ullstein.de

Wir verpflichten uns zu Nachhaltigkeit
- Papiere aus nachhaltiger Waldwirtschaft und anderen kontrollierten Quellen
- Druckfarben auf pflanzlicher Basis
- ullstein.de/nachhaltigkeit

MIX
Papier
FSC FSC® C014496

ISBN: 978-3-550-20214-8

Gesetzt aus der Dante MT Pro
Satz: LVD GmbH, Berlin
Druck und Bindearbeiten: GGP Media GmbH, Pößneck
Printed in Germany

Im Andenken an Klaus Lemke,
der mich zu allem fähig gemacht hat

»Aber ich glaube fast, wir sind allesamt Gespenster, Pastor Manders. Es ist ja nicht nur, was wir von Vater und Mutter geerbt haben, das in uns herum geistert; auch alte, abgestorbene Meinungen aller Art, alte, abgestorbene Überzeugungen und Ähnliches.«

Helene Alving in Henrik Ibsens »Gespenster« (1881)

eissorten die es nicht mehr gibt, wenn die boomer tot sind:

- *Malaga*
- *Amarena Kirsch*
- *das sogenannte ewige Eis der Antarktis*
- *gletscher in den alpen*
- *das emotionale Packeis, das sich zwischenmenschlich aufgebaut hat, weil unsere Väter keine Gefühle zeigen konnten*
- *After Eight*

Julian @huchwertig, X

Prolog

Nullpunkt

IN TEICH EINGEBROCHEN:
Vierzehnjähriger Junge von Passanten gerettet

Rosenberg v. d. H. (ch) In Rosenberg spricht man von der mutigen Rettungstat von zwei Einwohnern, die am vergangenen Donnerstag einem vierzehnjährigen Jungen das Leben gerettet haben. Auf dem Heimweg von der Schule kam Paul Schliemann zusammen mit einer Freundin auch am zugefrorenen Rosenberger Teich vorbei, wo die beiden herumtollten. Dabei geriet Paul plötzlich in eine offene Stelle und fiel ins eiskalte Wasser. Zum Glück kam gerade Frau Regina Kirchler, die Mutter des Mädchens, hinzu (sie suchte nach ihrem Sprössling) und sah das Unglück. Sie lief sofort zur Unfallstelle. Eduard Regel, ein anderer Rosenberger Einwohner, hatte von seinem Auto aus ebenfalls den Vorfall beobachtet, sprang aus seinem Wagen und barg mit Frau Kirchler den Vierzehnjährigen aus dem eiskalten Teich. Der Junge wurde vor dem sicheren Tod gerettet.

Wetterauer Kreiszeitung, Dezember 1996

Kapitel 1

Für mich soll's rote Rosen regnen

»I know who I was when I got up
this morning, but I think I must have
changed several times since then.«

Lewis Carroll, *Alice's Adventures in Wonderland*

Es gibt Eltern, die sind so hungrig, so leer, dass sie ihre eigenen Kinder essen. Jennifer Boyard dachte eines Morgens an diesen Satz, den sie irgendwo gelesen hatte, wollte ihn aber lieber gleich wieder vergessen, weil sie ihn zynisch fand. Meine würden schmecken, dachte sie dann doch noch weiter. Und wunderte sich über ihre eigenen Gedanken. Meine wären süß wie Popcorn, hätten vielleicht sogar eine Vanillenote. Ihre, ja, ihre Kleinen hatten immer saubere Fingernägel, duftende Haare, und wenn sie aus dem Kindergarten oder der Schule kamen, brachte sie alle drei sofort in die Badewanne, sodass sie weniger nach der Welt da draußen, sondern wieder nach ihr, nach Zuhause, nach Shampoo und Nichts rochen. Selma rutschte auf einem froschgrünen Töpfchen sitzend vor ihr auf dem Badezimmerboden herum. Sonnenlicht wurde grell von den Kacheln reflektiert und ließ Jennifer fast erblinden.

»Fertig«, schrie Selma und hob ihr Töpfchen in die Höhe. Die Flüssigkeit in dem Plastikbehälter bewegte sich gefährlich nach links und rechts an die Ränder. Jennifer reagierte blitzschnell und lobte ihre Tochter überschwänglich – zu laut.

»Das hast du so toll gemacht, meine Große. So super.«

Sie kippte den Urin aus dem Töpfchen ins Klo aus und stellte es in die Badewanne, wickelte Baby Selma mit extra viel weißer Wickelcreme, rief zu Laura und ihrer Freundin Peppa ins Wohnzimmer, dass sie den Fernseher doch bitte, bitte leiser machen sollten.

Ihre Neunjährige brüllte zurück: »Nö.«

Es war alles so zwecklos. Dabei war man doch mal vielleicht jemand gewesen. Jennifer bekam kaum die Augen auf. Sie zwang sich dazu, etwas mehr Positivität zuzulassen. Sie atmete ein und aus, aber ihr Brustkorb fühlte sich an, als wäre er aus Blei. Wie aus einem schweren Metall, das es ihr unmöglich machte zu atmen. Sonntagmorgens war sie oft melancholisch, ohne den richtigen Grund dafür zu kennen. Sie schaute in den Spiegel. Langes hellblaues Baumwollnachthemd von Maison Margiela, die blonden Haare fielen ihr über die Schultern. Sie sah nicht übel aus. Nicht übel für vier Stunden Schlaf. Sie würde sich bitten, sich selbst schön zu finden, etwas Menschlichkeit für sich selbst zuzulassen. Denn darauf kam es doch an. Dass man sich liebte und akzeptierte. Auch wenn die Welt einen nur noch als Mutter wahrnahm. Der eigene Mann nicht mehr hinschaute, außer wenn er sehr explizit Sex brauchte. Die eigene Familie, außer es war etwas zu Bruch gegangen oder jemand blutete. Der eigene Vater, außer es ging um die Firma. Sie musste sich selbst lieben, sagte sie sich immer wieder laut und deutlich in Gedanken vor, denn damit fing ja schließlich alles an.

Jennifer nahm ihr Smartphone mit der bunten Kordel, setzte sich aufs Klo. Durchfall platzte aus ihr heraus. Sie versuchte, selbst darin das Gute zu erkennen. Wenigstens funktionierte ihre Verdauung. Ihre Darmflora war im Gleichgewicht, und das ist doch immerhin etwas, dachte sie. Ihr Magen krampfte sich zusammen, aber das musste nichts heißen. Sie schaute auf ihr Telefon.

Eine Nachricht von ihrem Vater Bernd blinkte auf. Sonntags um 7.23 Uhr.

»Ich brauche Betreuung.«

»Oh nein. Zwanzig Minuten, Papi. Hab Dich lieb, Bussi«, textete sie zurück.

»Jetzt, sofort«, schrieb er wieder.

Er soll nicht warten, dachte sie. Er soll nicht warten, denn das ist nicht gut für Papis Nerven. Er war doch ein älterer Mann. Aber sie brauchte einen Moment. Diesen einen Moment für sich.

Jennifer riss an der Klopapierrolle, doch ihre Finger erwischten nur winzige Fetzen. Dann musste es eben ein Windelfeuchttuch tun. Danach bürstete sie das Klo aus. Und spülte nach. Andere Leute hatten eine WhatsApp-Gruppe für die ganze Familie. Texteten und schickten sich Witze und Fotos von Nudelsalat-Nachmittagen und Babys auf Krabbeldecken. Mit dem Opa und der Tante. Papi mochte keinen Small Talk. Keine lustigen Grüße aus dem Schwarzwald oder aus Italien von der Familie. Es erinnerte ihn daran, dass seine Kinder zu wenig arbeiteten und zu viel von seinem Geld lebten. Bernd war leider oft unbeherrscht und nie zufriedenzustellen. Er liebte es, laut zu werden. Und das Schweigen der anderen, wenn er mit der flachen Hand auf den Tisch schlug. Wenn er dann einlenken konnte, um wieder den gut gelaunten Daddy zu spielen, mit dem halt auch mal die Pferde durchgingen. Man musste Verständnis für ihn haben. Man musste Verständnis für ihn haben, weil die ältere Generation nicht ewig präsent sein würde, und dann würde man alles bereuen, was man jemals in einem Anfall der Unbeherrschtheit oder aus bloßer Ungeduld zu ihm gesagt hätte, und weil sein Lebenswerk Respekt verdiente. Papi hatte sein Leben gegeben, damit Jennifer ein gutes Auskommen hatte. Papi hatte auf viel verzichtet. Das würde sie ihm nicht vergessen. Und dafür war sie immer die Frau in seinem Leben gewesen. Seine Prinzessin. Und er der weltbeste Papi.

Jennifer ging mit Selma im Arm nach unten in die Küche ihres Hauses. Sie setzte ihre Tochter in die Babywippe. Gobi bellte. Gobi war ein guter Hund. Er machte das nicht, um sie zu ärgern. Er wollte nur zeigen, dass er noch da war. Sie brachte ihn in den Garten und fütterte ihm wenig später halb Pute, halb Rind, wie er es mochte. Draußen war es winterlich kalt. Auf dem Natursteinboden auf der Terrasse hatten sich über Nacht winzige Schneekristalle gebildet. Während Jennifer Matchbox-Autos im Flur aufsammelte, rief sie ihren Vater zurück. Es klingelte. Er ließ sie warten. Er zog immer nur sie ins Vertrauen, hatte sie vor zwei Jahren in die Firma geholt. Ihre Familie war ein Clan, wie es ihn in dieser Konstellation heute oft gab, in Berlin, im Taunus, in Bogenhausen, auf Sylt oder in Potsdam. Der Vater war ein begabter Aufsteiger, der sein Leben lang hart gearbeitet hatte und erfolgreich gewesen war, die Fußstapfen, die er einmal hinterlassen würde, zu groß für die Kinder. Seine Söhne musterte Bernd manchmal, als wären sie Verlierer. Steinreiche Verlierer. Als Bernd nach dem zehnten Klingeln dranging, war sie erleichtert. Es war ein Machtspiel. Das Warten. Aber so war es nun mal. Niemand wusste das besser als sie.

»Hör mal, Jenni, die Mia Pralala, die geht mir auf die Nerven. Einen Tag ruft sie mich an und sagt: Bernd, lass uns die Welt einreißen. Am nächsten Tag klingelt sie mich vor ihrem Konzert heulend aus ihrem Hotel an. Krieg das doch bitte hin mit der.«

Jennifer atmete langsam ein und aus, wie es Sven, der Yogalehrer in ihrer Morning Class, immer teachte.

»Vater, sie will doch eh nur mit dir sprechen.«

»Das stimmt nicht. Hast du gesehen, Mia Pralala auf der Eins? Schön, gell?«

»Ja, habe ich dir aber auch schon am Freitag gesagt, dass es mit der Eins klappt.«

»Gut. Klärst du das?«

»Ja, Papa.«

Jennifer legte auf.

Sie kannte ihren Vater. Jetzt, nach einem Blick auf die Zahlen und Quoten, würde Bernd aufstehen und Beruhigungstabletten nehmen, sich aber dann so in Rage denken, dass er sich bereits am Mittag übergeben musste. Er würde alle möglichen Leute anrufen und natürlich doch mit Mia telefonieren, er würde versuchen, sie zu überzeugen, ohne im Geringsten zu verstehen, was eigentlich ihr Problem war. Bernd, Sohn eines aufrechten Schreiners und Soldaten mit Parteibuch, hatte sich gegen den Willen seines alten Herren ins Musikgeschäft gekämpft. Eine Branche, die aus Nazi-Opas Sicht nur aus Nutten und Tagelöhnern bestand. Doch der Sohn setzte sich durch. Baute ein Imperium aus Schlager-Schallplatten und -CDs auf. Er war sich nie zu fein gewesen, im Büro das Geld der Handkasse selbst zu zählen. Auf Tour zu gehen, in

Mehrzweckhallen mit schmutzigen WCs. Den Ablaufplan von Schlager-Fernsehshows selbst auf der Schreibmaschine zu tippen und dann für alle aufs Fax zu legen. Mit den Beleuchtern nach den Auftritten auf dem Lkw Bier zu trinken. Bei den ewigen Abendessen mit Musikproduzenten in Dresden oder im Bierzelt an der Donau immer neue Deals zu verhandeln. Wie sollte so jemand verstehen, worum es den Mias, den Sängerinnen, denen alles vorgekaut wurde, in dieser Branche ging?

Um kurz nach halb neun saß Jennifer an der Marmortheke in der Küche und las ihre Mails. Die Buchstaben tanzten vor ihren Augen. Ihre Vitaminwerte waren alle top, hatte die Ärztin gesagt. Nur der Körper sei erschöpft. Deshalb der Schwindel. Deshalb die Stimmungsschwankungen. Konnte aber auch hormonell bedingt sein. Während Jennifer eine Mail zur neuen Hallentournee von Marie Schiffer öffnete, fuhr Jonah mit seinem Bobbycar ihr über die nackten Füße.

»Mensch, Jonah, das tut doch weh.«

Jennifer versuchte, sich den Schmerz aus dem Fuß herauszumassieren.

Ihr stiegen unvermittelt Tränen in die Augen. Das war sicher nur ein kurzer emotionaler Schub, der gleich wieder vorbei sein würde. Ihr Dreijähriger im Dino-Pyjama kletterte ungelenk auf ihren Schoß. Seine Knochen auf ihren Knochen. Eines Tages sind wir alle tot, dachte Jennifer. Und dass an ihrem Sohn Jonah nichts dran war. In seinen zarten Brustkorb eingeschlossen, wie ein kleiner Ballon, seine aufgeblasene Lunge. Frühkindliches Asthma. In der 33. Woche geboren. Intensivmedizin. Atemaussetzer. Wärmebettchen. In der Neonatologie trugen die Babys farbenfrohe, von älteren, alleinstehenden Frauen gestrickte Schlafsäckchen. Manche nahmen sie mit nach Hause, andere für die Bestattung. Sie setzte ihren Sohn auf dem Boden ab und holte den Pari Boy aus dem Bulthaup-Küchenschrank und ließ ihn inhalieren, während sie weiter ihre Mails las. Das blaue, blubbernde Gerät mit Atemmaske versteckte sie wie die meisten Eltern vor den Augen anderer, denn das Kind, das eigene Kind, war doch gesund. Jonah hielt still, weil Jennifer im unteren Bildschirmfenster *Feuerwehrmann Sam* laufen ließ. Sie sah sich selbst von außen und dachte, dass Jonah und sie wohl ein zeitgenössisches Mutter-Sohn-Porträt ergaben.

Jonah röchelte auf Jennifers Schoß. Die Kaffeemaschine drohte überzulaufen. Selma weinte, weil sie aus der Babyschaukel wollte. Sie würde gleich aufhören, wie sie es immer tat. Sie würde aufhören, auch das hatte Jennifer irgendwo gelesen, weil Selma das dritte Kind war und von Geburt an gelernt hatte, dass ihr Weinen oft unbeantwortet blieb, weil alle, wirklich alle Besseres zu tun hatten, als das Baby zu bespaßen. Beim dritten Kind wusste eine Mutter, was ein Baby dringend brauchte. Beim dritten Kind wusste eine Mutter, dass es nicht gleich sterben würde, wenn es nicht seinen Willen bekam. Diese Gleichzeitigkeit aller Dinge brachte Jennifer manchmal um den Verstand. Die Geschäfte, Mia Pralala und dieser YouTuber Paluten, den die Mädchen gerade in der ersten Etage, der Wohnetage, auf dem großen Fernseher schauten und der sie latent aggressiv machte. Seine Clips waren für Jugendliche und Laura gerade erst mal neun Jahre alt, niemals las sie Bücher, sondern war ihrem Handy verfallen.

Jennifer schaltete das Inhalationsgerät aus.

»Alles gut, Schatz?«

Das kleine dünne Wesen mit dem großen Kopf und den blonden Haaren nickte ihr zu. Jetzt wollte Jonah Coco Pops essen. Müde ging sie zum Regal und holte eine XXL-Packung der Cerealien aus dem Schrank. Max kaufte diesen Müll, der keine Nährstoffe und nur Zucker enthielt. Er kaufte ihn, weil er seine ganze Kindheit über Coco Pops gegessen hatte und diese Angewohnheit, ohne nachzudenken, auf seine Kinder übertrug. Hatte es ihm geschadet? Nö. Und Jonah liebte die gezuckerten Pops. Jennifer hatte aufgegeben. Ohne hinzusehen, schüttete sie die Schokobällchen in eine Schale. Laura und ihre Freundin Peppa kamen gelangweilt die Treppe herunter. Laura stieß ihren Bruder, der gerade seine Müslischale mit noch mehr Pops befüllen wollte, in die Seite und schnappte sich die Packung. Jonah schrie wie ein Wahnsinniger, warf sich auf den Boden und schlug seinen Kopf gegen den Terrazzostein. Dann stand er wieder auf und rannte auf seine ältere Schwester zu. Er griff nach der Packung und Lauras Haaren. Laura schrie hysterisch auf, wie sie das neuerdings immer tat, als imitiere sie eine Serienfigur. Als imitiere sie eine dieser Tussis aus einer ihrer Teenie-Serien, die sich vor Spinnen, Dreck und kaltem Wasser fürchteten.

»Ich bringe dich um, Jonah«, schrie Laura. »Das war mindestens eine ganze Strähne.«

Bevor die Packung explodierte, riss Jennifer sie den streitenden Geschwistern aus der Hand.

Laura schluchzte einen kurzen Moment über ihre ausgerissenen Haare, aber dann überlegte sie es sich anders.

»Mama, dürfen Peppa und ich auf der Straße rollerbladen?«

Jennifer spürte wieder diesen Schwindel. Diese Traurigkeit, dass ihre älteste Tochter alle diese Möglichkeiten hatte, für die sie keine Kraft aufbringen konnte. Sie würde niemals Rollschuhfahren lernen, denn dafür war es mit einundvierzig Jahren einfach zu spät. Und das war auch gar nicht schlimm. Denn es war normal, dass die Kraft einer Frau irgendwann nur noch in das Leben der anderen floss. Dass es da ein Baby, ein Kind, einen Vater, einen Mann oder einen alten Hund gab, der es notwendig machte, jede Selbstbezogenheit aufzugeben und etwas weicher zu werden.

»Aber ihr müsst Jacken anziehen.«

»Nein.«

»Dann geht es nicht.«

»Doch.«

»Ihr geht nicht ohne Jacken raus.«

»Tschüss, Mama.«

Mit einem Knall fiel die Haustür zum Vorgarten zu.

Jennifer wischte die heruntergefallenen Coco Pops vom Boden auf. Jonah stand mit hängenden Armen neben ihr und weinte leise. Sie wischte, und es nahm kein Ende. Sie wischte so gründlich, so lange, als würde der Fortbestand ihrer Familie davon abhängen. Zunächst trocken. Dann mit angefeuchtetem Küchenpapier, dann wieder trocken. Die klebrige Pampe aus Zucker, Weizen, Hundehaaren und Kuhproteinen wurde langsam kleiner. Wenn sie sich anstrengte, wenn sie ihren Körper fühlte, konnte Jennifer oft nicht begreifen, was in den vergangenen Jahren passiert war. Dass ihr Körper eine wahnsinnige Metamorphose durchgemacht hatte, die jeder vernünftige Mensch, und sie zählte zu den vernünftigen Menschen, nicht allen Ernstes ohne Beschädigungen, ohne lange Erholung verkraften würde. Sie hatte drei Kinder aus sich herausgepresst und mit Muttermilch aufgezogen, und nun war es an ihr, zumindest den optischen Schaden zu beseitigen.

Abgerissene, vertrocknete Haarspitzen, hängende Brüste, der Bauch weich wie Quark, da half allerdings kein Crossfit mehr. Da musste der Chirurg ran. Bauchdeckenplastik, Brustvergrößerung, ein Mommy-Makeover, für rund fünfzehntausend Euro am Ku'damm zu haben. Nach sechs Wochen konnte man wieder laufen und die kleinen Kinder hochheben. Das hatte ihr Ariane, eine Mutter aus dem Kindergarten, erzählt. Jennifer hatte aber keine Zeit und keinen unbedingten Willen für den Ku'damm. Sie hatte zwar einen siebenstelligen Kontostand und das dringende Bedürfnis, in dieser oberflächlichen Branche sehr gut auszusehen, aber sie hatte auch Bernd als Vater, der das Leistungsprinzip auf Lebenszeit gepredigt hatte, seitdem sie drei Jahre alt war, und nicht gewollt hätte, dass sich seine Tochter operierte, weil die Operierten und Gebotoxten die Schlagersängerinnen waren und völlig stillos. Ein reich geborener, aber bescheidener Mensch fastete, trieb Sport, nahm kalte Duschen.

Mit einer zweiten Rolle Küchenpapier putzte Jennifer noch mal trocken nach.

»Du wischst immer mit zu viel Wasser«, sagte ihr Mann Max. Wenn sie wischte, hatte sie immer Max im Ohr. Sein Sauberkeitsfetisch stand ihm leider auch beim Sex im Weg. Seine Frau oral zu befriedigen, kam ihm auch deshalb nur etwa alle sechs Monate in den Sinn. Es war ihm im Allgemeinen zu viel Feuchtigkeit. Er machte es dann eben nur selten, aber auch nur, damit er sagen konnte, dass er es machte. Also ganz grundsätzlich.

Jetzt hörte Jennifer Max auch, wie er eine Etage höher am Waschbeckenrand seinen Rasierer ausklopfte. Das alltägliche Geräusch seiner Morgenroutine aus dem Badezimmer gab ihr das Gefühl, als Ehefrau nicht zu genügen, also legte sie Selma zum Vormittagsschlaf in ihr Gitterbett und ging barfuß und im Nachthemd an Jonah vorbei wieder hoch. Wenn sie die Kinder versorgte, damit er ausschlafen konnte, dann war sie nicht bei ihm im Bett, um seinen Rücken zu massieren. Wie damals, als sie noch dateten. Wie damals, als sie noch nicht schon am frühen Morgen die wilde Lust verspürt hatte, Ordnung zu schaffen. Eine imaginäre Ordnung natürlich, und sei es nur, dass die Kinder gefrühstückt hatten und die Wäsche nicht im Trockner anfing zu stinken. Irgendwann, sagte sie sich immer wieder, irgendwann würde sie wieder cool sein, die Gelassenheit und so viel unbändige Lust auf ihren Mann haben, dass sie ihre Leidenschaft wieder entdecken würden. Denn das ging doch, das war doch überall in Magazinen zu lesen. Das stand doch überall, dass es sie wirklich gab, diese wahnsinnig energetisierende Lebensphase, sobald die Kinder Teenager waren, keine Windel mehr trugen und nicht alleine auf die Straße rannten. Dass dann vielleicht sogar die Liebe zurückkam oder aufblühte.

Als sie reinkam, stand Max vor dem begehbaren Kleiderschrank im Schlafzimmer. Sie blickte auf seine ganze Biologie. Max lächelte und schmiss sich auf das Boxspringbett mitten ins meterhohe Duvet.

»Jetzt mach doch nicht immer so einen Stress am Sonntagmorgen.«

Ob er sich für unwiderstehlich hielt oder doch eher für pflichtbewusst, im Sinne von ehelichen Pflichten, konnte Jennifer nicht genau sagen, aber immerhin wusste sie, was zu tun war. Sie legte sich zu ihrem Mann unter die Decke und griff nach seiner Erektion. Eine müde Erektion. Sie drückte darauf herum. Mehr Marshmallow als steifer Schwanz. Es war ein bisschen wie mit diesen Ballontieren. Schnürte man eine Stelle ohne zu viel Druck mit den Fingern ab, schob sich die Luft an das Ende – und der Ballon wurde fest. Sie knetete noch ein paar Mal, jetzt mit beiden Händen, bis die Masse einen passablen Härtegrad erreicht hatte.

Dann flog die Tür auf.

»Mama!«

Laura schaute durch ihre Eltern hindurch. Zwei nackte Erwachsene bis zu den Schultern unter einem drei Meter breiten Duvet. Es konnte einer Neunjährigen nichts egaler als Elternsex sein.

»Dürfen wir noch ein bisschen fernsehen?«

»Nur, wenn du mit Peppa zehn Minuten auf die Kleinen aufpasst.«

»Nein.«

»Bitte, Papa und ich wollen noch kurz schlafen.«

»Ich will zehn Euro.«

»Fünf.«

»Zehn.«

»Fünf«, sagte Jennifer.

Laura zuckte gelangweilt mit den Schultern.

»Okay.«

Laura griff ruppig nach ihrem kleinen Bruder Jonah, der selbstvergessen durch das Haus gewandert war und nun vor der Schlafzimmertür seiner Eltern saß. In diesem Moment beneidete Jennifer ihre Tochter wieder einmal um ihre Lässigkeit. Die war ihr als Mädchen völlig abgegangen. Jennifer hatte immer Grusel gehabt, ihren Vater mit einer seiner Frauen im Bett zu erwischen, ihren Vater mit einer anderen Frau zu sehen, allein der kleinste Fleck auf Bernds Hotelbett – und es gab leider viele davon – konnte sie als Kind wochenlang ekeln. Aber Laura ging nur raus und zuckte mit den Schultern. Jennifer schloss die Schlafzimmertür hinter ihr ab. Für ein bisschen Programm war noch Zeit. Jennifer ging in das Badezimmer des Master Bedrooms. Kramte in der Schublade. Auf dem Gleitgel stand *Fucking Good*. War auf einer Party am Ende als Give-away verteilt worden. Dazu gab es Feuchttücher für besseren Geruch im Genitalbereich, Kondome aus Naturkautschuk und einen Analplug aus Fairtrade-Plastik. Einfach anzuwenden, drehte sich kinderleicht wie ein Korken rein. Das Gefühl war ungewohnt, aber nicht unangenehm. Der Mann fand es gut, das Gleitgel mit TCB-Wirkstoff sorgte für den Rest.

Während Jennifer mit ihrem Mann erwachsen pragmatisch poolte, klingelte es unten an der Tür. Die Mädchen würden bestimmt aufmachen. Jennifer drehte sich um, damit Max ihren Hintern sehen konnte und schneller zum Orgasmus kam. Stellungswechsel. Er drang erneut in sie ein. Sie stützte den Kopf auf die Arme, drückte ihr Gesicht in die Kissen, damit der Winkel stimmte. Minuten der rhythmischen Bewegung vergingen. Max war jetzt achtunddreißig Jahre alt und wollte einer dieser modernen Väter sein, die mit Fahrradhelm Cargo-E-Bike fuhren und Vereinbarkeit auf der Stirn stehen hatten. Jennifer versuchte es mit ein paar schmutzigen Bemerkungen über seinen Schwanz, doch Max schien nicht zu kommen. Sie dachte an die Türklingel, die Mädchen, Jonah, der da alleine im Haus herumlief. Sie dachte an ihre jüngste Tochter Selma, die gleich wieder aufwachen würde. Auf einmal wurde der Druck zu groß. Hektisch drehte sie sich um und schaute ihren Mann an.

»Los, spritz mir ins Gesicht.«

»Wirklich?«

»Ja.«

Jennifer lief ins Bad, klatschte sich mit beiden Händen am Waschbecken Wasser ins Gesicht. Schloss die Schlafzimmertür wieder auf. Rannte die Treppe runter. Sie war für die Flüssigkeiten der ganzen Familie zuständig, dachte sie dabei. Sie zu empfangen, aufzuwischen und verschwinden zu lassen. Bestimmt hatte sie noch etwas davon in den Haaren.

Jennifer öffnete die Tür.

Es war Peppas Mutter Tanja.

»Darf ich reinkommen? Wo sind denn die Mädchen?«

Jonah kam die Treppe heruntergerannt und wollte auf den Arm. Jennifer nahm ihn hoch. Tanja drückte sich an ihr vorbei. Die Spülmaschine piepste. Die Nachbarstochter winkte am Gartenzaun, während Selma oben aus dem Vormittagsschlaf aufwachte und weinte. Tanja stellte sich ans Treppengeländer und rief nach den Mädchen. Erst jetzt bemerkte Jennifer, dass Tanja hochschwanger war.

»Peppa, Liebling!«

Tanja konnte sehr laut rufen. Damit sie nicht die Treppe hochging und oben aus Versehen in den noch ungeduschten Penis von Max hineinlief, machte Jennifer Tanja und sich schnell zwei Cappuccinos. Die beiden Frauen setzten sich an die Küchentheke. Sie war immer noch verklebt.

»Das Haus ist ein Traum. Schön, dass wir uns mal wiedersehen. Aber immer so beim Abholen. Du musst auch mal zu uns kommen.«

»Danke.«

Tanja ließ den Blick durch den Raum schweifen. Als würde

sie Ware scannen. Als würde sie versuchen, Jennifers Leben im Schnelldurchlauf zu erfassen.

»Ich weiß nicht, wie du das hinkriegst mit drei Kindern und dem Job, ich bin ja schon mit zweien überfordert. Und bald sind es ja auch drei.«

Tanja streichelte über ihren dicken, runden Bauch. Jennifer zuckte nur mit den Schultern und lächelte.

»Ich würde mich dieses Jahr gerne mehr in der Schule engagieren. Mehr für die Kinder da sein«, sagte Jennifer. »Ich finde es großartig, wie viel du dich neben allem auch noch bei den Festen engagierst. Ich könnte auch mal etwas Größeres backen.«

Tanja musterte Jennifer, verblüfft und dann wieder nicht.

»Hast du gehört, dass wir Eltern am Mittwoch in der Schule über das Gendern im Deutschunterricht abstimmen sollen? Also ich finde das ja lächerlich. Alles mit Sternchen. Das bringt junge Mädchen auch nicht weiter.«

Jennifer versuchte, ein neutrales Gesicht zu machen, denn eigentlich war ihr dieses Thema egal. Hallo, sie arbeitete in der Schlagerbranche, die mit ihren Fans sechzig plus nicht ganz die Zielgruppe für Sprachreformen war. Sie überlegte, wie sie das hier abkürzen konnte, und sagte nichts, aber das triggerte Tanja nur noch mehr. Jonah sprang wieder auf ihren Schoß, klatschte seiner Mutter die kleinen Hände fest ins Gesicht, drehte sich um und popelte dann gedankenverloren in der Nase. Es kostete Jennifer ihre ganze Selbstbeherrschung, sich den Schmerz nicht anmerken zu lassen. Es war wie ein kleiner Schock. Eine Wange hinhalten und dann die andere, dachte sie. Und sag doch mal was, Jennifer. Zeig doch mal Haltung.

»Frauen haben doch eh schon alles erreicht. Klar ist da noch die Sache mit der Gleichstellung, aber es gibt ja auch Mütter, zum Beispiel mich, die gerne nach der Geburt ein Jahr zu Hause bleiben. Ich meine, warum kriege ich denn sonst ein drittes Kind?«

»Keine Ahnung«, rutschte es Jennifer heraus.

Wie in Trance versuchte sie sofort, den Ausrutscher zu kitten.

»Ich weiß zum Beispiel nicht, warum ich noch ein drittes Kind bekommen habe.«

Tanja lachte laut auf.

»Ach, du bist doch verrückt. Weil Babys toll sind.«

Jonah popelte weiter ungestört vor sich hin.

Jennifer ließ ebenfalls den Blick durch den Raum schweifen. Am liebsten hätte sie mitgepopelt. Tanja schaute für einen kurzen Moment ins Leere.

Sie war eine mittelgroße, stämmige, resolute Frau mit einem merkwürdigen Stil. Sie trug braune Locken, die sie zu einem kaktusähnlichen Dutt stylte, New-Balance-Sneakers zu einer Hüftjeans und einen infantilen bunten Regenbogenschal. Ihr Make-up war schlecht aufgetragen, sodass Partien ihres Gesichts im Sonnenlicht gelb-orange wirkten. Dazu das Rouge, das rosa Flecken auf ihren Wangen hinterlassen hatte. Aber auch in ihrem Sozialverhalten war Tanja kein gutes Chamäleon. Sie zählte zu den Menschen, die sich an einen positiv-optimistischen Kommunikationsknigge hielten, aber sofort beleidigt waren, wenn man ihnen sechs Stunden lang nicht auf ihre SMS antwortete. Um ihren Frust zu vertuschen, sagte Tanja Sachen wie: »Du bist auch so herrlich verpeilt.« Oder: »Ach, ja, das ist typisch für dich, immer ein bisschen *all-over-the-place*.«

Als Jennifer endlich einfiel, dass sie den Job vorschieben könnte, um das Gespräch zu beenden, war Tanja wieder voll in Fahrt. Sie erzählte betont gut gelaunt von ihren Kindern, von ihrem Golden Lab Snoopy und sagte zu Jennifers Erstaunen in einem Nebensatz, dass ihr Mann total versaut sei. Dabei kannten sie sich sporadisch. Jennifer schüttelte unmerklich den Kopf. Sie hatten sich sieben, acht Mal gesehen, beim Abholen der Töchter vom Hockey. Jennifer verstand Tanjas Hang zum Redeschwall genauso wenig wie ihre ständigen SMS-Einladungen zum Kreisverbandsabend der CDU-Frauen. Woher nahm sie die Energie, überall dabei zu sein?

»Heute Abend gehen mein Mann und ich schön ins Kino. Und danach trinken wir Wein. Danach haben wir dann mal wieder Zeit für uns. Das genieße ich schon sehr, weil er so toll ist.«

Jennifer versuchte, sich zu konzentrieren. Das Gleitgel von eben lief von der Innenseite ihrer Oberschenkel in die Hartplastikschale des Vitra-Stuhls. War es wirklich erst 11.03 Uhr? Am liebsten wäre sie einfach eingeschlafen und hätte drei Wochen ihres Lebens verschlafen. Oder wenigstens, bis das Wochenende herum war. Und auf jeden Fall lange genug, bis die Weihnachtsferien einfach zu Ende sein würden.

»In der Woche arbeiten André und ich immer so lang. Aber am Wochenende kommt dann meine Mutter. Hast du auch eine Mutter, die dich unterstützt?«

Allein die Frage empfand Jennifer als taktlos, wenn auch nicht absichtlich böse. Natürlich hatte sie eine Mutter.

»Ach, ja, aber die wohnt in Hessen auf dem Dorf. Die hat es nicht so mit dem Herfahren.«

»Also, meine Eltern sind da ganz anders. Die nehmen Peppa und Louis auch über Nacht.«

»Das ist fantastisch, freut mich für dich. Wirklich unbezahlbar, solche Großeltern.«

Jennifer nahm einen Schluck Kaffee aus ihrer Tasse.

»Und weißt du, für deinen Papa, also für euer Label, da hätte ich einen ganz tollen Tipp. Meine Nichte Anna. Die kann singen.«

Jennifer nickte. Sie empfand eine tiefe Erleichterung, als sie plötzlich die Mädchen die Treppe herunterkommen hörte. Laura und Peppa hatten sich die Haarspitzen mit Kreide pink gefärbt und die Augen schwarz mit Kajal umrandet. Tanja blickte ihre Tochter entsetzt an, um gleich wieder zu lächeln. Jennifer nutzte den kurzen Moment der Verunsicherung, stand auf und holte die Jacken.

»Oh, alles klar, dann mal los«, sagte Tanja hektisch.

Sie hatte verstanden. Zeit zu gehen.

Tanja und Peppa winkten. Sie gingen winkend zum Auto. Laura und Jennifer winkten an der Tür. Noch ein bisschen winken. Bis zum letzten Moment.

»War doch nett«, sagte Jennifer zu Laura.

Laura dachte nach. Sie warf ihre langen blonden Haare mit den pinken Spitzen nach hinten. Sie schaute Peppa und Tanja hinterher.

»Ich glaube, ich will mich nie wieder mit Peppa verabreden. War eh nur eine Mitleidsfreundschaft.«

Kapitel 2

Wer Liebe lebt

»I can't help it«, said Alice very meekly: »I'm growing.«
»You have no right to grow here,« said the Dormouse.

Lewis Carroll, *Alice's Adventures in Wonderland*

Jennifer träumte häufig vom Ertrinken, von dem Moment, wenn der Kopf unter Wasser ging und das Bewusstsein langsam aussetzte. Vom Leichtsein, vom Schweben und von einem hauchdünnen Nebel, der wie ein Filter über den Gedanken lag. Wie das Wasser schwer auf ihr lastete und sie nicht auftauchen konnte. Das war dann der Moment, in dem sie hochschreckte und einen Betonklotz im Magen spürte. Die ersten Sekunden nach dem Aufwachen waren noch so unschuldig, so still, dachte sie auch an diesem Morgen. Diese paar wertvollen Sekunden. Die sie gerne festgehalten hätte.

Nach dem Auftauchen konnte sie alles klar vor sich sehen: die ungelösten Probleme, die fehlenden Menschen, die zerrissenen Umarmungen. Ich vermisse euch, dachte sie. Und dass es natürlich absurd war. Nichts mehr mit ihrem Leben zu tun hatte. Sie träumte von ihrer ersten großen Liebe, die als Kinderliebe begonnen hatte und nicht enden wollte. Sie träumte immer von demselben Mann. Manchmal so oft und so intensiv, dass es ihr fast Angst machte, abends einzuschlafen. Aber wie konnte man über so viele Jahre von demselben träumen? Immer wieder Küsse. Pläne schmieden. Im Traum weglaufen. Auf fantastische Reisen gehen. Und immer ist da sein Name: Paul. Paul, nur Paul. Mit dem sie aufgewachsen war. Der sie kannte wie sonst niemand. Als ihr Leben noch unverbraucht, so unschuldig dagelegen hatte, wie ein weißes Blatt Papier. Als sie noch die Sonne, die durch die Astkronen schien, am See ihrer Kindheit beobachtet hatte in allen ihren Reflexionen, als sie Grashalme kaute. Ihre Knie dreckig gewesen waren. Und ihre Fingernägel auch. Bis die Haushälterin sie erwischte. Und sie abduschte. Bis sie weinte und dann aufs Neue herausfand, dass jeder Tag ein neuer mit Paul sein konnte. Jennifer dachte an ihren Kindheitsfreund Paul, seitdem sie denken konnte. Man entscheidet sich irgendwann. Geht einen Weg. Aber übrig bleiben in Gedanken so viele ungelebte Leben. Und auch wenn sie es als romantische Verklärung abtat, war Paul immer da, wenn sie träumte. Das sind Projektionen, sagte ihre Psychologin. Das ist die Sehnsucht nach einer anderen, vergangenen Episode, sagte ihre Kartenlegerin. Das ist die gescheiterte Abnabelung von Ihrer Mutter, meinte mal ein Therapeut. Der Fehlende machte sie unvollständig.

Plötzlich Babygeschrei, noch bevor der Wecker geklingelt hatte.

In der Dunkelheit tastete sie nach dem Bademantel und dem Schalter für die Nachttischlampe. Selma war ein dickes, kompaktes Kind, das morgens sehr laut weinen konnte. Mit noch schlaffen Armen hob Jennifer das Neun-Kilo-Paket aus seinem massiven Naturholzbettchen mit dem Engel-Mobile, das neben ihrem Ehebett stand. Die Windel war komplett nass und triefte aus den Pyjamabündchen. Max drehte sich um und schlief weiter. Behutsam stand Jennifer mit Selma auf und legte sie auf die Kommode. Das Baby schrie herzzerreißend.

»Ich mache ganz schnell, Maus.«

Selmas Gesicht war mittlerweile rot wie eine Kirsche. Jennifer beeilte sich mit dem Wickeln. Die Kordel ihres Bademantels löste sich in der Hektik. Sie konnte das Kind auf dem Wickeltisch nicht loslassen, um ihn wieder zu schließen. Sie konnte es auch nicht, als die Nanny in der Tür stand. Ihr Körper unter dem dünnen weißen Nachthemd, ihre Nippel, die wulstige Kaiserschnittnarbe, ihre Scham waren ihr plötzlich peinlich. Rosa eilte zu ihr und griff nach Selma.

Keiner hatte hier montags um sieben Uhr schon die Zähne geputzt, alle dünsteten noch aus, von der Nacht. Jonah, mit seiner zum Kissen aufgeblähten Höschenwindel. Laura, die nach dem Pipi immer noch das Spülen und das Händewaschen vergaß. Rosa schien das egal zu sein. Sie nahm Jennifer an *jedem* Wochentag mit manikürten Händen und einem großen Lächeln das Baby ab.

Jennifer schloss den Bademantel. Sie hatte wie jede berufstätige Mutter auf der Welt ein schlechtes Gewissen, wenn sie morgens ins Büro fuhr und oft erst abends zurückkam, wenn ihre jüngste Tochter schon im Bett war. Sie dachte daran, wie Rosa jeden Tag mit Selma rausging, ihr fliederfarbenes Mützchen nicht vergaß, wie sie Brei kochte, sie schlafen legte, stundenlang neben ihr saß und zuschaute, wie sie Klötze in eine Box fallen ließ, die sie dann wieder umkippte. Sie bezahlte sie, um mit ihrer Tochter zu kuscheln, Küsschen einzufordern, ihr vorzusingen und sie an ihrer warmen Brust zu tragen, wenn sie weinte. Care-Arbeit war in einem Frauenleben wie Sex-Arbeit und umgekehrt. Alle Körper hingen zusammen. Frauen, die zu Müttern wurden. Prekär bezahlte Frauen, die zu Mutterkörpern wurden. Neue Menschen entstanden, und alle Frauen verschwanden. Die Evolution hatte einen selbstauflösenden Effekt.

Auch die muffige Morgenluft im Zimmer war Jennifer peinlich.

Eine Stunde später stand sie mit den beiden älteren Kindern im ewig dichten Berufsverkehr Berlins. In ihren Wintermänteln schwitzten sie gegen die Standheizung an. Die Ampelschaltung schien festzuhängen. Jennifer konnte es nicht fassen. Selbst die Tram kam nicht voran. Und alles wegen des bisschen Schnees. Im Morgengrauen nur rote Rücklichter. Vor der Schule war es dann am schlimmsten. Fünfhundert Meter Rückstau, weil gerade Bringzeit war.

Auf der Rückbank hustete Jonah asthmatisch aus vollen Bronchien.

»Mama, der steckt mich an.«

»Ich lasse dich jetzt hier raus, sonst kommst du zu spät.«

Laura, die zur Sorge ihrer Mutter neuerdings schon Lippenstift trug, sprang mit ihrem riesigen Schulranzen mit allerlei Glitzer-Tier-Anhängern aus dem hohen SUV.

»Kussi«, rief Jennifer ihr nach.

Aber Laura war schon weg.

Sie starrte auf die Straße. Bilder fluteten in ihren Kopf. Da waren wieder das Wasser, die Schwere, das stille Eis, an einem Wintermorgen in der Wetterau. Ein gefrorener See. Kaum Geräusche, nur ein leises Knacken. Im Wald verschwand der Schatten eines Rehs.

Heftiges Hupen.

Jennifer war wieder da.

Sie schaute auf ihr Handy. Eine Nachricht aus der WhatsApp-Gruppe »Kinderhaus Roseneck«:

»Liebe Eltern, bitte desinfizieren Sie alles. Wir mussten seit dem Frühdienst heute Morgen um 6.30 Uhr vier Kinder mit Symptomen wieder nach Hause schicken. Es ist in unser aller Interesse, dass sich die Viren nicht weiterverbreiten und die Quarantäne aufgehoben werden kann.«

Scheiße. Was war das denn alles für eine Scheiße. Jennifer fühlte sich unfähig, irgendeine Kontrolle über ihren Tag zu bekommen. Von allen Seiten wurde sie schikaniert und fremdbestimmt. Sie beschleunigte mit dem Auto und merkte, wie ihr schwindelig wurde. Sie fischte eine Xanax aus dem Handschuhfach. Bis die Rotavirus-Pest vermutlich durch Ausräuchern des gesamten Kindergartens ausgerottet war, musste Jonah mit ins Büro. Sie parkte in der Tiefgarage und fuhr im Aufzug hoch in den siebten Stock. Im Lift schaute sie in den großen Spiegel. In ihrem beigen Kamelhaarmantel, mit ihren Gold-Creolen und offenen Haaren fand sich Jennifer etwas ätherisch, aber eigentlich ganz passabel. Stichwort Selbstliebe. Ich sehe aus wie die Frau, die ich einmal war. Aber meine Sommersprossen sind seit dem Urlaub auf Capri schon wieder verblasst. Und für Concealer war leider keine Zeit mehr.

Bernd rief an. Schon wieder. Seit heute Morgen um sieben Uhr hatte er schon sieben Mal angerufen, was sonst gar nicht seine Art war. Er rief an, als hätte sie seinen Geburtstag vergessen. Normal waren eher drei bis vier Mal. Im vierten Stock stiegen zwei Mitarbeiter aus dem Marketing dazu. Als sie Jennifer sahen, verstummte ihr Gespräch. Jennifer zog Jonah zur

Seite, der gerade seinen Dino am goldenen Handlauf des Aufzugs spielen ließ. Jetzt, neben der Tochter von Bernd, ließen die Männer es sein – das mit dem *locker room talk.*

»Die Präsentation hat richtig geballert.«

»Das sehe ich genauso.«

Jennifer schaute auf dem Handy durch ihre Nachrichten. Beim Scrollen stieß sie auf eine Nachricht ihres Assistenten Vin. Er hatte ihr kommentarlos eine Mail von Dr. Alphons Dudenhoff, Papas Hausjustiziar, weitergeleitet, die sie erst gar nicht verstand. Eine Schlagersängerin beschuldigte Bernd der Vergewaltigung. Ihr Schlager-Name war Lisa Lorelei. In den Nullerjahren hatte Bernd mit ihr ein paar Songs rausgebracht. Der eine ging über die Loreley am Rhein. Eine trashige Neuinterpretation der berühmten Fischer-Ballade. Der Refrain, ungefähr so, erinnerte Jennifer sich.

Halb zog er mich, halb sank ich hin.
Da war's um mich geschehen, aha!

Der Aufzug öffnete sich zur 180-Grad-Fensterfront. Überall war helles Licht. Die Museumsinsel und die Kuppel des Berliner Doms lagen in goldenem Glanz, die grauen Jugendstilfronten wirkten wie weiß gewaschen. Der Schlagerindustrie schien auch an diesem leuchtenden Wintermorgen trotz Streaming-Verlusten und Tourausfällen die Sonne aufs Dach. Alpenglühen, der Königssee, Braunweißgefleckte mit prallen Eutern. In Krisenzeiten, wenn Kriege tobten und das Weltgeschehen komplex war, verkauften sich Kitsch und Heimatromantik besonders gut.

Sie verließ mit Jonah an der Hand und immer noch lesend den Aufzug in Richtung Büro. Der rote Sisal dämpfte ihre

Schritte. Im Juli 1999, auf einer Firmenparty in Potsdam, in seiner Villa, soll Bernd Boyard die Sängerin Lisa Lorelei im Heiligensee fast ertränkt haben, als er versucht haben soll, in sie einzudringen. So stand es im angehängten Anwaltsdokument. Sie soll dabei mehrere Male untergegangen sein. Die Lorelei. Konjunktiv zwei. Die Beweislast liege bei der Frau, die mit bürgerlichem Namen tatsächlich Lorelei Hewer heißt, schrieb Dudenhoff. Jennifer versuchte, den juristischen Vorgang noch zu begreifen, als Bernd schon wieder anrief. Ihr wurde ganz kalt ums Herz.

Warum hast du nicht Nein gesagt?
Es lag allein an dir.

Sie blieb stehen und nahm den Anruf an.

»Das ist eine einzige Shitshow, Jenni, ich sage es dir. Seit wann ist es eine Straftat, eine attraktive Frau zu begehren? Lore hat von mir damals alles bekommen. Ich werde sie wegen Verleumdung anzeigen, so etwas habe ich noch nicht erlebt.«

Jennifer wusste nicht gleich, was sie sagen sollte. Ohnehin hätte ihr Vater keinen Widerspruch geduldet. Sie zwinkerte Jonah zu, der an ihrer Hand zog.

»Macht das Sinn, was ich hier sage, Jenni, ich kann dich nicht hören. Ist der Empfang schlecht?«

Jennifer atmete wie sonst auch, wenn sie ihrem Vater zuhörte, einmal tief ein und aus. Und sagte dann das, was sie immer sagte.

»Ich werde mich darum kümmern, Papi. Mach dir keine Sorgen. Das hat sich bald erledigt. Reg dich nicht so auf.«

Die heile, glatt polierte Welt der Schlager-Diskokugel duldete keine menschlichen Fettflecken.

Vin wartete ungeduldig vor ihrem Büro.

»Na endlich.«

»Du weißt, wie es ist. Kann ich nicht ändern.«

»Aber ausgerechnet heute. Hast du die Mail gesehen? Bernd hat mich schon fünf Mal angerufen. Ich bin noch gar nicht drangegangen. Ich hab auf dich gewartet.«

Er hielt Jennifer und Jonah ihre Bürotür auf.

»Und der da?«

Vin deutete auf Jonah.

»Kann ich auch nicht ändern.«

Jennifer warf ihren Mantel über die Chefsessellehne und nahm an ihrem Schreibtisch Platz. Vin schloss sofort die Tür. Jeder versuchte, die Krise auf seine Weise gestenreich zu orchestrieren. Jeder machte sein Method Acting. Jonah spielte als Kind mit seinem Dino unter dem Schreibtisch. Vin rannte hektisch wie ein Assistent herum. Am liebsten hätte er wie im schlechten Roman die Jalousien heruntergezogen. Um vor sich selbst den Anschein von Kontrolle und Professionalität zu wahren, packte Jennifer ihren Laptop aus. Sie spielte die Chefin, die bis zum Horizont sehen konnte. Sie hatte an Vins nervösem Sprechen sofort erkannt, dass da Substanzen im Spiel waren. Jetzt war aber nicht der richtige Moment, es anzusprechen. Wahrscheinlich war Vin gerade noch backstage bei einer Show von Peter Blanco gewesen. Oder bei einem anderen Künstler, der für den Konsum von Pferdemedikamenten bekannt war. Drogen waren in der Schlagerbranche keine große Sache.

Vin war ein kleiner Mann mit Hipster-Schnurrbart, kurzärmeligem Hemd, bis zum letzten Knopf geschlossen, Cartoon-Krawatte und Western-Gürtelschnalle. Für einen schwulen

Mann war die Schlagerbranche mit ihrem ganzen tuntigen Zeug wie ein Paradies. Früher in den Fünfzigern bis in die Siebziger hatte es, bis auf Roy Black vielleicht, fast nur Sängerinnen mit schlechten Dauerwellen oder Pagenschnitten gegeben. Heute stand die Branche auch auf Jungs mit Skinny Jeans, leichter Akne, Gelfrisuren und hohen Stimmen, die mit ihren Songs über Sehnsucht auch die letzte schwule Altherrenfantasie bedienten. Bernd war Homosexualität weiterhin suspekt. Er war mit dem Schwulenparagraf aufgewachsen, mit Tucken- und Weiberwitzen, mit Stammtischsprüchen.

»Muss es auch geben«, sagte er immer. Und meinte eigentlich das Gegenteil. Doch Bernd war Geschäftsmann genug, um zu wissen, bei welcher Zielgruppe die Kasse klingelte. Und dass sie Vin brauchten – für seine Schlager-Boys, für sein Business. Vin wusste dafür wiederum, dass er bei Boyard Records gutes Geld verdiente – und Bernd keinen blasen musste. Was im Kontext der Musikindustrie viel wert war.

Vin rutschte auf dem Sessel vor Jennifers Schreibtisch herum.

Jennifer knetete ihr Gesicht.

»Also zu Bernd.«

»Jenni, du kennst ihn natürlich tausendmal länger als ich. Ich meine, machen wir uns nichts vor, dein Vater wird diese Frau schon vergewaltigt haben.«

Jennifer schwieg. Den Satz konnte sie nicht so stehen lassen. Es ging um das, was ihr Vater nun von ihr erwartete. Kühler Kopf. Führungsstärke. Die Sache mit dem Kahn und dem sicheren Hafen. Die Geschichte mit dem Fels in der Brandung. Sie rang um Fassung, sagte Vin, dass ihr Thema ein anderes sei. Nämlich das Krisenmanagement. Was, wenn diese Lorelei an die Öffentlichkeit ginge? Sie erschrak kurz und hielt inne, sie klang wirklich schon wie Bernd. Ohne groß auf Vin zu achten, redete sie einfach weiter. Wie viele Frauen mochte es denn noch geben, die ihren Vater hassten? Die vielleicht Geld wollten? Die auf eine finanzielle Absicherung nach einer erfolglosen Schlagerkarriere aus waren. Und deswegen Anzeige wegen Vergewaltigung oder Belästigung erstatten wollten. Was, wenn sie jetzt nachgab und Lorelei Geld zahlte und dann die nächste Frau vor der Tür stünde? Da könnte ja jede kommen. Wie bei einer Hydra, der zwei neue Köpfe nachwuchsen, wenn man einen abschlug. Die Sache mit dem Kartenhaus. Das Ding mit dem Schneeballeffekt. Jennifer redete, aber Vin schaute durch sie hindurch. Er hielt eine Kaffeetasse in der Hand, er hatte noch keinen Schluck getrunken und starrte ins Nichts, was sie nervös machte. Dann endlich unterbrach er sie.

»Heute Morgen haben schon zehn Journalisten angerufen. Die ARD, die *Berliner Zeitung*, das Recherche-Netzwerk, der MDR. Keine Ahnung, woher die ihre Informationen haben. Aber wir sollten handeln. Am besten kommt Lorelei gleich morgen früh vorbei. Und wir hören ihr so lange zu, bis sie glaubt, dass wir ihr zuhören. Also, dass du ihr zuhörst, als Frau, als Tochter, als Mutter. Du weißt schon, ein Gespräch von Frau zu Frau. Vielleicht geht's dann auch ohne Cash.«

Sie dachte nach und schwieg lange. Doch davon wurde ihre Angst noch größer. Jennifer hatte auf einmal das Gefühl, dass Vin gar nichts verstanden hatte und dass er der Sache nicht gewachsen war. Von wegen Problem gelöst und so. Von wegen Freundinnengespräch. Was wusste er schon? Von Berechnung und dem unbedingten Willen aus dieser Branche, die einem als Künstlerin trotz Machtgefälle stets hoch und heilig versprach, nicht sexistisch oder übergriffig zu sein, unversehrt herauszukommen? Am liebsten hätte sie ihm gekündigt. Auf der Stelle. Die Besonderheit eines Kapitäns, im Gegensatz zum Rest der Crew, war es, Entscheidungen treffen zu können. Bernd konnte das, sie konnte das. Vin nicht. Es war kein Zufall, dass hinter ihr ein großes Porträt von Jennifer Rush hing. Ein Geschenk von Bernd. Vin war inakzeptabel.

Vor ihr auf dem Schreibtisch lagen mehrere DIN-A4-Blätter mit der Kleiderauswahl für die *Gala der Volksmusik*. Oben stand groß Mia Pralala, Sängerin. Jennifer schaute Vin abschätzig an.

»Und darum kannst du dich nicht kümmern? Warum liegt das hier bei mir?«

Vin zuckte mit den Schultern.

»Mia will das blaue Kleid nicht tragen. Sie sagt, es sei für eine Zwölfjährige designt worden.«

»Und stimmt das?«

»Ja, schon. Aber was tut das zur Sache? Der Sender sagt, ohne blaues Kleid tritt sie nicht auf.«

»Okay, sagst du ihr das bitte genau so?«

Vin nickte und verließ das Büro. Jennifer musste sich nicht schämen, deutlich geworden zu sein. Unglaublich, was er ihrem Vater alles zutraute. Sie würde alles dafür tun, für Bernd die Kastanien aus dem Feuer zu holen. Ihren Vater wie einen Blinden durch die moderne Welt führen, in der er nichts erkennen konnte und über alles stolperte.

Sehr geehrte Frau Hewer,
mein Name ist Jennifer Rochlitzer-Boyard, ich bin die Geschäftsführerin von Boyard Records. Unser Hausjustiziar

Herr Dudenhoff hat mir den Schriftsatz mit Ihrer Anzeige gegen meinen Vater weitergeleitet. Ich fände es gut, wenn Sie, als Künstlerin unseres Labels, und ich uns einmal zusammensetzen könnten. Ich bin heute ganztags in unserem Büro an der Friedrichstraße und telefonisch gut erreichbar.
Herzliche Grüße
Jennifer Boyard

Jennifer schaute auf ihr Handy. Ihr Vater hatte schon wieder angerufen. Sie wusste genau, wie es ihm ging. Sie stellte sich vor, wie er da im Taunus in seiner Villa saß, da, von wo aus er die Weltherrschaft an sich reißen wollte – und trotzdem nichts zu tun hatte. Er würde den ganzen Vormittag wüten, alle möglichen Leute anrufen, müde werden, vier Stunden mittags schlafen und dann sein Personal anschreien, wie jeder banale Tyrann das tun würde. Er trauerte der Zeit hinterher, für sie hingegen war es ein weiterer langer Bürotag, der mit einem Abendtermin enden würde.

Sie quälte sich durch den Tag, ließ sich kurz vom Hausjustiziar in Sachen Gesprächsführung mit vermeintlichen Betroffenen coachen, sorgte dafür, dass Jonah was zu essen bekam und eine Weile auf dem Sofa in ihrem Büro schlief, und war nach dem Beantworten der letzten E-Mail hungrig und irgendwie traurig. Aber sie hatte zu allem Ja gesagt. Am späten Nachmittag fuhr sie nach Hause, übergab Jonah ihrem Mann – ohne die Anschuldigungen gegen ihren Vater mit einem Wort zu erwähnen –, bat Laura, nicht mehr zu lange fernzusehen. Küsste die schlafende Selma.

Dann fuhr sie zwölf Kilometer vom Grunewald nach Mitte ins *Roc's*. Sie trug das goldene Balenciaga-Kleid, das sie für solche Zwecke in einem Garderobenbeutel an einer der vielen Stangen in ihrem Kleiderschrank aufbewahrte. Dazu lange schwere Ohrringe aus böhmischem Kristall. Ein Erbstück ihrer Großmutter Alice, die in ihrer Familie niemand so recht zu kennen schien. Jennifer fühlte sich so unpassend angezogen und etwas tussig, aber der Dresscode wollte es so. Auf High Heels stolzierte sie durch den Schneematsch über die Spreebrücke und dann hinunter zum *Roc's* und kam sich dabei auch noch dumm vor. Stand sie unter Schock und merkte es am Ende gar nicht? Immerhin ging es um Bernd, den Mann, der sie aufgezogen hatte, den sie liebte, dem sie in seinem Geschick, dieses Label zu leiten, nacheiferte und der tatsächlich nie gut über Frauen sprach. Es hatte sie nie gestört, weil sie sein Reden für Witze hielt. Keine intelligenten Witze, aber Witze. Papi und sie hatten immer zusammengehalten.

Fackeln säumten den Weg über den roten Teppich wie in einer Kulisse von *Game of Thrones*. Ein Portier öffnete die schwere Schwingtür. Im *Roc's*, dem riesigen Privatrestaurant der Reichen und Gemachten, war die Stimmung aufgedreht. Teller mit Chateaubriand und Lobster zirkulierten, hinten, wo die obszönen orangen Blumengestecke auf dem Tisch standen, hatte Jennifers Runde eine große Nische für sich. Valerie von Adelsheim, selbst ernannte Unternehmerin, veranstaltete heute Abend ihre »Vagina Dialogues«, ein Netzwerk-Dinner für Frauen, die laut Selbstbeschreibung aber auch Männer nicht ausschließen wollten. Jennifer holte die Einladungskarte aus ihrer Handtasche und überflog sie zum zehnten Mal:

Bei dieser Einladung geht es darum, einen Safe Space zu schaffen, in dem wir uns ungezwungen und ergebnisoffen über Female Empowerment und Frauensolidarität austauschen können. Dabei wollen wir uns aber nicht auf einen Geschlechterkrieg einlassen. Denn nur mit den Männern können wir ein Umdenken und einen strukturellen Wandel erreichen. Deshalb lade ich Dich, liebe Jennifer, zu unserem Top-Women-Event, die Vagina Dialogues Edition, ein.
Vernetzen wir uns,
Deine Valerie

Die Einladung schrie ihr förmlich ins Gesicht. Sie war wie eine aufdringliche Aufforderung, sich zu positionieren, Haltung zu zeigen.

»Jenni!«

Und da kam die Gastgeberin auch schon auf sie zu. Valerie machte sich die Mühe, drei ihrer Gäste zu brüskieren, um von ihrem Sitzplatz in der Ecke an Weingläsern, Handtaschen, Kleidern und Beinen vorbeizukommen. Sie stöckelte an Jennifer heran und umarmte sie mit beiden Händen, die sie von unten nach oben führte, als sei sie eine Barbiepuppe mit steifen Plastikarmen. Valerie hatte eine lange blonde Extension-Mähne, trug beigen Lippenstift und schwarzes Augen-Make-up. Ihre Halsfalten waren routinemäßig hinten an den Nackenwirbeln mit Tape fixiert. Für bessere Ergebnisse vor der Fotowand. Wer nicht wie irre botoxte, kam nicht in die *Bunte*. Fotografen bekamen immer die Anweisung, sie nur von vorne abzulichten. Jennifer musterte sie, fand aber den Fehler nicht spontan. Doch irgendwie hatte die Symmetrie gelitten.

Valerie war eigentlich ein Mädchen aus der akademischen Mittelschicht, das gut verheiratet worden war. Das hatte sie Jennifer mal bei einem Kennenlern-Lunch erzählt. Mit einem reichen Medienmanager hatte sie zwei Kinder bekommen. Das Geld aus ihrer Scheidung versorgte Valerie bis heute gut. Dass sie diesen goldenen Schnitt hinbekommen hatte, lag daran, dass ihr Ex-Mann damals laut Eigenaussage die beste und härteste Familienrechtsanwältin des Landes engagiert hatte. Vor Gericht verhedderte sie sich aber in ihren Argumenten, bis sie im Kreuzverhör, als es um den Unterhalt ging, plötzlich persönlich und verletzend gegenüber Valerie wurde und es dem Richter dann reichte. Er verhängte ein Ordnungsgeld gegen die Kollegin. Valerie konnte sich damit endgültig als Opfer des Patriarchats und der Justiz stilisieren, und das irgendwie auch zu Recht: Ihr Ex-Mann war wirklich ein Arschloch aus dem Bilderbuch. Als Valerie sich dann nach der Scheidung in einer Hundert-Quadratmeter-Eigentumswohnung in Berlin-Mitte wiederfand und der Unterhalt jeden Monat auf ihrem Konto eintraf, hatte sie endlich Zeit, sich wieder um einen richtigen Job zu kümmern, der mehr war als ihre Teilzeitstelle am Newsdesk irgendeiner Zeitungsredaktion. Sie bewarb sich bei den großen Medienhäusern als Chefreporterin, kassierte aber nur Absagen. Sie hatte den Verdacht, dass es an ihrem Alter lag. Valerie war vierzig und hatte über zehn Jahre kaum gearbeitet. Als junge Frau hatte sie ihren Posten auch wegen ihres Aussehens bekommen, doch plötzlich funktionierten die Codes der sexuellen Verfügbarkeit nicht mehr für sie. Nicht für eine Mutter von zwei pubertierenden Kindern. Je mehr Absagen Valerie bekam, desto mehr wuchs ihre Wut. Nein, ihr ging es nicht schlecht, aber war das fair, dass man sie nicht zurück in die Berufswelt ließ? Und wer war eigentlich »man« in dieser Frage?

War »man« eine Riege von alten männlichen Führungskräften, die gerne gut aussehende junge Frauen einstellten, oder handelte es sich bei »man« um eine neue Kaste von weiblichen Personalerinnen, die Valerie nicht einluden, weil sie den Geschmack ihrer Chefs kannten? Und so wuchs Valeries Wut weiter und weiter. Sie wuchs, wenn sie auf dem Stepper im Fitnesscenter zu viel Zeit zum Nachdenken hatte, sie wuchs, wenn sie sich spätabends zu Hause alleine mit einem Glas Wein in einer viel zu leisen Wohnung wiederfand. Sie war wütend auf ihr ganzes Leben. Sie war sauer, dass sie mit vierzehn Jahren ihren ersten Freund, der behauptete, er würde sonst mit ihr Schluss machen, oral befriedigt hatte. Dass sie ihren ersten Praktikumsplatz nur gegen ein Abendessen mit dem Geschäftsführer des Verlags bekommen hatte. Dass sie dann als Journalistin bei Interviews und Recherchen ständig, aber auch ständig angemacht wurde. Bis sie ihren Ex-Mann kennenlernte, der der Chefredakteur ihres Chefredakteurs war und die Macht besaß, sie vor allen anderen Männern schützen zu können. Er war das kleinere Übel gewesen. Valerie hatte sich ihr ganzes Leben missbrauchen lassen – ein bisschen, nicht richtig, sie wollte es doch auch. Sie war ein Unfallopfer des Sexismus, und keiner war schuld. Aber wütend war sie. Und so begann sie schließlich, Dinnerpartys für Frauen zu veranstalten. Es musste doch einen Weg geben, sich untereinander zusammenzutun. Ein kleines, konspiratives Bündnis zu schmieden und sich durch Tunneling weiterzuhelfen.

Jennifer fühlte sich fehl am Platz. Sie war immer die mit den Möglichkeiten gewesen. Ihr Aufwachsen im Wohlstand hatte es ihr erspart, sich Fragen über Gerechtigkeit bereits in frühen Jahren stellen zu müssen. Sie kannte keine Vorstellungsgespräche, kein Durchschuften für einen Chef oder eine fremde

Firma. Sie kannte die Fallstricke einer Arbeitswelt nicht, in der man besser dynamisch, männlich und bestens vernetzt war und, sobald man schwanger wurde, als – wie Kollegen sagten – »wunderschön« galt, was im Grunde nur eine positiv verpackte Abwertung war und bedeutete, dass man nach der Elternzeit seine Sachen packen konnte.

»Komm mit! Komm mit!«

Valerie zog Jennifer mit an ihren Platz. Sie sollte zwischen einer brünetten Model-Stereotypin mit Migrationshintergrund (so hatte Valerie sie tatsächlich vorgestellt) und einer russischen Aktivistin Platz nehmen. Jennifer begrüßte beide höflich und musterte sie dann aus dem Augenwinkel. Die Brünette mit dem schlaffen Händedruck sah aus wie eine dieser Influencerinnen, die Awareness für irgendeine seltene Krankheit bei Instagram kreieren wollten. Hashtag: mentalhealth, Hashtag: entstigmatisierung, Hashtag: selbstliebe.

Valerie griff zu einem glitzernden Mikro. Die Tafelrunde von etwa vierzig Frauen verstummte. Kurzer Willkommensgruß und Dank fürs Kommen.

»Ob als Nachfolgerinnen in einem Familienunternehmen oder als junge Start-up-Gründerinnen – hier geht es darum, dass starke Frauen es wagen, den Schritt in die Entrepreneurinnenship zu machen. Trau dich was und spring ins kalte Wasser. Wenn man darin schwimmt, wird es einem warm.«

Die Influencerin beugte sich zu Jennifer herüber. Sie musste indische, pakistanische oder halt irgendwelche anderen nicht deutsche Wurzeln haben.

»Was machst du eigentlich?«, flüsterte die Influencerin.

»Schlager.«

»Echt?«

»Ja, ich leite das Schlagerlabel von meinem Vater.«

»Ah, ich mag Schlager. Irgendwie.«

»Ja, gibt es das auch in deiner Heimat?«

Die Brünette stutzte. Dann starrte sie Jennifer an. Langsam entblätterte sich im Gesicht der Influencerin das Grauen. Es war, als könnte Jennifer dabei zuschauen, wie bei ihr eine Synapse wuchs. Sie hatte nicht aufgepasst. War unkonzentriert gewesen.

»Was meinst du mit Heimat? Ich bin in Stuttgart geboren.«

Derweil war Valerie mit ihrer Rede schon fast am Ende. Das dachte Jennifer zumindest, um einen Moment später eines Besseren belehrt zu werden.

»Und dann ist es mir auch noch eine Ehre, kurz Jenni zu begrüßen. Jennifer Boyard hat die Plattenfirma ihres Vaters Bernd Boyard übernommen und ist damit die Zukunft und ein gutes Beispiel für deutsche Unternehmenskultur.«

Die Brünette und ihre Sitznachbarin, eine ältere Dame, musterten sie. Jennifer war das peinlich. Höfliches Klatschen.

»Vermutlich zahlt sie die Party«, sagte die ältere Dame. So laut, dass Jennifer es hörte. Sie blickte verlegen auf den Tisch. Wie Kamelhoden lagen zwei Halloumi-Mochi-Bällchen auf ihrem Teller. Es war genug. Keine Minute hätte sie es am Tisch länger ausgehalten. Nicht nach diesem Tag. Sie hatte einen interessanten Abend haben wollen und nicht noch einmal das Gefühl, nicht zu genügen. Es war ihr, als bekäme sie jede Minute ihres Lebens gespiegelt, dass sie komplett inakzeptabel sei. Als Mensch, als Enterpreneurin – oder wie das dumme Wort hieß. Als Mutter, die sich nicht für den Salat eingetragen hatte, die das Tennistraining vergaß, als Mutter, die keine Zeit fand, an den Treffen der anderen Mütter in einem wöchentlich wechselnden Zehlendorfer Restaurant teilzunehmen. Das war das hässliche Gesicht der Aufwertung, des Weglobens. Wenn die anderen einem das Gefühl gaben, dass man nicht dazugehörte. Niemals dazugehören würde. Weil man eh keine Zeit hatte. Weil man im Grunde eine dumme reiche Tochter war. Jennifer stand auf. Nahm ihre Handtasche. Sie brauchte Luft und eine Lights. Inakzeptabel. Völlig inakzeptabel war sie. Das hatte der Arzt, zu dem ihr Vater sie schon als Kind schickte, gleich beim ersten Mal gesagt. Und dann hatte es Bernd selbst gesagt. Und dann plötzlich auch Max. Es war wie ein Code, auf den sich alle, was Jennifer anging, einigen konnten.

Sie lief durch das Restaurant an Dutzenden Tischen vorbei. Wie bescheuert von mir, dachte sie. Sie hätte es wissen müssen. Und sollte doch eigentlich darüberstehen. Sie war doch so alt wie Valerie. Wann sollte man sonst anfangen, sich selbst zu respektieren und alle anderen Lügen zu strafen, wenn nicht jetzt? Sie würde sich nicht mehr so verarschen lassen. Sie würde einen inneren Kompass haben, viel mehr Sport machen, bis ihre Arme wieder sehnig und mager waren. Ihr Gang würde kerzengerade und ihre Hüftknochen wieder sichtbar sein. Sie würde wieder mondän werden und moralische Ansichten vertreten. Einfach länger schweigen, anstatt auf alles Gesagte sofort zu reagieren. Sie würde sich wieder mehr auf Bernd verlassen. Bernd mit seinen ordinären Schlagerhits und hässlichen CD-Heftchen. Bernd, der sich aber immerhin nie beirren ließ. Jennifer wollte nur raus. Am liebsten hätte sie sich selbst, ihr eigenes inakzeptables Ich, einfach stehen gelassen. Sie hastete, stolperte fast, bis sie spürte, wie ihr Herz einen Schlag aussetzte. Da, neben der majestätischen

Topfpalme im etwas gedämpften Licht stand Paul und rauchte. Paul. Jennifers Hals war auf einmal trocken, ihre Hände schwitzten. Sie spürte eine aufkommende Panikattacke. Paul. Das konnte doch nicht sein. Sie stand da wie auf einer offenen Lichtung. Wie ein Stück Wild im Visier eines Jägers. Ihre viel zu großen Ohrringe, ihr zu gewagtes goldenes Kleid. Es war alles falsch, es war alles, ja, genau: alles inakzeptabel. Paul schaute zu ihr rüber und lächelte. Sie schaute sofort weg. Und doch spürte Jennifer seinen Blick auf ihrem Hinterkopf. Sie wusste, dass sie keine Chance hatte. Dass Paul zäh und unerschrocken war. Es war zu spät. Er würde ihre Zurückweisung nicht akzeptieren. Das hatte er noch nie. Es war ein Kinderspiel. Ich sehe dich nicht, du siehst mich nicht. Ein Spiel mit einem schnellen, vorhersehbaren Ende. Aus dem Augenwinkel sah Jennifer, wie Paul zu einem Sprung ansetzte. Einem großen Sprung. Plötzlich stand er auf einer der mit Samt überzogenen Bänke.

»Ich kann dich sehen, Jenni. Wo willst du hin?«

Er rief ihren Namen ironisch, wie nur er es konnte. Es klang wie eine Melodie aus einem Minnesang. Er war so ein Freak, dachte Jennifer. Er war immer so blöd gewesen. Niemand drehte sich zu ihnen um. Jennifer wandte sich ab, als hätte sie Paul nicht gesehen, und ging weiter. An einem großen Tisch voller Leuten mit Hüten und Perlenketten blieb sie stehen. Hier konnte sie sich verstecken. Sie musterte die Gruppe und den Tisch voller Weingläser. Das mussten irgendwelche Punks oder wohlhabende Dandys aus der Galerieszene sein. Ihre Hände berührten das weiße Tischtuch. Ihre langen Haare fielen ihr ins Dekolleté und über ihre Brüste, die sie wie immer zu klein fand. Von hier aus konnte Jennifer Paul endlich richtig sehen. Sein halb offenes blaues Hemd, sein halblanges lockiges, dunkles Haar. Er war braun gebrannt. Schnell schaute Jennifer wieder weg. Und dann hörte sie noch das Klatschen, das von der Frauenrunde kam. Valerie hatte den anderen Entrepreneurinnen wahrscheinlich gerade wieder ein neues Projekt vorgestellt. Doch das war alles unwichtig, weil jetzt Paul da war.

»Hi, ich bin Jenni«, rief sie in die Runde.

Ein paar der Leute blickten auf und lachten.

»Willkommen an unserem Tisch«, rief ein junger Mann mit einem burgunderfarbenen Samtsakko. Hände griffen nach ihr, drückten sie an die dazugehörigen Gesichter, küssten ihre Stirn, ihre Wangen, aus Versehen ihren Hals.

»Das ist Sophie, die beste Visagistin von Paris«, rief der Sakko-Typ. Eine zarte rothaarige Frau warf Jennifer einen Luftkuss zu.

»Und hier, das ist Raf, er schreibt Bücher, aber keine, die man versteht.«

Ein älterer Herr mit grau meliertem Bart und silber umrandeten Lesebrille lächelte Jennifer an.

»Und das ist Meister Hora, also Homer, er hat einen Laden für Uhrenreparaturen in Mitte.« Er reichte ihr die Hand, drehte ihr Gelenk vorsichtig um und schaute auf ihre Uhr, studierte sie.

»Eine Day-Date-Rolex von 1980. Erstaunlich.«

Der junge Mann rollte mit den Augen und machte eine großzügige Handgeste.

»Du bist wohl steinreich, meine Liebe. Gut für dich. Mit wem bist du hier?«

Jennifer schaute an der Schulter des Typen mit dem Sakko

vorbei. Sein Blick folgte ihrem, aber da stand niemand. Jennifer schaute sich weiter um. Zwischen den Kerzenleuchtern, Kristalllampen und dem Geklimper von Weingläsern, in dem ganzen Trubel konnte man weder etwas sehen noch hören.

»Ich bin mit Paul Schliemann hier, haben Sie ihn gesehen?«

Der junge Mann machte ein verwundertes Gesicht.

»Nein. Aber ich würde ihn gerne mal kennenlernen, diesen Paul.«

Jennifer schaute noch mal in alle Richtungen, aber Paul war nicht mehr da. An Valeries Tisch klatschten schon wieder einige der Frauen laut, weil es etwas zu beklatschen gab. Valerie winkte Jennifer, sie solle zurückkommen.

»Ich komme mit, ihn suchen«, sagte der Sakko-Typ und nahm Jennifers Hand. »Möchtest du mit mir Drogen nehmen?«

Jennifer zog ihre Hand weg. Da endlich erblickte sie Paul durch die Fensterscheibe. Er stand vor dem *Roc's* nicht weit von der Spreebrücke und rauchte. Jennifer lief zur Tür nach draußen. Und schon wieder lautes Klatschen von Valeries Tisch. Hätten sie doch nur alle gewusst, dass da gerade Paul Schliemann draußen stand, hätten sie sicher noch lauter geklatscht. Um ihr Wiedersehen zu feiern. Und ganz sicher hatten sie auch alle ein Exemplar von Pauls und ihrem Lieblingsroman *Renegade* im Regal stehen. Ein Bestseller. Ein Buch über das Verlassen der Heimat, Jennifer und Pauls Heimat Rosenberg vor der Höhe, über Verrat und einen schwerreichen Patriarchen, der weiter oben im Taunus auf einem Berg lebte. Ein Städtchen mit zwölftausend Einwohnern, Fachwerkhäusern, Gasthäusern, einem Gemeindehaus, Kneipen und einem Burger King an der Stadtausfahrt. Jennifer beneidete Paul um seine Freiheit. Paul war so ungebunden. Sie war einundvierzig Jahre alt und hatte drei

Kinder. Paul war zweiundvierzig und hatte nicht mal eine Katze. Weil Paul als Junge geboren war, konnte er immer ein Kind bleiben. Mädchensein war dagegen schon immer eine ernste Sache gewesen. Die Sache mit den Schwangerschaften. Die Sache mit dem Karriereknick, der eher eine schwere Fraktur als nur ein Knick war. Wie wenig Beschädigungen so ein Männerkörper im Laufe der Zeit erlitt. Sie öffnete die schwere Glastür. Die Fallwinde rissen ihr beim Festhalten der Tür und Wiederschließen fast den Arm ab. Endlich stand sie draußen. Paul lächelte sie milde an. Sie lächelte zurück. Die Welt war auf einmal überraschend weich und gar nicht kompliziert.

»Hast du noch Zigaretten?«, fragte er sie.

Zu zweit standen sie fröstelnd auf der Brücke am *Roc's*, rauchten und schauten auf die vereiste Spree. Jennifer zögerte. Sie könnte versuchen, ihn zu küssen, traute sich aber nicht. Sie entschied, lieber ganz eng mit ihm zusammenzustehen. Hat er denn nicht auch Lust, sie zu küssen? Sie suchte beim nächsten Zug seinen Blick, er nahm sie in den Arm. Es war wie Nachhausekommen. Sie schwiegen.

»Warum warst du so lange weg?«

Sie schaute ihrem Atem hinterher wie damals am zugefrorenen See. Sie hauchte ihn in die Sterne.

Paul zuckte mit den Schultern. Er war so viel größer als sie. Er zögerte.

»Keine Ahnung. Das war deine Zeit.«

Jennifer verstand es nicht. Sie schüttelte schnell den Kopf. Ihre Kehle schnürte sich zu.

»Wie kannst du so was sagen? Du kannst nicht einfach gehen. Ich habe dich gebraucht, dich vermisst. Wenn du wüsstest, was los ist. Du machst es dir einfach.«

Sie ließ ihn nicht aus den Augen. Er war doch ein Wunder, wie er einfach so dastand. Paul fuhr sich mit der Hand wieder und wieder durch seine braunen Locken. Er trug einen alten, aber teuren Tweedmantel.

»Es ist doch immer was los. Und das Wichtigste ist doch, dass ich jetzt da bin.«

Sie lehnte sich wieder an. Und hielt die Luft an. Ohne ihren Atem war der Himmel sternenklar.

Kapitel 3

Du bist nicht allein

Jennifers wichtigste Erinnerung an Paul, das waren diese Anfälle. Paul hatte als Kind so heftige Lachkrämpfe, dass Milch aus seiner Nase kam. Sie saßen unten im Haus bei Pauls Eltern auf dem Sofa und schauten den *Li-La-Launebär* in diesen geschlechtslosen braun-blauen Pyjamas, die Kinder Ende der Achtizger so trugen. Eingewickelt in Wolldecken, konnten sie so über Stunden dasitzen. Sonntags, um sechs Uhr morgens, das war ihre Zeit. Dann, wenn es langsam hell wurde und der Tag noch nicht von verkaterten Erwachsenen verseucht war.

Von Erwachsenen, die laut frühstückten: Körnerbrot aßen, tassenweise schwarzen Kaffee tranken, mit dem letzten Rest aus der Milchpackung aufgefüllt. Freundliche Monster im Morgenmantel, die kleinen Kindern Lebensweisheiten einhauchen wollten. Sie umarmen und küssen wollten, damit ihr eigener Weltschmerz etwas süßer würde. Und zumindest Jennifer sah es ein. Friede und Manfred verdienten ihre Gesellschaft. Sie waren Leute, die nicht so viel erlebten wie ihr Papi. Sie redete viel mit den beiden, wenn sie es wollten. Sie erzählte ihnen Geschichten von ihrem Zuhause, vom Schlager, von den lustigen Tourneen und den netten Sängerinnen. Friede und

Manfred hatten nur einen Sohn und Bernd nur eine Tochter. Es ist für mich auch nicht schön, dass ich dich immer bei den Schliemanns parken muss, sagte Bernd oft zu seiner Tochter. Er habe so viel zu tun mit den Fernsehshows, er würde gerne mehr Zeit mit ihr verbringen. Er tue, was er könne. Und bald, ja sehr bald würden sie wieder zusammen sein. Jennifer glaubte ihm, weil der Papi für sie eigentlich ihre ganze Welt war. Die Frau in seinem Leben, das war nicht ihre Mutter Regina, das waren nicht seine Affären. Alles in allem war Bernd tatsächlich nur seiner Tochter gegenüber loyal gewesen. Und das war etwas Besonderes.

Und trotzdem war da Paul. Wenn Friede und Manfred abends noch bei den Nachbarn gewesen waren (und das waren sie sehr oft), dann schaffte es Jennifer manchmal mit Paul, bis zum *Disney Club* um zehn Uhr im Ersten ungestört fernzusehen. Jennifer war acht Jahre alt und dachte schon damals viel an Paul. Manchmal starrte sie ihn so lange an, bis sie sich selbst nicht mehr mitkriegte und ganz in ihm verschwunden war. Jennifer hatte Paul schon angesehen, als er noch nicht einmal wusste, was Verliebtsein war. Sie hatte ihn sich ausgesucht.

Paul war damals noch nicht so weit. »Ihr Mädels seid uns da immer um Längen voraus. Wir Jungs checken das nicht so früh«, sagte er später einmal. Jennifer fand es ungerecht. Wie konnten sich Mädchen in Jungs verlieben, auf dem Pausenhof, auf dem Heimweg, auf dem Spielplatz von nichts anderem sprechen, und die Jungs checkten es einfach gar nicht und fuhren mit Matchbox-Autos die Wohnung ab oder spielten *Super Mario* auf dem Gameboy.

Jennifer hoffte, dass es Paul etwas bedeuten würde, dass sie neben ihm saß, in seinem holzverkleideten Wohnzimmer mit den braunen Rundsofas. Sein Vater hatte einen Handwerksbetrieb, seine Mutter Friede war Hausfrau. Sie stellte ihnen immer einen Teller mit belegten Broten raus, wenn sie dann später am Tag im Garten spielten.

Friede liebte ihren Sohn, Paul, ihr einziges Kind. Eine Mutter zu haben, das war normal. Mutterliebe gab es für Paul gratis. Und manchmal verhielt sich Paul auch so. Wie sein Vater. Als wäre das alles selbstverständlich. Jennifer sagte dann so Sachen wie, Paul, also, Paul, warum bist du so, sei doch froh, dass sie dir die Klamotten rauslegt, eine Sandwich-Box für die Schule macht, dass sie dir abends vorliest und dir über die Stirn streicht. Ihr Vater ließ sie in eiskalten Backstage-Räumen hinter der Showbühne warten, weil er mit dem Leiter des deutschen Fernsehballetts und drei Tänzerinnen noch etwas besprechen musste. »Er meint es nicht böse«, sagten Agneta und Petra, die Assistentinnen der Shows. »Er macht das auch für dich, Mädchen«, sagte Doris von der Aufnahmeleitung. Jennifer nickte, ahnte es aber damals schon: Bernds Liebe war eine Liebe, die mehr forderte und weniger nachsichtig war. Sie musste auch bis manchmal spätnachts bei Konzerten dabei sein, weil Bernd es nicht einsah, eine Babysitterin zu buchen. Jennifer mochte es, dass ihr Papa sie schon wie eine Erwachsene behandelte. Sie mochte es, dass sie von den Schlagersängerinnen Zigaretten angeboten bekam, und mochte es weniger, ausgelacht zu werden, wenn sie sagte, sie sei doch erst acht. Aber sosehr Bernd sie auch liebte, konnte sie die bitterste Wahrheit nie ignorieren, weil es ihr jedes Mal einen Schlag versetzte, sobald sich der Nebel, die Aufregung des Tages verzogen hatte und Jennifer in ihren Träumen wieder klarsehen konnte, weil es so dumm und einfach zu sehen war und weil es jede einsah, die bis zwei zählen konnte: Paul hatte eine Mutter, Jennifer war das Mädchen ohne Mutter.

Lange hatte die Familie Boyard ein sogenanntes normales Familienleben vorweisen können. Bernd und ihre Mutter Regina fuhren mit ihren vier Kindern nach Elba, nach La Baule, an den Strand. Familienfotos in Schwarz-Weiß zeigten eine glückliche Großfamilie, Regina im Bikini mit der dreijährigen Jennifer auf dem Arm, ihre drei Söhne, die zu ihren Füßen im Sand spielen. Im Hintergrund die pittoreske Promenade. Bernd mit einer großen Paella-Pfanne auf der Terrasse des Ferienhauses. Deutschland war Teil des großen sonnigen Europas mit Gelato, fremdländischem Wein und Fiestas, aber geordneten Verhältnissen zu Hause. Helmut Kohl war schon seit vier Jahren Kanzler, ein Patriarch, der das Land und jede Familie zusammenhielt. Nur Jennifers nicht. Regina und Bernd lebten unter demselben Dach längst getrennt und versuchten aber, die Fassade der Bürgerlichkeit und der Ehe aufrechtzuerhalten. Der Eiserne Vorhang war im Taunus weit weg, mit der DDR verbanden viele Leute nicht viel mehr als Kommunismus, totale Tristesse und ein System, das den Menschen die Schuld an seinem Versagen gibt. Bei uns im Westen haben es alle gut, sagten Pauls Eltern, und sogar Bernd nickte. Wir haben Jeans, Cola, Kapitalismus, Gemütlichkeit und freie Wahlen. Man schickte der DDR-Verwandtschaft, was sie sich im Otto-Katalog angekreuzt hatte. Bernd gründete sein Schlagerlabel, arbeitete sich kaputt und feierte so manche Nacht durch. Ganz Rosenberg war stolz auf ihn. Als Jennifer fünf Jahre alt war, ließen sich ihre Eltern endgültig scheiden. Nun war Bernd in seinen Augen auf sich gestellt. Seine Tochter parkte er während der Aufzeichnungen der *Hitparaden* und des *Musikantenstadls* mit Karl Moik regelmäßig im kleinen roten

Backsteinhaus von Pauls Eltern. Bernds Söhne waren längst im Internat eines Jesuitenkollegs und einem Schloss in Baden-Württemberg untergebracht.

Jennifer und Paul waren schon zusammen in den Kindergarten gegangen. 1986 hatte alles angefangen. Direkt am ersten Tag übergab Bernd Friede seine Tochter am Eingang. Er musste zum Flughafen, auf die Autobahn, zu irgendeinem Termin. Bernd spielte sich damals vor Friede als alleinerziehender Vater auf, als ein armer, bemitleidenswerter Typ, dem die Frauen emotional und auch ganz praktisch helfen müssen, denn dafür waren sie ja da. *Ach, Bernd, wie du das alles schaffst allein mit vier Kindern, komm, Jennifer, wir nehmen dich jetzt mit, und wir kaufen noch was Schönes beim Bäcker für die große Pause, sag dem Papa Tschüss.* Bernd war schon damals ganz Charmeur, manipulativ, er stimmte für Pauls Mutter »Ein bisschen Friede(n)« an – und Friede war für eine Minute ein anderer Mensch.

Die ersten Tage im Luther-Kindergarten hatte Jennifer nur geheult. Kakao in kleinen braunen Milchtüten mit einer Kuh drauf, überhitzte Räume, verfluste Ökostrumpfhosen, Rotz, der aus der Nase lief und auf Ärmeln von bunt gestreiften Wollpullovern landete, brennende Lippen vom Schnodder, von den heißen Tränen, dem Sandkastensand, Eiseskälte beim Waldspaziergang, nirgendwo ein Lappen oder ein trockener Spot für den Po zum Hinsetzen, Kastanien in den Hosentaschen, Eicheln mit Würmern drin. Und Jennifers Neid auf das Stofftaschentuch der anderen Kinder, das die Mama ihnen gebügelt und parfümiert mitgegeben hatte. Manchmal gab es für eine Woche keine Milch wegen Tschernobyl, der Wind hatte sich mal wieder gedreht.

Es war ein für den Wetteraukreis typischer protestantischer Kindergarten. In dem Flachdachbau war der Boden mit Linoleum und mit Teppich ausgelegt, die widerstandsfähige, kratzige Variante, und die Wände waren ockerfarben gestrichen. Auf der einen Seite des Spielzimmers, hinter ein paar Möbeln, die als Raumtrenner dienten, lag die Puppenecke mit Kaufladen. Auf der anderen Seite die sogenannte Bauecke. Die binär ausgerichtete Architektur (Bereiche und Klos für Jungen und Mädchen) prägte Jenni. Sie sah wochentags nur Pauls Hinterkopf, schwer zu finden in einer Gruppe von Jungs mit den gleichen Kurzhaarfrisuren zwischen Bautürmen und Holzkränen. Sie hockte in der Puppenecke und fühlte sich dort wie eine Fremde. Aber es gab kein Entkommen. Die dicke Tina schmierte Milchschnitte auf den Holztresen des Kaufladens, auf dem die Spielzeugkasse stand. Die Mädchen aus dem Aussiedlerheim, die kein Deutsch konnten, waren Jennifer suspekt und rochen sauer.

Sehnsüchtig schaute sie immer wieder zu Paul – wieso konnte sie nicht zu ihm? Wieso konnte sie nicht mit dem Menschen zusammen sein, der sie am meisten interessierte, mit ihm befreundet sein? Wieso konnte das niemand, aber auch wirklich niemand, ernsthaft erwarten? Von anderen so gemocht zu werden, wie man es sich erhoffte. Von Paul trennten sie nur ein paar Möbelstücke und Playmobil-Aufbauten, aber es war viel zu viel. Er war unerreichbar für sie. Als wenn diese Codes, wer mit wem spielt, wie eine hohe durchsichtige Wand zwischen ihnen standen.

Aus Langeweile ging Jennifer manchmal auf die Toilette, sortierte die Papierrollen neu, klappte alle Klodeckel herunter, sodass sich beim Anblick der Klos mit ihren kleinen Brillen und Schüsseln ein einheitliches Bild ergab. Zu Hause herrschte damals das absolute Chaos. Das Haus in Rosenberg war nach Reginas Auszug noch voller stehen gelassener Kartons, Kleiderberge türmten sich neben den Betten. Die Haushälterin betrat die Schlafzimmer nicht mehr. Bernd schien oft fahrig und lief, den Blick nach vorne gerichtet, im Bademantel durch alles hindurch.

Jennifer hatte die ersten Tage im Kindergarten nur geheult, aber dann kam Bernd sie nachmittags abholen, und das Geheule hörte auf. So erzählte er es gerne. Die Erzieherin sagte zu ihm: *Ach, wie wunderbar, dass Sie da sind. Das ist immer so, wenn die Väter kommen, dass es dann besser wird mit dem Heimweh. Dann können die Kleinen hier ankommen und finden Heimat. Fragen Sie mich nicht, warum das so ist, aber das beobachte ich einfach. Wie schön, dass Sie ein Vorbild als Vater sind, Herr Boyard. Und das bei Ihrem Beruf. Wie Sie das alles schaffen.*

Bernd schmückte diese Geschichten immer gerne aus. In seiner Erinnerung wollten alle weiblichen Personen, von den Müttern über die Erzieherinnen bis zu den Lehrerinnen, immer was von ihm. Wenn er von ihnen sprach, machte er sie alle mit einer übertrieben hohen Stimme nach: »Ach, Herr Boyard, wie schön, dass Sie da sind, darf ich Ihnen einen Kaffee anbieten? Ich wollte Sie mal was fragen.« Er lachte dann laut und schlug sich dabei aufs Knie. Und Jennifer konnte mitlachen.

Es klang immer so, als wolle er ihnen an die Wäsche, aber dann irgendwie doch nicht. Er zog es vor, seinen Ruf als anständiger Vater zu wahren, und amüsierte sich prächtig, als er vor diesen Frauen, deren Monatslohn sein Tagessatz war, die Hose zuließ. Personal wollte Bernd nie beeindrucken, nur Talente, die Dutzenden von Schlager-Newcomerinnen, die damals noch Valerie, Petra oder Monika hießen. Ihnen machte er endlose Komplimente für ihr Aussehen.

Und Jennifer hörte auf zu heulen und war irgendwie stolz darauf, dass ihr Vater so ein Chauvi war. Ohne dass sie es genauer begreifen konnte, wertete es sie als Mädchen auf, so einen Vater zu haben. Und sie die kleine Frau an seiner Seite, die den großen Macho ganz weich werden ließ. Nur bei Paul nützte ihr das Tochterprädikat komischerweise nichts.

Das änderte sich auch nicht, als Bernd noch erfolgreicher wurde und Jennifer und Paul zusammen eingeschult wurden. Sie standen vor der Rosenberger Grundschule, Paul in kurzen Hosen, dünne Beine, Jennifer in einem ausstaffierten Laura-Ashley-Kleid, und hielten ihre Schultüten. Pauls war zur Hälfte mit Watte gefüllt, Jennifers nicht. Und gleich auf dem ersten Klassenfoto stehen Jennifer und Paul zufällig nebeneinander. Sie verziehen die Gesichter im hellen Sonnenlicht. Damals lebte Jenni noch in Rosenberg. Ein halbes Jahr zuvor hatte Bernd allerdings den wohl radikalsten Entschluss ihres jungen Lebens gefasst. Rosenberg passte nicht mehr zu ihm. Das Städtchen mit den Fachwerkhäusern und Flachdachbauten war dem großen Schlagerproduzenten zu schäbig geworden. Ein Palast musste her. Und der Immobilienmarkt war damals attraktiv. Hoch im Taunus in Kronberg, einem Luftkurort, wo die Reichen und Diskreten hinter dicken Mauern und hohen Zäunen in ihren Tudor-Style-Villen lebten, fand Bernd schließlich eine angemessene Residenz hinter dicken gotischen Mauern. Es war die Villa, in der einst ein britischer Lord aus dem engeren Kreis der britischen Königin Victoria residiert hatte. Die hölzernen Decken, geformt zu Kuppeln, die massiven Mahagonitreppen, die Kristallkronleuchter, die meterlangen Perserteppiche aus Seide, der saftige grüne Garten mit Satyr-Statuetten waren beeindruckend und Furcht einflößend. Bernd, der immer mehr Vermögen angehäuft hatte, fand diese Entwicklung folgerichtig. Auch den hohen Aufwand an Sicherheitspersonal. In Kronberg lebte man in ständiger Sorge um den eigenen Besitz. Doch als die RAF den Deutsche-Bank-Chef Alfred Herrhausen in Bad Homburg ermordete, schlug Sorge in Angst und Paranoia um. Was kam als Nächstes? Weitere Morde? Entführungen? Gerade von Kindern. Gerade an den Schulen in Kronberg und Umgebung. Alles und jeder musste bewacht und begleitet sein. Jennifer ging also weiter in Rosenberg zur Schule und zu den Schliemanns, es schien sicherer, und sie wurde morgens von Ennio, dem Fahrer der Familie, in einem gepanzerten Mercedes bis vor das Schulgebäude gefahren. Jennifer hatte schon deshalb nie eine Chance gehabt, normal zu sein. Der Wachmann, der immer mitfuhr und ihre Tasche bis zu ihrem Platz trug, tat sein Übriges. Alle tuschelten. Aber so schlimm das Gelächter auch war, freute Jennifer sich doch, etwas Besonderes zu sein. Sie war stolz auf ihren berühmten Papa, über den die Zeitungen als »Schlagerpapst« berichteten. Manche Klassenkameradinnen wie Angelika Kammer und Gisela Rudolph würden im Rückblick sogar sagen, dass die kleine Jennifer besessen vom Narrativ des armen, reichen Mädchens war. Dass sie sich in ihre eigene Welt zurückzog, oft mit sich selbst sprach und gar nicht für eine Freundschaft empfänglich war. Ja, im Rückblick war Jennifer ganz sicher sogar mit daran schuld, dass sie keine Freundinnen hatte, dass sie nirgendwo mitspielen durfte. Sie hatte an ihrem goldenen Käfig selbst gebaut, ihr Exil, das alles hatte sie selbst gewollt. Es war ihr Königreich und bot ihr Schutz.

Paul war vom ersten Tag der Grundschule ein kleiner Gott. Er war der Klassenclown, die Lehrerin liebte ihn, ein supersportlicher Sonnenschein, ein Sohn, für den andere Mütter morden würden. Jennifer dachte damals viel über Pauls Beliebtheit nach. Wie ihm alles zuflog, wie aufgepumpt er von Friedes Liebe war, in häuslicher Harmonie durfte er an seiner alles verzeihenden, jeden umarmenden Mutter wachsen. Bei ihr zu Hause gab es nur Bernds Ansagen, ab und zu ein paar autoritäre Ratschläge. Gute Ratschläge, fand Jennifer, die man in ihrer Härte aber aushalten musste. Bernd teilte die Menschen spätrömisch in Sklaven (Angestellte), Senatoren (die Staatsmacht), den Plebs (das dumme kaufkräftige Volk) und seine Nachfahren (sein Eigentum) ein. Jennifer trug pastellfarbene Samtkleider und dunkle Strumpfhosen. Manchmal hatte sie das Gefühl, dass ihr das Geld aus jeder Pore kam. Sie hatte die neueste Schultasche von Scout, trug einen schwarzen Wintermantel von Yves Saint Laurent aus Paris. Sichtbarer Reichtum, wie ihn die Neureichen zur Schau trugen, war allerdings schlecht angesehen, verpönt in der protestantischen Gemeinde von Rosenberg. Aber an Bernd perlte das ab. An Jennifer klebte es wie Pech.

»Jennifer hat heute wieder Lackschuhe an.« Das erzählte Paul dann manchmal lachend beim Mittagessen. Und seine Eltern lachten kurz mit. Friede erklärte ihrem Sohn dann ganz lieb, dass Jennifer nichts dafürkönne, denn sie habe ein Kindermädchen, das sie morgens anzog, weil ihr Papa Bernd immer viel unterwegs sei. Tja, und weil ihre Mutter Regina die Familie verlassen habe. Jennifer habe es nicht leicht, so alleine mit ihrem Papa und ihren Brüdern, die nur zu den Feiertagen heimkamen. Aber man könne Glück nun mal nicht kaufen und Liebe auch nicht. Und man solle den Menschen, denen es weniger gut geht, mit Barmherzigkeit und Freundlichkeit begegnen. Jennifer war die ohne Mutter, es konnte gar nicht oft genug wiederholt werden: das mutterlose Mädchen, fast eine Halbwaise. Ihre Mutter hatte sie aber natürlich geliebt, das konnte man gar nicht oft genug betonen, so oft, dass es wie ein Zwang wirkte, sie hatte sie geliebt, aber ihre Eltern hatten sich nun mal nicht verstanden.

Als Jennifer elf Jahre alt war, wollte sie Paul plötzlich noch mehr gefallen als vorher. Sie versuchte, nun jeden Tag schöner für ihn auszusehen, und ließ ihre Kinderfrau Bine immer neue Kleider, Röcke und jetzt auch geringelte Strumpfhosen rauslegen.

Bine ermutigte sie. »Das wird ihm gefallen, Jenni, Männer und Jungs sind da manchmal etwas schwer von Begriff, aber du bist die Schönste«, sagte sie. »Die Mädchen sind sicher alle neidisch auf dich.« Jennifer hörte das gerne, obwohl sie wusste, dass es gelogen war. Sie mochte es, dass Bine so gut von ihr dachte. Sie mochte die Vorstellung, dass wenigstens Bine fand, dass sie schön war.

Jennifer und Paul sahen sich immer weniger sonntags bei ihm zu Hause. Paul gab gern damit an, dass er ein halbes Jahr älter war als sie, nämlich schon zwölf und somit früher einen Personalausweis bekommen würde und in die Disco konnte. Jennifer wusste mit seinem Herumprahlen nicht so recht etwas anzufangen. Erst wenn sie mal ein paar Stunden allein waren, weil Pauls Eltern zum Einkaufen nach Frankfurt gefahren waren, schien es Jennifer, dass sich etwas in Paul löste. Dass er endlich sein Image als der coolste Junge der Klasse ablegen konnte, seinen Körperpanzer. Und plötzlich, einfach so, war endlich Zeit für Spaß.

Niemand hätte Jennifer geglaubt, hätte sie in der Schule erzählt, dass Paul noch so kindisch war für sein Alter und sie wieder mit seinen He-Man-Actionfiguren kämpften, dass sie Tee mit Honig am Fenster sitzend tranken und den Regentropfen beim Runterlaufen an der Scheibe zusahen, die vorbeifahrenden Autos zählten, nach Farben und Modellen sortierten, bis Bernd Jennifer am Abend in seinem absurden und lächerlichen Ford Mustang abholen kam.

Jennifer liebte den albernen Teenager in Paul, der lachte wie ein Kind, der in eine Klobürste sang und zum Schlager ihres Vaters aus dem Radio tanzte, um auch sie zum Lachen zu bringen. Einmal bauten sie einen ganzen Nachmittag im Garten eine Falle für Pauls Eltern. Sie gruben ein richtig großes Loch, legten Bretter und Äste darauf und deckten es dann mit Moos und matschigen Blättern ab. Pauls Vater war am Ende tatsächlich reingetreten, als er rauskam, weil sie ihn gerufen hatten. Er fand es begrenzt spaßig, mit den Füßen in einer matschigen Kuhle zu stehen, und sie waren enttäuscht gewesen, weil das Loch nicht so groß war, wie sie gedacht hatten. Paul war zwar ein Einzelkind, aber bei Schliemanns war es trotzdem immer so ausgelassen, als würden viele Leute eine Party feiern. Sein Vater machte ihnen zum Mittagessen Clowns-Spiegeleier mit zwei Oliven für die Augen, Eigelb als Nase und einem Mund aus Tomatenmark. Oder er spielte selbst für seinen Teenagersohn noch das Orangen-Monster. Dafür schnitzte er sich Zähne aus einer Schale.

War es das Gefühl, eine echte Familie zu haben? Fühlte es sich so an, bedingungslos geliebt zu werden? Wenn man nichts tun musste, außer da zu sein, um akzeptiert zu werden? Pauls Eltern lachten so viel beim Abendessen, stritten über Kontoauszüge oder sprachen über den Urlaub. Einmal, Jennifer trug schon ihre Zahnspange, spielte sie mit Paul und seinen Eltern Fangen. Pauls Vater Manfred nahm Friede auf die Schultern und rannte mit ihr durchs Wohnzimmer. Die Jugendlichen liefen schreiend durch die untere Etage des Hauses. Paul rannte in die Küche. Plötzlich klingelte es. Pauls Vater musste schnell reagieren und setzte Friede im Flur auf dem Schrank ab. Bernd kam herein, und Friede saß mit dem Kopf schräg unter der Decke auf einem Schrank, und keiner konnte Bernd das erklären, so einen Lachkrampf hatten sie alle. Bernd hatte dann so ein bisschen gequält mitgelacht, er wusste aber gar nicht, was abging. Er war nicht Teil ihres Zirkels und stand doof im Türrahmen rum. Schweigend ging Jennifer neben ihm zum Auto, während Bernd ununterbrochen von neuen Hits redete und wieder mal nichts mitbekam. Sie hätte ihn gerne umarmt, doch irgendwie passte der Moment nicht.

Wer konnte an diesem unbeschwerten Abend schon ahnen, dass ein Jahr später im Dezember alles für immer kaputt sein würde? Es war schon erstaunlich, dachte Jennifer später oft. Wie sehr das Leben sich an den Guten vergriff. Wie jeder Versuch einer Ausformulierung einer irdischen Gerechtigkeit für den Arsch war. Über den Tag auf dem Eis, Pauls Unfall, konnte sie nicht sprechen. Sogar Bernd begriff und verdrängte es gleich wieder, dass dieser Tag das Leben aus seiner Tochter herausgerissen hatte, ihr Herz und ihre Eingeweide. Pauls blaue Finger und Lippen zu sehen, wie Eduard und Regina den Körper ihres triefend nassen Freundes aus dem Eisloch geholt hatten. Wie Eduard ihn dann um seine Schultern gelegt und getragen hatte wie der heilige Christophorus das Jesuskind.

Was für ein Glück für Jennifer, so dachte man in Rosenberg, dass sie wenigstens noch das letzte Jahr mit Paul gehabt hatte. In dem Jahr, das für Jennifer und Paul das entscheidende gewesen war. Am ersten Schultag nach den Winterferien hatte Paul auf einmal seine Hände auf Jennifers Schultern gehalten und Hallo gesagt. Jennifer hätte sofort losheulen können, denn irgendetwas war anders, obwohl Pauls Freundin Sarah und noch ein paar Jungs dastanden. Er sah sie anders an. Das merkte ihre Lehrerin. Das merkten die anderen Eltern. Und die Bäckerin, die ihren Laden neben der Schule hatte. Paul und Jennifer waren aus ihrer Kindheit aufgetaucht.

Vorsichtig tasteten sie sich an Meinungen, Haltungen und Weltanschauungen heran. Sie wussten plötzlich, was sie ihre Eltern fragen konnten und was tabu war. Worüber man nicht sprach, weil es sich nicht gehörte. Sie ahnten die Lügen der Erwachsenen. Kurz nach dem Neujahr 1996 zog Pauls Vater Manfred in den Nachbarort Friedenheim, also gar nicht weit weg, wie er seinem Sohn versicherte, und Bernd erzählte Jennifer, als wäre es das Selbstverständlichste der Welt, dass er eine neue Frau habe. Friede hatte einen Job in der Leihbücherei neben dem Gemeindehaus angenommen. Als Jennifer sie dort besuchte, in dem winzigen, klammen Raum mit den vier Regalen, wenn sie sich *Nesthäkchen*-Bücher auslieh, nahm Friede sie sehr fest in den Arm und sagte, dass sie gut auf sich aufpassen solle und dass Paul sie jetzt brauche. Jennifer wunderte sich, warum Friede so viel abgenommen hatte. Die Umarmungen waren nicht mehr so weich wie früher, aber dafür fester. Fast schmerzhaft fest.

In den folgenden Wochen sah Jennifer Paul sehr oft. Noch immer konnte sie sich nicht erklären, was anders geworden war, aber jetzt suchte er ihre Nähe, das war das Wichtigste. In der Schule, beim Konfirmationsunterricht am Nachmittag, in der Jugendgemeinde der evangelischen Kirche. Doch Jennifer ließ es immer auf eine zufällige Begegnung ankommen. Niemals hätte sie bei ihm geklingelt. Jennifer und Paul konnten sich in Rosenberg glücklicherweise kaum verfehlen. Ihre fünf Quadratkilometer Heimat. Beim einzigen Konditor im Ort gab es Eszet-Schnitten an der Kasse für jedes Kind dazu, an der Fleischtheke vom HL eine Kalbswurstscheibe auf die Hand, bei der Sparkasse ein *Knax*-Heft, in der Fielmann-Filiale Hohes-C-Bonbons in Raschelfolie. In der Eisdiele bestellten die Eltern nach der Schule Amarena-Eis, Waldmeister und After Eight.

Und dann passierte dieser eine Nachmittag Ende Juni. Paul kam Jennifer mit seinem Fahrrad schiebend entgegen, und sie einigten sich schnell, kurz auf einer von Bäumen geschützten Bank im Park abzuhängen und eine West Lights zu rauchen.

Jennifer erzählte Paul, was Friede ihr in der Bücherei gesagt hatte, und fragte ihn ganz direkt, was das alles zu bedeuten habe. Paul schwieg lange Zeit. Er war jetzt auch ein Scheidungskind, das nachts unter der Bettdecke weinte. Sie waren die einzigen beiden Scheidungskinder in ihrer Klasse. Er war jetzt einer dieser Söhne, der seine Mutter tagsüber dabei beobachtete, wie sie aus dem Fenster starrte, minutenlang, weil sie das alles nicht fassen konnte, das mit der neuen Frau, dem Papierkram, der Veränderung. Sie hatte es doch so lange versucht, alles getan und so viel erduldet. Er, ihr Mann, hätte einfach nur bleiben müssen.

Pauls Gesichtsausdruck war starr an diesem Tag, der ganze Schmerz war in seinen Augen zu lesen. Und dann kam es aus ihm heraus. Er erzählte, wie er Friede vor Weihnachten schluchzend auf Umzugskartons sitzend gefunden hätte, weil

Papa jetzt mit einer achtzehnjährigen Luise aus dem Nachbarort zusammen sei. Dass sie beide das Gefühl hätten, ihn gar nicht gekannt zu haben. Dass er alles tun wolle, um nicht wie sein Vater zu werden. Jennifer schaute Paul gebannt an. Zum ersten Mal hatte sie das Gefühl, dass Paul und sie etwas Echtes teilten. Die Bösartigkeit des Betrugs, jene Art von Krebs, die Familien über Nacht auffraß, war auch in Pauls heile Welt eingedrungen und hatte alle Fröhlichkeit und Innigkeit über Nacht aufgesogen und in kranke Zellen verwandelt. Was Jennifer längst von Bernd kannte, Rücksichtslosigkeit, Egoismus, Gier, war für Paul gerade eine lebensverändernde Neuigkeit. Fast jede Woche brachte ihr Vater eine neue Frau mit nach Hause, die er am Pool des Anwesens befingerte. Frauen, die Jennifer dann nachts laut lachen und irgendwann weinen hörte. Sie hatte sich längst an diese Angewohnheit von Erwachsenen gewöhnt. Doch zum ersten Mal war da auch jemand, der nichts daran beschönigte, der das Hässliche aussprach und es als solches benannte. Das, was jahrelang wie ein Kloß in ihrem Hals hing und nicht runterzuschlucken gewesen war. Das, was nachts wie ein Nebel in ihrem Kopf festhing und nicht wegging. Paul ließ sich von den Erklärungen der Eltern nicht täuschen. Er konnte ihre Fehler, die Deformationen ihrer Herzen, klar benennen. Er gab ihnen die richtigen Namen, sodass auch Jennifer endlich die richtigen Begrifflichkeiten dafür kannte. Dass Bernd ein Lügner war. Dass ihre Mutter Regina ein Feigling gewesen sein musste, dass sie ihre einzige Tochter Jennifer nicht mehr sah. Dass sein Vater Manfred ein Verräter war, der Friede nie verdient hatte.

»Wir werden niemals wie unsere Eltern sein«, hatte Jennifer zu Paul gesagt. Und zu ihrem großen Schock hatte Paul sich zu ihr herübergelehnt und hatte sie geküsst. Jennifer hatte versucht, seinen Kuss angemessen zu erwidern, doch sie stand wie versteinert da und musste erst einmal begreifen, dass das hier gerade wirklich passierte. Doch der Zauber wirkte sofort. Der Kopf war noch Tage danach ganz weich. Die beiden wurden unzertrennlich, trafen sich, küssten sich immer wieder. Jennifer legte ihre Wange an Pauls Brust. Und er streichelte ihre blonden, langen Haare.

»Wehe, du vergisst mich, wenn ich nächste Woche wegfahre«, sagte Jennifer einmal, als sie mit Paul unter einem alten Baum im kleinen Park neben der Schule saß und rauchte.

»Du hast keine Ahnung, wie sehr ich in dich verliebt bin«, antwortete Paul. Er tat dabei völlig cool und blies Rauchringe in den blauen Himmel. Und auch Jennifer blieb cool, obwohl dieser Satz wie ein Stromschlag durch ihren Körper geflossen war. Sie wagte es nicht, sich zu bewegen, sondern musterte ihren Freund nur von der Seite. Die Erinnerung an diese Zeit sollte Jennifer schließlich über einen schweren Sommer bringen.

In diesem Sommer kam sie nicht nach Rosenberg, weil sie mit Bernd auf Tour gehen musste. Auf der Festivaltour, auch die »Strand-Parade« genannt, war Jennifer wie immer der einzige Teenie gewesen, wenn man von siebzehnjährigen Schlagersängerinnen absah. Ein Mädchen, dem die Sängerinnen namens Marianne und Mireille hinter Bernds Rücken bei den Proben mittlerweile Eiskonfekt, Sekt, Kurze und nun auch direkt einen Zug von ihrer Zigarette anboten. Anders als früher als Kind rauchte Jennifer als Jugendliche nun oft mit. Weiterhin schlief sie irgendwo, irgendwann tief in der Nacht auf dem Boden des Backstage-Raums ein. Die Sängerin, die sie am liebsten mochte, hieß Maria. Sie lackierte Jennifer die Fingernägel und sang mit ihr die Songs aus *West Side Story*. Maria war sanfter als die anderen, liebevoller. Immer, wenn Maria sie irgendwo entdeckte, umarmte sie Jennifer fest und ging mit ihr beim Catering Kuchen holen.

»Bald bekomme ich bei Bernd einen festen Vertrag«, sagte Maria.

Sie hatten sich mit einem Stück Marmorkuchen an einen der Biertische gesetzt, die immer in irgendeinem Mehrzweckraum der Halle standen, wo sie gerade Station machten. Jennifer stopfte Bissen in sich hinein, und Maria redete.

»Dann wollen sie mit mir ein ganzes Album aufnehmen. Oh, Jenni, ich war nie aufgeregter.«

Maria lächelte, und Jennifer lächelte zurück. Das klang alles so fantastisch. Ein paar Wochen später, beim Abschlusskonzert, suchte Jennifer allerdings vergeblich nach Maria. Sie rannte im Backstage-Bereich herum und fragte nach ihr, bis Bernd sie einfing.

»Wo ist Maria?«

»Wo soll sie denn sein? Wahrscheinlich zu Hause.«

»Aber sie ist doch deine Sängerin?«

Bernd lachte.

»Ach, Süße. Wir haben uns einen kleinen Spaß erlaubt, Dickie und ich. Maria kommt nicht mehr. Hat nicht funktioniert.«

»Aber was ist dann mit Marias Album?«

»Vergiss es einfach. Es war ein Blödsinn für uns.«

In Schockstarre blieb Jennifer stehen. Bernd hastete zum Aufnahmeleiter. In dem Moment wurde ihr klar, dass sie Maria nie wiedersehen würde. In dieser Nacht hasste Jennifer ihren Vater zum ersten Mal. Sie hasste ihn, wie sie es noch nie zuvor getan hatte. Es war, als hätte er sie und nicht Maria gedemütigt. Als hätte er Maria stellvertretend für sie abserviert.

Und dann war die grauenhafte Tournee, Gott sei Dank, dieses Mal wieder vorbei gewesen. Die Hitze ließ langsam nach und ging in einen goldenen Herbst über. Jennifer war zurück in Rosenberg. Ennio kam nach der Schule zum Abholen oft absichtlich etwas zu spät, sodass sie noch etwas im Ort abhängen konnte. Bernd hing ohnehin noch irgendwo auf Tour fest. Vermutlich mit der Affäre aus dem *Musikantenstadl*. Nur das Hauspersonal erstattete ihm Report, wann seine Tochter nach Hause kam. Auf Ennio war als Einziger Verlass. Dann konnte Jennifer wie im Frühling wieder durch die Gassen streunen, in der Hoffnung, auf Paul zu treffen. Einmal traf sie ihn auf dem Weg zum Zeitschriftenladen. Es war ihr erstes Treffen nach dem Sommer in der Woche des Schulbeginns, und sie standen etwas beklommen voreinander herum. Dann gab sich Paul einen Ruck und erzählte Jennifer, dass er das *Yps*-Heft mit den Urzeitkrebsen kaufen wollte. Und Jennifer sagte, dass sie mitkommen, es aber nicht kaufen könne, weil Bernd die Urzeitkrebse verboten hatte, weil er den Scheiß nicht zu Hause haben wollte.

So gingen sie in den Lottoladen und klauten schließlich eines der Hefte. Zusammen fühlten sie sich unbesiegbar. Unter die Jacke gesteckt und raus. Noch die Gratis-Gummibärchentüte von der nichts ahnenden freundlichen Verkäuferin als Geschenk angenommen und adieu! Im Park beschlossen Paul und Jennifer, dass Paul die Krebse behalten durfte, aber sie ab und zu nach ihnen schauen konnte. Die Vorstellung, als nun Vierzehnjährige und nicht mehr als Kind bei Paul zu Besuch zu sein, verursachte bei ihr ein flatterndes Gefühl im Bauch.

Zu Jennifers großer Erleichterung küsste er sie wieder, wie auch schon vor den Sommerferien. Es war wie eine Erlösung. Und weil das so gut ging, trafen sie sich nun öfter im Park, rauchten West Lights und knutschten. Oder knutschten und rauchten. Das mit dem Diebstahl der Urzeitkrebsen, wusste Jennifer, war natürlich ein mieser Trick von Paul gewesen, an die Viecher zu kommen, aber so kamen Bernd und Friede wenigstens mal wieder zum Telefonieren; er, der große Hitproduzent aus Kronberg im Taunus, sie, die Hausfrau mit Aushilfsjob, die seine mittelmäßigen bunt bedruckten hässlichen Schlager-CDs im Supermarkt kaufte. Bernd beruhigte sie wegen des Anrufs des Ladenbesitzers, und Friede beschwerte sich über die Krebse. Ihm war Friedes Befindlichkeit egal. Sie war eine Frau über fünfunddreißig, und was kümmerte es ihn, was eine Frau über fünfunddreißig so fand.

Bei dem Gespräch einigten sich Bernd und Friede darauf, dass Jennifer und Paul ins Herbstferienlager der evangelischen Kirche fahren sollten, wo sie mit siebzig anderen Kindern am Lagerfeuer »Laudato Si« sangen. In der Dunkelheit hielten Jennifer und Paul wie immer Händchen. Das ging, denn hier im Zeltlager galten sie glücklicherweise zum ersten Mal als Paar. Doch war es immer Jennifer, die etwas mehr Pauls Nähe suchte. Manchmal war es, als würde sie die liegen gebliebenen Stücke des Sommers einsammeln und wieder zusammenlegen wollen. Sie versuchte, ihm wieder so oft wie möglich wie zufällig über den Weg zu laufen, die gleichen Frisuren zu tragen, von denen sie sich vorstellte, dass sie ihm gut gefallen hatten. Das Zeltlager lag im Sauerland an einem kleinen Bach, ein endloses Gelände aus Wiesen und Wäldern, eine Abenteuerwelt für Jungs, viele Chancen, sich im Spiel zu verlieren.

Jennifer suchte tagsüber oft das Gelände nach Paul ab, der irgendwo anders mit seinen Kumpels unterwegs war. Und sowieso war er die meiste Zeit einfach mit dem Kopf woanders. Trotzdem, wenn es dunkel wurde, hielten sie sich bei den Händen und küssten sich. Erst als sie nach Hause kamen, fand Jennifer heraus, warum Paul im Ferienlager manchmal traurig und distanziert gewesen war. Friede ging es nicht gut. Manchmal stand sie gar nicht auf, oft sagte sie in der Leihbücherei wegen ihrer Gelenkschmerzen ab. Friede stand am Nachmittag im Morgenmantel in der Küche und kochte Gemüsesuppe. Jennifer und Paul glaubten nicht an die Gelenkschmerzen. Sie glaubten Friede sowieso kein Wort. Es war das erste Mal, dass Paul Jennifer um Hilfe bat. Jennifer verstand sofort. Diesmal würde sich ein Problem ganz eindeutig mit ihrem Geld lösen lassen. Sie passte einen guten Moment bei Bernd im Büro ab und flehte ihren Vater an, Friede zu helfen. Er könnte vielleicht ihr Haus renovieren oder ihr eine schöne Reise bezahlen.

»Papi, tu es für mich. Ich bin bei dieser Familie aufgewachsen. Ich liebe Friede, ich liebe Paul.«

Es war nicht das erste Mal, dass Bernd seine Tochter anschaute, als habe sie etwas Falsches oder sehr Dummes gesagt. Bernd überlegte lange, ließ Minuten vergehen, um dann einen Vortrag darüber zu halten, dass jeder für sich selbst verantwortlich sei. Die Sache mit dem Schmied und dem Glück. Die Sache mit der Hand und dem Schicksal. Jennifer schämte sich in diesem Moment so sehr für ihren Vater. Am Ende spendierte Bernd vier Tickets für *Wetten, dass..?* in Offenburg und ließ Paul und Friede mit seinem Benz abholen. Paul und Jennifer konnten, weil es Bernd nicht interessierte, nach der Show im Pool des Holiday Inns schwimmen und im selben

Zimmer übernachten. Es war für beide das erste Mal. Und ohne dass sie es wussten, war es aber auch ihr letzter Monat zusammen.

Es war der Dezember des Jahres 1996. In japanischen Millionenstädten hatten Erdbeben ganze Orte ausradiert, Boris Jelzin ließ russische Truppen in der tschetschenischen Hauptstadt Grosny wüten, in Srebrenica war es zu einem Genozid gekommen, Robbie Williams kündigte im selben Monat an, Take That zu verlassen.

In den nächsten Wochen machte Paul sich rar. Friede ging es nicht besser. Und Paul zog sich zurück. Er war nicht mehr zufällig nach der Schule in den Gassen von Rosenberg zu finden, er ging auch keine Waffeln auf dem Weihnachtsmarkt mehr essen oder zwischendurch zum Wurst-Imbiss. Mittlerweile sah Jennifer ihn nur noch bei Andachten an den Feiertagen in der Stadtkirche und nachmittags im Konfirmationsunterricht, wo sie über die Zehn Gebote sprachen. Jennifer musterte Paul heimlich. Er hing die meiste Zeit quer über seinem Stuhl, und ihr Verlangen nach ihm fühlte sich quälend an. Es war der Moment, in dem Jennifer verstand, dass ein Begehren nur größer wurde, wenn es unstillbar blieb. Dieser dumme Paul hätte sie einfach wieder küssen können, anstatt sich an seinem Bauch zu kratzen, ausgerechnet so, dass sie den Saum seiner Boxershorts sehen konnte. Vor dem Einschlafen dachte Jennifer oft an Paul. Sie träumte davon, ihn zu heiraten und in einem dieser spießigen Doppelbetten miteinander zu schlafen. Missionarsstellung, Blümchensex, der Katechismus der protestantischen Kirche ließ nichts anderes zu. Die Furcht vor der evangelischen Kirche und Gottes Strafe für unsittliches Verlangen waren in ihren Kopf eingepflanzt worden. Mit niemandem konnte sie ehrlich über Sex sprechen. Über ihr erstes Mal, das erst vor wenigen Wochen mit Paul stattgefunden hatte. Nicht mit den Eltern, nicht mit den Lehrerinnen und um Himmels willen nicht mit dem Pfarrer. Und auch nicht mit Bernd, der natürlich so gar kein Problem damit zu haben schien. Aber das wäre merkwürdig gewesen. So mit dem eigenen Vater.

Tatsächlich waren die evangelische Kirche und der Herrgott nicht nur in den Träumen der Jugendlichen in Rosenberg als ewige Mahnung präsent, sondern mit ihren Festen und Gebräuchen der Taktgeber für das ganze Jahr. Wie ein Korsett hielten das Dreikönigssingen, Karneval, Ostern, Pfingsten, Fronleichnam, das Erntedankfest, die Adventszeit, Nikolaus und Weihnachten die Gemeinde und den Ort zusammen. Und zu Taufen, Konfirmationen, Hochzeiten und Beerdigungen. Zu ihrer Konfirmation im Mai trug Jennifer ihren kürzesten Rock. So stand sie eine Sitzreihe vor Paul, der einen dunkelblauen Anzug trug, in der Kirche und betete, dass der liebe Gott ihr das knappe Beinkleid nicht übel nehmen würde in seinem Haus, es ging ihr doch ausschließlich um die von der Kirche gewünschte Fruchtbarkeit und die Vermehrung von Menschen.

Jennifer wusste, Bernd sei Dank, natürlich schon seit ihrem sechsten Lebensjahr, was Sex war und wie er vor sich ging. Nicht nur, dass sie das mit dem Sex auf den Tourneen ständig gehört hatte, wenn sie mal in einer dieser Konzerthallen auf die öffentliche Toilette musste. Nein, sie wusste auch, wie es aussieht, wenn zwei Körper zusammenstecken, weil ihr Vater und seine Geschäftspartner ständig mit einer der Tänzerinnen vom Fernsehballett, der Frau aus der Maske, der Sekretärin in irgendeiner Ecke, in irgendeinem Wandschrank oder auch einer der Bühnenkulissen beschäftigt waren. Jennifer wusste schon als Kind, wie unoriginell und roh Sex aussehen konnte. Und wie wenig Erwachsene bereit waren, darüber zu reden.

»Gar nichts hast du gesehen«, sagte Bernd oft zu ihr.

»Behalte es bitte für dich.«

»Möchtest du noch ein Vanilleeis?«

»Komm, wir schauen, ob es hier im Ort eine Kirmes gibt.«

Und so weiter.

Auf der Adventstour sehnte sich Jennifer so sehr nach Paul, dass sie nachts oft weinte. Sie vermisste das komplett normale Leben, den Spaß, den sie zusammen gehabt hatten, bis es dann irgendwann, einfach so, ohne dass jemand etwas gesagt hatte, vorbei gewesen war. Und sie vermisste das Gefühl, mit ihm zu schlafen. Sie erinnerte sich an seine Gesten, seine Bewegungen. Sie versuchte, jeden Tag daran zu denken, um ja kein Detail zu vergessen, was tückisch war, weil es sie noch trauriger machte.

»Warum ist Paul nicht mehr da, Papi?«, hatte Jennifer Bernd gefragt.

Und Bernd hatte »Nichts ist zerbrechlicher als die erste Liebe« geantwortet. Er sagte das so beiläufig, als ginge es um nichts. Jennifer beschloss danach, dass ihre Gefühle für Paul Bernd nichts mehr angingen.

Jennifer sprach vor dem Schlafengehen oft mit Paul, wenn sie in irgendeinem Hotelbett lag. Vielleicht gab es ja doch so was wie Gedankenübertragung.

Eine Psychologin attestierte Jennifer in Bernds Beisein eine klassische Anpassungsstörung und mutmaßte, dass sie die Abwesenheit ihrer Mutter nie verkraftet hätte. Dass Jennifer jetzt diesen Mangel, diese Lücke, auf Paul übertragen würde. Bernd wütete wochenlang, dass alles Reginas Schuld sei – wie immer. Er konnte nicht verstehen, dass Jennifer Hunderte von Nachmittagen mit Paul verbracht hatte, die ihr etwas bedeutet hatten. Sie hatte Millionen von Regentropfen mit ihm gezählt, Hunderte Kirschen im Sommer in dem Garten seiner Eltern mit ihm gegessen in all den Jahren, 3456 Folgen *Alf* und *Li-La-Launebär* gesehen, in 134 Lagerfeuer geschaut, und er hatte sie mindestens vierzehn Mal geküsst, und sie hatte seinen Kuss wieder und wieder erwidert. Wie konnte jemand erwarten, dass sie Paul nicht vermisste und sie ihn wie irgendeinen Kerl behandelte? Was war das überhaupt für eine Aussage? War es denn immer gleich eine Diagnose, nur weil man das Andenken an seinen Jugendfreund aufrechterhalten wollte? Oder war es das, was Bernd der Psychologin, die er bestimmt über Tarif bezahlte, eingeredet hatte? Jennifer bekam das alles nicht zusammen. Das Gesagte hatte nichts mit ihr zu tun. Die Blumen auf der Trauerfeier waren so trocken gewesen, dass sie in ihren Händen zerfielen. Als der Pfarrer sprach, hatte sie kaum zugehört, es war doch so unwichtig, was da gesagt wurde.

Später dann hatte die Psychologin Jennifer attestiert, dass Paul nur eine Einbildung und eine Projektion sei, dass sie niemals frei sein könnte, wenn sie ihre Kindheit und Jugend nicht abstreifen würde. »Werd erwachsen«, hatte Bernd seiner Tochter dann noch gesagt. »Werd erwachsen. Und geh mal raus und lebe. Das sind die besten Jahre, die vor zwanzig, dann fängt der Ernst des Lebens an.« Was er sagte, klang wie ein Schlagersong. Damals hatte Bernd die Villa in Potsdam am Heiligensee gekauft. Damals wollte er möglichst viel Zeit mit einer Frau namens Lore verbringen. Damals kamen Bernd Liedzeilen aus seinen Hits plötzlich wie Lebensweisheiten vor. Er war heftig verknallt. Jennifer bekam Medikamente. Sie weinte viel.

Und Bernds tröstende Worte gaben Jennifer dann oft noch den Rest. »Du bist die Schönste, alle Jungs fliegen auf dich. Aber die sollen eine Nummer ziehen und sich hinten anstellen. Ist doch klar, dass dich alle wollen und die anderen Mädchen nicht mithalten können. Bei deiner tollen Figur würde ich mit dir hunderttausend Schlager-Alben über Nacht verkaufen.«

Jennifer wusste, dass es nicht stimmte. Sie war keine 1,70 Meter groß, hatte einen nach vorn gewölbten Bauch und einen breiten Hintern. Niemals wäre sie Schlager-Material für ihren Vater gewesen. Niemals hätte er es außerdem zugelassen, dass sich seine Tochter in dem Frischfleisch-Theater der Volksmusik-Branche, in der alle Künstlerinnen nur Produkte waren, prostituierte. Nur ein einziges Mal hatte Bernd in der Liveshow von Karl Moik mit seiner Gitarre und Jenni ein kleines Liedchen gesungen. So hatte Moik sie tatsächlich angesagt. Bernd hatte ein silbernes Jackett getragen und Jennifer mit neun Jahren einen schwarzen Hosenanzug. Sie hatten zusammen den großen Udo-Jürgens-Vater-Tochter-Hit »Liebe ohne Leiden« gesungen. Und Millionen Fernsehzuschauer waren irritiert und begeistert gewesen, dass die kleine Jenni so schlecht sang, ihr Vater sie aber fest an der Schulter hielt und wenigstens für das Scheinwerferlicht, für die drei Minuten auf der weißen Showtreppe, wo sie gesessen hatten, bedingungslos liebte. Nach dem Auftritt, nach dem Applaus, als die Kamera umgeschwenkt hatte, war Bernd wortlos eine rauchen gegangen und eine Show-Assistentin hatte Jennifer von der Bühne gebracht.

Und so verstand Jennifer, dass alle Menschen irgendwann gehen. Aber Paul blieb ihr nah. In ihren Träumen. Manchmal träumte Jennifer, Paul hätte einen Roman geschrieben und sei genauso berühmt wie Bernd. Wenn sie aufwachte, wunderte sie sich, dass er über ein Mädchen geschrieben hatte, mit einer verschenkten Kindheit, die es mit seinem Vater im Showbusiness und vielen aufgedrehten Erwachsenen verbracht hatte. Über eins, das früh die Mutter verloren hatte, weil die Mutter nach vier gemeinsamen Kindern die Familie verlassen hatte. So hatte es der Vater dem Mädchen erzählt. Und das Mädchen hatte ihm geglaubt.

Kapitel 4

S.O.S. – Mein Herz ertrinkt

Nicht alles ist fair. Das wusste Jennifer seit diesem Tag im Januar 1998. Am Tag von Pauls Unfall waren sie auf dem Nachhauseweg von der Schule, zwei Vierzehnjährige, die wie gewohnt nebeneinandergingen. Paul rauchte mittlerweile Pall Mall. Von ihrem Gymnasium aus waren es zwanzig Minuten bis nach Hause, manchmal rannten sie, weil sie es hassten, nicht anzukommen, manchmal küssten sie sich am See, wo es keiner sehen konnte. Heute rannten sie. Sie keuchten in der kalten Winterluft, freuten sich an den Atemwolken und auf das warme Mittagessen bei Friede. Es war ein strahlender Sonnentag. Der Schnee glitzerte im Tannenwald wie Millionen Diamanten. Geschmolzene Flocken tropften von den Kiefernzweigen. Sie überquerten die große vierspurige Straße, die durch ein Waldstück führte, und kamen am Rosenberger Teich vorbei. Paul trug seinen blauen Anorak, seine roten Handschuhe und seine rote Mütze. Friede achtete immer auf Pauls Kleidung, darauf, dass ihm warm war. Ein bisschen schick durfte es in ihren Augen auch sein.

Plötzlich hatte Paul es dann aber nicht mehr eilig. Er warf seine Schultasche in die vereisten Brennnesseln, rannte durch die Böschung zum Ufer und ließ Jennifer einfach am Wegrand stehen. Zuerst schleuderte Paul Steine auf die dünne, durchsichtige Fläche. Doch dann wagte er sich mit kleinen Schritten in seinen Turnschuhen auf den zugefrorenen See. Jennifer fand Pauls Übermut nervig. Sie hatte Angst. Wie ein Ninja schob Paul sich Schritt für Schritt nach vorne. Dieser drahtige Körper war so voller sorgloser Kraft, voller naiver Fröhlichkeit.

»Ich slide, yeah, schau hin«, rief er.

So ein blöder Junge, der sich für eine seiner alten Actionfiguren hielt. Wollte er ihr imponieren?

»Paul, komm, lass uns gehen. Friede wartet.«

Doch Paul warf nur seine Jacke, seine Handschuhe und seine Mütze in ihre Richtung.

»Hier, fang«, rief er vom Eis. Seine Jacke flog keine zwei Meter. Jennifer war nur Statistin in einem Film.

»Ich will nach Hause«, rief Jennifer.

Paul reagierte nicht.

Und dann kam das Dunkle. Wie eine plötzliche Sonnenfinsternis. Sie sollten andere werden. Zwei Menschen, die nur noch im Davor und Danach existierten. Die Welt drehte sich weiter, während sie Paul verschluckte. Jennifer hatte seine Mütze und seine Handschuhe aufgehoben und wollte gerade seine Jacke holen, als es passierte. Ein Reißen, ein Knacksen und ein riesiger Krach durchrissen die Zeit. Eine Gruppe Wildenten wurde von dem Lärm aufgescheucht und schlug laut mit den Flügeln. In Sekunden verschwand Paul vor Jennifers Augen in einem Loch. Sie sah, wie er mit den Armen fuchtelte, voller Panik und Verzweiflung, und versuchte, sich an den Eisrändern festzuhalten.

Sie ließ alles fallen und rannte auf die vereiste Fläche. Sie sah die Angst in seinen Augen. Ein Junge, der archaisch schrie, ein kleiner dummer, dummer Junge. Ihr Kumpel. Ihr Freund. Ihre Liebe. Ihr Zuhause. Kein Kind sollte ein anderes Kind ertrinken sehen. Paul tauchte unter, einmal, zweimal. Seine Bewegungen hatten nichts Menschliches mehr, vielmehr etwas Mechanisches. Ein Todeskampf, so hässlich anzusehen.

»Paul, halt dich fest, halt dich fest«, schrie Jennifer. »Halt dich doch fest.«

Sie war stehen geblieben. Sie trennten nur wenige Meter. Aber sie traute sich nicht weiter. Jennifer streckte die Arme nach Paul aus. Unter ihren Füßen knisterte und knackte es bedrohlich. Risse formten sich. Sie musste ebenfalls einen lauten Schrei ausgestoßen haben. Auf den Knien robbte sie an das matschige Ufer. Plötzlich stand Regina da und riss ihre Tochter hoch – ihre Mama.

»Auf den Weg, sofort!«, schrie Regina sie an.

Jennifer lief los und stolperte durch die Brennnesseln bis zum Weg hoch. Sie weinte. Regina lief nur in Pullover und Jeans gekleidet von einer anderen Stelle aus auf das Eis. Jennifer sah, wie Eduard, der nebenan im Holzwerk arbeitete, angerannt kam, hörte, wie Paul schrie und weinte wie ein Baby und röchelte, als er Wasser verschluckte. Und wie es plötzlich still wurde. Eduard hatte Holzplanken aufs Eis gelegt, die er im Wagen hatte, der Motor lief noch. Er zog Jennifers Freund leblos aus dem dunklen Wasser. Trug ihn ans Ufer, hüllte ihn in Wolldecken und seine Jacke und fuhr erst einmal zu Regina, in ihr kleines Fachwerkhaus gleich um die Ecke. Niemand hatte Jennifer je erklärt, warum kein Krankenwagen gerufen worden war. Warum Eduard Paul nicht sofort ins Krankenhaus gebracht hatte. Auch nicht, als Paul langsam das Bewusstsein zurückerlangte, auch nicht, als er immer schwerer atmete, hustete und kaum ansprechbar war. Regina machte stattdessen Kakao. Bernd rief an und brüllte ins Telefon.

»Es ist nicht Jennifer, Bernd, beruhige dich«, hörte Jennifer Regina sagen. Immer wieder.

Als Pauls Mutter Friede eine halbe Stunde später eintraf, schien sie nicht sie selbst zu sein. Sie schaute ihr einziges Kind ohne jede Emotion an. Paul saß aufrecht, in Decken gehüllt auf der Bank in der Küche, wo Regina ihn hingesetzt hatte. Seine nackten Füße steckten in einer Schüssel mit heißem Wasser. Paul schaute seine Mutter an, die so tat, als sei nichts Schlimmes passiert. So abgeklärt kannte Jennifer Friede bis dahin nicht.

»Wir gehen jetzt nach Hause, Paul«, sagte Friede trocken. Es klang, als holte sie ihn gerade von einer Verabredung ab, als habe er etwas ausgefressen. Eduard und Regina schauten Friede ebenso nüchtern an. Und auf einmal stand Paul wie aus Trotz, einer letzten Kraft, die ihn leitete, tatsächlich auf und ging seiner Mutter hinterher zur Tür. Schweigende Eltern, schweigende Kinder. Keiner sieht einander in die Augen, dafür wiegen die Verbrechen und Verfehlungen der Vergangenheit zu schwer. Dafür ist es zu peinlich, vor den Nachbarn einen riesigen Aufstand zu machen. Ins Krankenhaus zu gehen, zur Polizei, einen Arzt rufen, sich Hilfe holen, dokumentiert nur das eigene Versagen.

Wenn es ernst wird, redet keiner mehr. Jennifer schaute den Erwachsenen damals mit offenem Mund zu. Niemand sprach mit ihr. Ein paar Minuten später war Bernds Fahrer Ennio da.

Er wirkte nervös, wie unter Zeitdruck. Regina umarmte ihre Tochter an der Tür, so fest sie konnte.

»Kommst du bald wieder, Kind?«

Jennifer war überfordert und nickte. Doch das war eine Lüge. Niemals hätte Bernd geduldet, dass sie ihre Mutter besuchte. Ihre Mutter, die genau neben Friede wohnte und doch so weit entfernt war wie der Mond.

In der Nacht wurde Paul in das Krankenhaus in Friedenheim eingewiesen. Bernd sagte, er habe unregelmäßig geatmet und sehr viel Wasser gespuckt. Am nächsten Tag malte Jennifer ein Bild für Paul. Er mit roten Handschuhen, einer roten Mütze und im blauen Anorak als Actionheld. Sie malte es wie eines der Mangas, das er so mochte. Das Bild steckte sie in einen Umschlag, den sie mit Gummibärchen und Zigaretten füllte, an den Rändern anleckte und mit einem He-Man-Sticker, den sie in einer Schublade gefunden hatte, verschloss. Einen Moment später kam sie sich lächerlich vor und nahm den He-Man-Sticker wieder ab. Ennio sollte den Brief ins Krankenhaus bringen. Paul hat das Kuvert nie bekommen.

Kapitel 5

Der Papa wird's schon richten

In den Neunzigern war es noch nicht üblich, dass Eltern auf jede Mikroemotion ihrer Kinder eingingen. Die Jugendliche Jennifer hatte Bernd dennoch wochenlang in den Ohren gelegen. Sie wollte einen Goldhamster. Bernd wollte keine Haustiere. Machten nur Dreck. Sie feilte an ihrer Argumentation.

»Ich will Verantwortung übernehmen«, sagte sie irgendwann. Und Bernd horchte auf. Am Ende machte er doch noch eine große Show um seine endgültige Erlaubnis.

»Wirst du dich um das Tier kümmern?«

»Den Käfig regelmäßig sauber machen?«

»Den Hamster füttern?«

Sie beantwortete alle Fragen mit »Ja«.

Kleintiere wie Meerschweinchen, Kaninchen und eben Hamster waren damals in den Neunzigern große Mode unter Kindern. Sie drückten sich die Nase platt an den Schaufenstern der Zoofachhandlungen, umschwärmten die Käfige in den Baumärkten oder fingen vor Ständen auf der Straße plötzlich an zu betteln, also eigentlich überall. Jennifer mochte ausgerechnet Hamster, weil die ihre Wangentaschen so süß mit Körnern füllen konnten. Lady, ein braun-weiß gefleckter Hamster mit schwarzen Knopfaugen, kam in einem rosa Käfig mit Laufrad zu ihr. Und auf einmal waren alle Tage aufregend. Lady bekam sogar Junge. Winzig kleine Hamster, die sich anfangs wie ein Haufen rohes Putengeschnetzeltes bewegten und die Bernd nach ein paar Wochen mit Fell (vermutlich als Schlangenfutter) in die Zoofachhandlung zurückbrachte. Jennifer hatte die Kleinen wochenlang mit Milch und Karottenraspeln aufgezogen. Zwei Jahre hatte Jennifer Freude an Lady. Und obwohl Hamster höchstens drei Jahre leben, war Lady gut in Form. Aber Bernd war von Tag zu Tag genervter. Mal stank der Käfig, dann kosteten Streu und Futter zu viel Geld, was als Argument in Jennifers Augen natürlich lachhaft war. Dann wieder nervte es, dass jemand das Tier versorgen musste, wenn sie unterwegs waren. Irgendwann reichte es ihrem Vater dann. Eines Morgens stellte er den Hamsterkäfig auf den Beifahrersitz seines Porsches. Sie sah es vom Fenster aus und rannte noch im Nachthemd zu ihm ans Auto.

»Papa, was soll das?«, schrie sie ihn an.

Sie gingen zurück ins Haus, und Bernd hielt ihr einen langen Vortrag über das Glück der Tiere in der freien Natur. Er überzeugte sie davon, dass der Hamster im Wald besser aufgehoben sei als bei ihr. Ein Leben ohne Käfig. Lady könnte tun und lassen, was sie wollte, buddeln, wo sie wollte. Sie nickte, zog sich schnell noch was über und fuhr mit ihrem Vater in den Wald.

Dort angekommen, stiegen sie mit dem Käfig hoch zu einer Lichtung. Bernd öffnete die Tür und schüttete eine große Packung Körnerfutter für Lady vor dem Käfig aus. Bernd meinte, dass sie gehen müssten, damit Lady verstand, dass sie nun frei sei. Jennifer drehte sich, während sie neben ihrem Vater zum Wagen lief, noch ein paarmal um und sah, dass ihr Hamster ihnen hinterherschaute, den offenen Käfig aber nicht verließ.

Nach zwei Wochen ließ sich Jennifer von Ennio an die Stelle im Wald fahren, wo der Käfig auf der Lichtung stand. Dort fand sie ihren Hamster auf dem Rücken liegend, mit ausgestreckten Pfötchen und offenem blutigen Bauch tot auf dem Waldboden, nicht weit vom Käfig entfernt.

»Freiheit hat immer ihren Preis«, sagte Bernd damals zu ihr.

Es hatte damals Monate gedauert, bis Bernd und Jennifer sich wieder aus anderen Gründen streiten konnten. Es war ihr heftigster Streit bis dahin. Sie knallte die Türen, verließ noch weniger das Haus als sonst. Seit dem Tag am Eis hatte sie sich von vielem zurückgezogen. Sie war sechzehn Jahre alt und hatte keine Mutter, keinen Paul, keinen Hamster. Sie vermisste Paul, und sie dachte viel an Friede. Sie verstand nicht, warum sie nachmittags nach der Schule nicht mehr in Rosenberg bleiben durfte. Friede hätte sich so gefreut. Und Jennifer hätte es getröstet. Sie verstand nicht, warum sie nun ausschließlich in Kronberg sein sollte. Nur weil Bernd vor Jahren dieses alberne Protz-Haus dort gekauft hatte. Oder lag es doch daran, dass es ausgerechnet ihre Mutter Regina gewesen war, die Paul aus dem Wasser gezogen hatte? Das Leben, wie Jennifer es kannte, war wie über Nacht ausgelöscht worden. Und das zu ihrem Besten, wie Bernd nicht müde wurde zu erklären. Es war erbärmlich von ihm, fand sie damals. Es war erbärmlich, und doch versuchte Jennifer, ihren Vater zu verstehen. Er hatte nur sie. Sie war seine Familie. Sie war bei ihm aufgewachsen. Das konnte vielleicht niemand verstehen, aber sie könnte Bernd niemals lange böse sein. Es war zu ihrem Besten, sagte sie sich immer und immer wieder vor, auch wenn sie den Sinn dieses Satzes nie wirklich verstand.

Was ihr Bestes war, erfuhr Jennifer nämlich nicht. Nicht von ihrem Vater und auch nicht von seinem Psychiater und Pillenarzt Professor Hasselröder, der sie untersuchte und ihr Tabletten verschrieben hatte. Ebenso erklärte ihr niemand, warum sie Ennio auch noch als Jugendliche jeden Tag am Schultor abholen musste. Die Geschichte vom bösen Wolf und der RAF glaubte sie schon lange nicht mehr. Sie verstand, dass sie durch die Medikamente nicht verkehrstüchtig war. Nicht wach genug zum Busfahren, nicht stark genug, um die Bahn zu nehmen. In der Schule schlief sie manchmal schon nach der zweiten Stunde mit dem Kopf auf dem Tisch ein.

Im Halbschlaf fing Jennifer an, ihren Hamster um sein kurzes Leben im Wald zu beneiden. Sie fragte sich ernsthaft, ob ein Tag in absoluter Freiheit den Tod wert sein könnte. Hinter den hohen geschlossenen Fenstern im Salon konnte sie den Taunus sehen, so majestätisch, so unerreichbar. In ihren Tagträumen war sie schwerelos und flog über die Tannenkronen hinweg, durchbrach die Wattewolken und atmete die schwere, harzige Kiefernluft des Sommers.

Sie stellte sich vor, dass Paul, Friede und Regina weiter unten im Usa-Wellenbad in Bad Nauheim auf bunten Handtüchern saßen. Dass sie nicht wie sie selbst Bernd auf der Großen Schlager-Sommertournee mit Nino de Angelo begleiten mussten. Jeden Tag ein anderes Hotel, eine andere Mehrzweckhalle, Besprechungen in muffigen Konferenzräumen. Sie hasste es mittlerweile so sehr. Bernd beruhigte sie mit dem Versprechen, dass ihre Kindheit in Konzerthallen und Künstlerumkleiden sie eines Tages zu seiner Nachfolgerin machen würde. Beim Label und auch so: im Leben.

Und Jennifer wusste, dass dieses Versprechen sehr viel Geld wert sein könnte. Würde sie nur beständig genug sein. Würde sie nur fleißig genug sein. Würde sie den Mund halten und mitmachen. Denn das war die goldene Regel, die seit den Fünfzigerjahren in Stein gemeißelt war. Schlager, die einzige Musik, mit der sich nach Streaming noch hartes CD-Geld machen ließ, duldete offiziell nur Bergketten, Ehen, die der Tod schied, und nicht mehr als ein Gläschen Sekt über den Durst. Das war die eine Seite der Medaille. Die andere sah so aus, dass Handgreiflichkeiten und häusliche Gewalt, auch Liebesdrama genannt, verharmlost wurden, dass ein gefühlsblinder, emotional nicht verfügbarer Mann, der seine Finger nicht bei sich behalten konnte, ein Schuft sein durfte. Missbrauch kandiert, mit Zuckerstreuseln bedeckt und auf ein Playback gemischt. Rüpel und Schürzenjäger sind Charmeure.

Joana
Geboren, um Liebe zu geben
Verbotene Träume erleben
Ohne Fragen an den Morgen

Familienerotik war dabei immer die Schablone aller Fantasien. Wenn die Sängerin halb nackt vom Cover der *TV Spielfilm* lächelte, musste die Mutti es harmlos, die Kinder nett und der Vater ein bisschen geil finden. Bernds große Begabung war es, in den vergangenen fünfzig Jahren diese Art von wertkonservativen Frauen für sein Label Boyard Records überall in der Provinz entdeckt zu haben. Bis heute bekamen diese

Anjas, Viviens, Franziskas und Jessicas dann erst mal ein Album, zehn Songs, die sie nur zum Teil selbst einsingen, aber aus eigener Tasche voll selbst bezahlen mussten. Sie mussten einen Vertrag mit einem großen Label unterschreiben, der sie über Jahre knebelte. In beiden Fällen gingen die Sängerinnen für ihre Karriere in Vorkasse, manchmal in jeder Hinsicht. Jennifer kannte alle diese Regeln des Business besser als jede andere. Auf dem beigen flauschigen Teppich vor Bernds Büro hatte sie schon als Vierjährige oft Stunden gepuzzelt, bis ihr Vater hinter der Milchglastür mit dem Telefonieren fertig war.

Licht und Schatten. Bis sie achtzehn Jahre alt war, konnte Jennifer kaum ein Jahr vom anderen unterscheiden: im Sommer die Open-Air-Festivals, im Winter die Weihnachtsshows und Après-Ski in der Wintersport-Mehrzweckhalle von Oberhausen bis zu den Echtholzterrassen in St. Moritz, wo es die besten Brezeln am Büfett gab. Vor dem Besäufnis waren im Archipel Schlager alle gleich. Und vor dem Geldverdienen auch. Das war so lange gut gegangen, bis sich in Jennifers Dreißigern Social Media und elektronische Musik weiter durchsetzten, bis Bernd nur noch schlechte Laune und Krisen-Meetings hatte, dann kapitulierte und kaum noch Instrumentenaufnahmen in Auftrag gegeben hatte. Doch das war erst der Anfang des musikalischen Ausverkaufs. Hatte sich Bernd vor zehn Jahren noch auf austauschbare Neunzigerjahre-Programme aus Disco-Bums-Beat oder einen fickerigen Autotune-Gruselpop verlassen, schwor er mittlerweile auf Pop-Schlager, Kunstleder, Acrylnägel, pinke Bällebäder und 200-Meter Haar-Extensions.

Jennifer liebte und verachtete ihren Vater zugleich. Bernds Tochter zu sein, das war eine Lebensaufgabe, der definitiv nicht jede gewachsen war. An vielen Tagen war sie es auch nicht. Und dann waren da die Tage, an denen Bernd für sie die Weichen stellte, als sei es das Selbstverständlichste der Welt. In der Zeit rund um Jennifers einunddreißigsten Geburtstag verstanden sie sich ganz gut, fast auf unschuldige Weise. Bernds Söhne hatten akzeptiert, dass sie ihren eigenen Weg gehen mussten, und Jennifer bereitete sich darauf vor, eines Tages in nicht allzu weiter Ferne das Label zu übernehmen.

Am Tag vor Heiligabend war Jennifer aus Berlin mit dem Auto gekommen. Weihnachten waren sie immer in Kronberg. Als sie aus ihrem Mercedes ausstieg, standen hoch über ihr die Sterne am Himmel, roch die Luft nach verbranntem Holz und der nasse weiße Kies in der Einfahrt knirschte unter ihren Füßen. Bernd trug einen glänzenden braunen Morgenrock und Slipper. Jennifer war durchgefroren und in ihrer Quartalsdepression, weil sie in Berlin noch immer keinen richtigen Anschluss gefunden hatte. Sie stieg die Stufen hoch zum Haus. Bei der Begrüßung umarmte Bernd seine Tochter nicht, sondern gab ihr mehrere Klapse auf den Rücken.

»Hey, hey, Baby, na, wie geht's? Dass du so spät noch fährst, du willst wohl sterben da draußen. Komm, ich mache uns eine Fünf-Minuten-Terrine.«

»Ich wollte unterwegs kein Hotel nehmen. Und ich wollte zu dir«, sagte Jennifer.

Aber Bernd hörte schon gar nicht mehr zu und ging vor in die riesige Küche aus weißem Marmor. Er hasste Jennifers Lethargie, er wollte davon nichts hören. Er hatte ihr doch seinen stets sorgenlosen Egoismus vorgelebt, das war doch gar nicht so schwer. Action, Baby! Nachts, wenn das Küchenpersonal schlief, musste Bernd sich mit Fertiggerichten behelfen. Aber die zelebrierte er wie ein König. Fünf-Minuten-Terrine von Maggi mit Brokkoli, Cremesoße und winzigen Hähnchenwürfeln, getuned à la Bernd mit geriebenem Käse. Bernd war Jahrgang 1946. Als er sieben Jahre alt war und sich in Nachkriegsdeutschland ganz langsam die Regale wieder füllten, hatte er an einem Maggi-Preisausschreiben teilgenommen, bei dem man Fertigsuppen gewinnen konnte. Diese Geschichte erzählt er gerne. Bernd bekam nur einen Trostpreis, eine kleine Flasche Maggi, die er sofort austrank. Niemand ist leichter süchtig zu machen als eine ausgehungerte Kriegsnation. Seitdem war Bernd angefixt fürs Leben. Kein Abend war in den vergangenen fünfzig Jahren ohne die Mitternachts-Maggi-Terrine beendet worden. Auch in Hotelsuiten gab es schließlich immer einen Wasserkocher.

Bernd machte in der Küche beim Herausholen der Suppenschalen einen gewaltigen Lärm. Jennifer war übel, sie spürte jene Traurigkeit aufsteigen, die nur Pauls Abwesenheit erzeugen konnte. Hier in Kronberg spürte sie ihn wieder ganz deutlich. Jedes Jahr an Heiligabend traf sich ihr Jahrgang der Grundschule in der Friedenheimer Kneipe *Exil und Königreich* auf mehrere hausgemachte Apfelweine. Insgeheim hoffte Jennifer immer, Paul dort wiederzusehen. Ihr schossen die wildesten Gedanken durch den Kopf: Würde er allen von einem Buch erzählen, das er geschrieben hätte? Hatte er eine Freundin? Wie würde er sie ansehen?

Jennifer beobachtete ihren Vater, wie er die Suppe vorbereitete. Aus Gründen, die Jennifer nicht verstand, reagierte er immer aggressiv auf ihren Kindheitsfreund.

Bernd stand am Küchenblock und rieb Käse in eine weiße Schale aus Meissener Porzellan. Der Raum roch nach fettiger

Suppenbrühe. Dann schnitt er Petersilie und drapierte sie liebevoll auf der dicken Käseschicht. Immer wenn Bernd die Geschichte von der Probeflasche Maggi zu beliebigen Anlässen erzählte, war das so glücklich machend philosophisch, dass Jennifer für einen Moment vergaß, welches Leben ihr Vater führte. Diese Geschichte gab ihr das Gefühl, dass sie ein fantastisches Vater-Tochter-Gespann waren, dass sie in die Zukunft führen würde, was Bernd aufgebaut hatte. Dann konnte sie ihn anlächeln und für einen Moment alles Schlimme vergessen, dass Papi ihr bei ihrem letzten Besuch eine Prostituierte, die er am Hinterausgang verabschiedete, als seine Physiotherapeutin verkaufen wollte, nur dass die meisten Physiotherapeutinnen nicht abends kamen und tausend Euro cash kriegten. Bernd fand, Jennifer sollte Paul aktiv vergessen und kreativ werden. Herzschmerz war schließlich sein Business.

Wahnsinn, warum schickst du mich in die Hölle.
Eiskalt lässt du meine Seele erfrieren.
Das ist Wahnsinn, du spielst mit meinen Gefühlen.
Und mein Stolz gehört schon auf den Müll.

»Du musst dein Glück leben«, sagte Bernd.

Ein Käsefaden hing in seinem Schnurrbart. Jennifer konnte sich weder an den Schnurrbart, den er seit Neuestem trug, noch an seine schlechten Manieren gewöhnen. Früher war Bernd eleganter gewesen, gepflegter. Mit der Zeit wurde er immer selbstvergessener. Sie wollte seine gute Stimmung nicht kaputt machen, also sagte sie nichts. Wie so oft. Dass es sie nervte: dass er ständig den Kochlöffel ableckte und wieder in das Gulasch steckte. Dass er nicht am Tisch sitzen bleiben konnte, sondern alle bewirten oder kurz etwas holen musste.

Dass er um jeden, jeden Preis alle mit seiner guten Laune mitreißen wollte. Dass er, wenn sie alleine waren, laut furzte und dann rief »Wer war das?«. Dass er jeden Schlagertext gut hörbar für alle mitsang, auf dem Tisch vor sich mit den Fingern dazu Schlagzeug spielte, dass er Brandolinis Gesetz, besser bekannt als das Bullshit-Asymmetrie-Prinzip, höchstwahrscheinlich sogar erfunden hatte. Es kostete Jennifer oft Stunden, Bernds Blödsinn zu widerlegen, bis sie zu müde war, ihre eigenen Argumente vorzubringen. Vielleicht hatte ihr Vater einfach recht, beschloss sie dann. Vielleicht wusste er es einfach und sie nicht.

Bernd geriet am Küchentisch ins Plaudern. Er meinte, dass er dieses ganze Gesülze von der Benachteiligung von Frauen nicht mehr aushalte. Jennifer würde doch das genaue Gegenteil belegen. Er würde ihr die Firma schließlich vermachen und nicht seinen drei Söhnen. Und dieses ganze Belästigungsding. Dass er jedem x Studien nennen könne, die bewiesen, dass Männer viel mehr von Frauen bedrängt wurden als umgekehrt. Und dann erzählte er von seinen Musikern auf der Tour. Dass er sich dann oft für die weiblichen Groupies schämte, die dort BHs warfen.

»Frauen denken viel zu wenig in den Kategorien des Leistungsprinzips. Sie wollen nur das eine. Und denken, sie kommen damit durch«, sagte Bernd. Deshalb hatten auch erst die jungen Männer in den Fünfzigern alles wieder ins Rollen gebracht. Jennifer nickte nur. Sie war in Gedanken gerade wieder mal bei Paul. Bernd bemerkte Jennifers Nachdenklichkeit. Er wusste, dass sie mit Paul zu tun hatte, und das ärgerte ihn. Warum hielt Jennifer nur an dieser Erinnerung fest? Träumte von einem Leben mit Paul, das es nicht mehr gab? Ihr Vater wusste, wie seine Tochter funktionierte. Und weil es in ihrer

Welt keine Melancholie geben sollte, legte er die Platte *Moskau* von Dschinghis Khan auf und führte dazu eine Art Kasatschok, also diesen Hocktanz, auf. Wie oft schon hatte er für seine Tochter den Clown gespielt. Jennifer sollte es gut haben und nicht so viel an ihre Mutter denken, die nicht da war. Und schon gar nicht an: Paul.

Werft die Gläser an die Wand,
Russland ist ein schönes Land.
Hahahaha! Ha!

Als Jennifer ihren Vater da so in der Hocke tanzen sah, musste sie lachen. Es war einer dieser glücklichen gemeinsamen Momente. Sie lachte und dachte, dass es so viele gute Gründe gab, Bernd lustig zu finden. Und gleichzeitig verstörend abstoßend, mit Käse im Schnauzer.

Bernds Credo – das wusste Jennifer – lautete, wenn es um sie ging, dass Frauen sich nur für viel Geld hergeben sollten, das bisschen Prostitution in der Ehe sei schließlich ein guter Deal für Loyalität und Status. Als Produzent hatte er einen eigenen Blick auf die Dinge, sah das menschliche Dasein als große Zockerei, ein Spiel, das sich durch einen taktischen Umgang mit der Wahrheit und Selbsttäuschung jeden Tag neu gewinnen ließ. Bernd liebte es, ein Hustler zu sein. Eine Zeit lang, das war in den Nullerjahren, hatte er backstage seine edlen Slipper gegen Turnschuhe, einen Trainingsanzug und so ein lächerliches Käppi, was wirklich einer zu viel war, eingetauscht. Dann hatte er sich auf eine Bierkiste gestellt und der Crew hinter der Bühne einen Vortrag zum Teamgedanken gehalten.

»Toll, wie wir hier alle zusammenarbeiten«, hatte Bernd gesagt. Dass sie gemeinsam diese Show aufziehen würden. »Lasst uns die Welt einreißen! Wir haben alle nicht viel, ihr wisst, die Budgets der Öffentlich-Rechtlichen sind gedeckelt, aber wenn jeder noch etwas von sich dazugibt, können wir hier richtig einen losmachen.«

Eine Viertelstunde später hatte Bernd dann die Halle verlassen, das Käppi ausgezogen und war, ohne selbst die Tür öffnen zu müssen, in seinen Maybach eingestiegen. Bernd verkaufte in der Regel sechstausend Tickets pro Show und davon rund tausend am Veranstalter und dem Fernsehsender vorbei. Dazu kam, dass Bernd bereits die Generalprobe der TV-Sendung bis auf den letzten Platz bei eBay verramscht hatte, sodass Bernd pro Show einen oberen fünfstelligen Betrag mit nach Hause nahm, den er vor seinem eigentlichen Vertragspartner, nämlich dem öffentlich-rechtlichen Sender, nicht weiter deklarierte.

Wie er in jener Nacht im Morgenrock vor Jennifer saß und diese winzige Suppenschüssel mit einem zu großen Silberlöffel auskratzte, seiner selbstbewussten Wampe, die an Papa Schlumpf erinnerte, schien er ihr der freieste und größenwahnsinnigste Mensch aller Zeiten zu sein. Und sie fragte sich, warum ihr dieses Grundgefühl, dieser Größenwahn, fehlte. Auch wenn die Welt unterging, würde Bernd nachts hier in seiner riesigen Küche sitzen, eine billige Suppe essen, und alles wäre ihm egal. In dieser Küche, in der ab sieben Uhr morgens, pünktlich zum ersten Weihnachtsfeiertag drei Angestellte und zwei Caterer von Gosch Sylt jede Menge rosa Tiere, Hummer, Garnelen und Langusten zubereiten würden. Bernd war durch und durch Egozentriker. Außentemperaturen und Stimmungen hatten keinen Einfluss auf ihn. Kälte ließ ihn nicht erzittern, menschliche Wärme taute ihn nicht auf. Für ihren Vater war das Leben ein permanenter Penisvergleich, er lebte wie auf einer Baustelle, wo es darum ging, den Frauen hinterherzupfeifen und zu allem, wirklich allem, seinen Scheiß dazuzugeben. Die Tradition der römischen Ermüdungsrede beherrschte Bernd, der dazu noch ein notorischer Lügner war, bestens. Anderen den Marsch blasen, bis sie vor seinem unangenehmen Gish-Galopp den Schwanz einzogen, das hatte ihm schon immer gefallen.

Als kleines Mädchen hatte sich Jennifer trotz ihrer Liebe zu ihrem Vater in diesen Situationen manchmal doch für ihn geschämt. Als ihr fast zwei Meter großer Vater in einem Kamelhaarmantel von Brioni, seinen hundert Kilo und mit dem unausgesprochenen Versprechen, jedem die Fresse zu polieren, herumlief und brüllte. Einmal, als sie gerade vor dem *Schlosshotel* in Kronberg parkten, Jennifer musste acht Jahre alt gewesen sein, fuhr einer der Valet-Park-Boys mit einem Porsche sehr nah an ihr vorbei – und Bernd rastete komplett aus, rannte laut schreiend zum Auto und holte den Typen fast aus dem Wagen, während er ihn schüttelte, seinen Kragen zerriss und ihn durchbeleidigte. Am Ende musste sich der Page im Beisein des Hotelmanagers bei Bernd entschuldigen.

Das war wohl einer der Momente, in denen Jennifer wirklich klar geworden war, dass ihr Vater anders war als andere Männer und man gegen Bernd als Naturgewalt wenig ausrichten konnte. Um damit auf langer Strecke durchzukommen, war die innere Geisteshaltung der moralischen Lizenzierung wichtig – Aura der Gestus einer gelegentlichen Großzügigkeit. Denn: Eine gute Tat rechtfertigte in Bernds Schule des Denkens die nächste schlechte.

In dieser Nacht hatte Jennifer zunächst über ihren tanzenden Vater gelacht, aber dann auch wieder geweint, weil sie dummerweise schon wieder Paul erwähnt hatte, und Friede, und dass Paul sicher bei Friede sei, woraufhin Bernd mit der Faust auf den Tisch geschlagen und gesagt hatte, dass dieser Unsinn aufhören müsse. Schließlich sei Paul schon vor langer Zeit gestorben, was Jennifer noch mehr zum Weinen brachte.

»Jennifer, komm drüber hinweg. Fang endlich an zu leben«, flehte Bernd sie an.

Für Bernd hatte Liebeskummer immer etwas bereichernd Existenzielles und Sentimentales. Etwas, das er genoss, worin er sich geradezu suhlte, das ihn gut kleidete. Wenn ihn eine von seinen Frauen verließ, dann hörte er den ganzen Tag »Beggin« von Frankie Valli & The Four Seasons, bis es wieder okay war. Und das war's. Bernd wollte immer, dass Jennifer wie er über allem stand. Eine Boyard denkt stets im Sinne der Tradition und über mehrere Jahrhunderte wie so ein rechtsradikaler Hochadliger. Eine Boyard weinte und beklagte sich nicht, außer – nichts, einfach nichts. Klasse und Kultiviertheit sind eine Sprache. Entweder man sprach sie, weil man in sie hineingeboren wurde. Oder man lernte sie und sprach für immer mit einem Akzent. In Bernds Augen sollte sich Jennifer immer dem Privileg ihrer Abstammung als Aufsteigerin bewusst sein und kein Aufheben um ihre Bedürfnisse machen.

Am nächsten Tag nahm Bernd Jennifer zu einem weihnachtlichen Brunch mit, in eine andere Tudor-Style-Villa in Kronberg. Es war mehr eine Fete denn ein Brunch, bei der es Entenleber-Paté, Beluga-Kaviar und selbstverständlich auch Wildlachsplatten mit Petersilienröschen gab. Kleine Lachsfetzen, zu Rosetten geformt. Jennifer hatte sich in ihre Festtagsgarderobe gequält, eine weiße Bluse, ein Hermès-Tuch um den Hals, Tweedrock bis zum Knie. Die Gastgeberin Gabriele Rochlitzer war eine frühere Geliebte und Schmusi-Freundin von Bernd. Sie geleitete die beiden in das Wohnzimmer mit den plastiküberzogenen Chesterfield-Sofas. Dort standen etwa dreißig Leute mit Sektflöten herum, darunter Gabrieles Mann, die alle so aussahen, als seien sie auf Lachgas.

An diesem Vormittag, an dem Jennifer alle paar Minuten an Paul dachte, lernte sie ihren Ehemann Max kennen. Maximilian, der Sohn von Gabriele, der sich auf Mamas großem Brunch natürlich angemessen danebenbenahm und mit seinem Zwillingsbruder Henry schon ein paar Gin Tonic getrunken hatte. Er fischte sich Garnelen von der Büfettplatte und tauchte diese mit den Fingern in die Cocktailsoße. Max war wie sie in Kronberg aufgewachsen, hatte aber die meiste Zeit auf dem Internat Schloss Salem verbracht, weshalb Jennifer und er sich nicht von früher kannten. Allerdings kannte Jennifer eine kuriose Anekdote über die Zwillinge. Als sie siebzehn Jahre alt waren, hatten Henry und Max versucht, sich als Räuber auszugeben, und mit einer Schreckschusspistole die örtliche Kreissparkasse überfallen. Die beiden superreichen Scherzkekse wurden Minuten später von einem SEK-Kommando überwältigt, wobei einer der Beamten Max so heftig zu Boden drückte, dass er ihm den Arm brach. Bernd fand die Geschichte peinlich und unterhaltsam zugleich.

Maximilian Rochlitzer war gerade aus Eton zurück, von einem dieser Business-Administration-Studiengänge, bei denen man Kontakte für die eigene Karriere sammelte und sich in einen echten Kerl mit Allmachtsfantasien verwandelte. Beim Brunch waren die Pink-Pony-Polo-Los-Wochos ausgebrochen, die Herren hingen im Pullunder oder Pullover ab, die Damen im Barbie-Style in grünem Samt und Chiffon, Truthahnhälse behangen mit Brillanten, Sechzehnjährige mit Perlenohrringen und zu viel Concealer, die wie beige Blöcke unter den Augen wirkten. Inmitten dieser Szenerie stand Jennifer da wie eine Trauerweide und aß gedankenverloren Oliven.

»Schau mal, Jennifer, Wahnsinn, da ist ja der Max, der kleine Max.«

Bernd schlug dem mittlerweile großen dreißigjährigen Max lässig auf die Schulter. Max reagierte nicht gleich, sondern nickte Jennifer ein paar Sekunden später zeitverzögert zu. Sie lächelte nur mit der Unterlippe zurück.

Bernd fand, dass sie sich kennenlernen sollten. Dass Max im vergangenen Jahr bei ihm ein Pflichtpraktikum im Marketing gemacht habe und dass er ein guter Typ sei. Bernd bekam sich gar nicht mehr ein vor Lob, was Jennifer nicht wunderte. Es war klar, dass er etwas im Schilde führte. Er hatte schon oft versucht, sie mit jemandem zu verkuppeln, doch diesmal war sein Vorgehen aggressiver.

Sie stand da mit ihrem geknoteten Hermès-Twilly mit dem Großkreuz des Ordens der Ehrenlegion, das sie in Bernds Schrank gefunden hatte, es musste bei ihm zu Hause liegen geblieben sein, und wollte nur weg. Es war so lächerlich. Sie kostümierte sich als konservative Frau. Sie dachte daran, was Paul denken würde, wenn er sie so sehen könnte. Er hätte sofort losgelacht. Tabletts mit Sekt in hohen Kristallgläsern zirkulierten vor ihren Augen. Sie stellte fest, dass sie gar nichts tun musste, damit die Herren der Matinee ihr mit den Augen folgten. Sie hatten alle Dollarzeichen in den Augen und wollten Bernd als Schwiegervater. Seit die neueste Forbes-Liste in Deutschland erschienen war, ging mal wieder das Milliardärs-

Gerücht über Bernd in der Presse herum. Sie hatten seine Anschütz-Anteile mitgerechnet und waren so auf einen zehnstelligen Betrag gekommen. Die Geschichte verfolgte Jennifer schon seit Wochen. Noch nie hatte sie so viele Anrufe von alten Bekannten bekommen, von längst verloren geglaubten Kontakten aus ihrer Zeit im Golf- und Landclub.

Max lächelte sie an.

Jennifer lächelte jetzt nicht mehr.

Sie schaute sich um. Es brauchte nur einen Deppen, damit Bernd endlich Ruhe geben würde, nur einen, den er akzeptieren würde. Jennifer fühlte sich schwach; ihr Studium in BWL ging nicht voran, und in Berlin fühlte sie sich verloren und einsam. War das Leben so, dass man sich nur retten konnte, wenn man sich von einer Katastrophe in die nächstgrößere stürzte?

»Was machst du so, Max?«

Sie musterte ihn mit der nötigen Arroganz, die für sie ganz selbstverständlich geworden war.

Max konnte sein Glück kaum fassen.

»Oh, ich habe gerade meinen Abschluss gemacht. Hat ja Bernd schon erzählt.«

»Ja«, sagte Jennifer trocken.

Und weil man sich nicht wirklich etwas zu erzählen hatte, nahm Max zwei Sekt von einem der Tabletts, und man stieß auf Weihnachten an. Aus dem Vormittag wurde der Nachmittag, alle gingen spazieren. Bernd vorneweg, eine Gruppe Jungs in Dufflecoats rauchend, lallend und feixend hinter ihnen. Max legte den Arm um Jennifer. Bernd registrierte das, und für ein paar Minuten verschwand das Verkrampfte aus seinem Gesicht.

Am frühen Abend dann fuhr Jennifer den betrunkenen Bernd nach Hause und setzte ihn dort ab. Es waren die Tage nach der Wintersonnenwende. Grauer Nebel hing über der Landschaft.

»Ich fahre noch in das *Exil und Königreich*, Papa«, sagte Jennifer.

Bernd nickte sanft. Er war halb eingeschlafen. Schreckte aber nun wieder auf.

»Das kannst du gerne machen, Jennifer, aber ich werde nicht aussteigen.«

Jennifer wurde nervös. Bernd klang so bestimmt wie immer, nur hatten seine Worte auf einmal eine andere Schärfe.

»Das hört jetzt auf, Jenni. Das hier hört heute Nacht auf.«

Jennifer spürte einen gewaltigen Druck auf der Brust.

Wie er da so saß, nach vorne starrte und sich nicht bewegte, hatte er so gar nichts mehr von ihrem Papa. Sie hatten doch einen ganz heiteren Tag gehabt, hatten sich am Abend zuvor so gut verstanden. Nun war es Heiligabend, und Bernd blieb mit der ganzen Fülle seines Körpers, wie ein schweres Gewicht, in ihrem Auto sitzen. Jennifer hätte ein Taxi bestellen oder weglaufen können. Doch darum ging es nicht. Jetzt hieß es, er gegen sie.

Jennifer spielte im Kopf blitzschnell mehrere Szenarien durch. Wie lange bräuchte sie zu Fuß bis zum *Exil*? Die Straßen spiegelten vor Nässe. Am Straßenrand sah sie die Umrisse eines Rehs. Um Mitternacht begannen die Raunächte. Die Gesetze der Natur waren außer Kraft gesetzt, und sonderbare Dinge passierten. Tote, die sich noch im Zwischenreich befanden, konnten in die Welt der Lebenden und der Verstorbenen wechseln, Tiere sprachen, wie etwa die zwölf Raben in der *Krabat*-Sage. In dieser Zeit hatte Friede für Paul und Jennifer immer viele Kerzen angezündet. Es gab Apfelstücke, Mandarinen und Nüsse. Mit heißen Wangen hatten Paul und Jennifer Friedes Geschichten über Geisteraustreibungen in den Raunächten zugehört.

»Heute Nacht ist das letzte Mal, dass sich euer Tor öffnet«, sagte das Reh.

Jennifer blickte auf den Beifahrersitz zu ihrem betrunkenen Vater, der wieder eingenickt war. Das war das nächste Szenario. Sie könnte seelenruhig ins Haus gehen, den Revolver aus dem Safe in seinem Schlafzimmer holen und ihm in die Schläfe schießen. Dann wäre er tot. Dann wäre Ruhe.

In derselben Nacht, als Jennifer wach im Bett lag, rief sie auf Friedes Festnetztelefon an. Friede antwortete verschlafen nach dem zehnten Klingeln. Jennifer erzählte ihr, dass sie geträumt habe, wie sie vor Friedes Spitzdachhaus mitten in Rosenberg stand. Ihre Stimme überschlug sich. Dieses Haus, das im Winter klamm war, aber doch so viel Wärme und Erinnerungen in seinen alten Mauern gespeichert hatte. Friede habe ihr im Nachthemd die Tür aufgemacht.

Jennifers Stimme am Telefon stockte, und sie fing an zu weinen. Sie weinte laut und unerbittlich, sie wusste, dass es Friede das Herz zerriss.

»Ich habe es versucht, Friede. Ich wollte dich besuchen, aber Bernd hat mich nicht gelassen. Er wollte nicht, dass ich gehe.«

Friede redete beruhigend auf Jennifer ein, wie auf eine Ertrinkende, die sich den Tod wünschte. Friede war nun eine resolute, schmale Frau in ihren Fünfzigern, die mittlerweile im Gemeindehaus arbeitete und bei den Gottesdiensten aushalf.

Ihre patente Art, Leute zu trösten, war schon immer ihre größte Gabe gewesen. Jennifer hörte auf zu weinen. Sie beruhigte sich, weil Friede sagte, dass Paul zurückkehren würde. Und dass alles okay bei ihm wäre. Dass er studiere und dass er sie lieb grüßen und küssen würde.

Die nächsten Jahre brachten das Vorhersehbare. Max hielt um Jennifers Hand an, sie heirateten, Laura kam zur Welt und sechs Jahre später Jonah. Jennifer blieb in Berlin und übernahm den Geschäftssitz von Boyard Records, so wie Bernd es sich gewünscht hatte.

Kapitel 6

Das bleibt immer ein Geheimnis

»Die Wahrheit ist auf dem Wege, und nichts wird sie aufhalten. Wenn man die Wahrheit begräbt, ballt sie sich zusammen und gewinnt eine solche Sprenggewalt, dass sie an dem Tage, an welchem sie sich durchsetzt, alles mit sich in die Luft reißt. Man hüte sich, früher oder später diese fürchterlichste Katastrophe heraufzubeschwören.«

Émile Zola

Als Jennifer die Augen öffnete, wusste sie kurz nicht, wo sie war. Sie hatte wie immer von Paul geträumt. Sie tastete im Bett nach ihrem Handy. Da lag es, wenige Zentimeter von Max' Rücken entfernt, der sich zu leisen Schnarchgeräuschen nur leicht auf und ab bewegte. Sehr vorsichtig, ohne ihren Mann zu wecken, griff Jennifer nach dem Gerät, das auf ihrem Nachttisch lag. Sie hatten da diese Neun-Uhr-Regel, die ihnen ihre Life-Paarcoachin aufgetragen hatte. Vor neun Uhr morgens kein Handy und keine Mails, erst einmal reinkommen in den Tag und in sich hineinspüren, atmen und schauen, was das mit einem macht. Da Max bis neun Uhr schlief, war es für ihn auch eine Art Kontrolle über das, was seine Frau so machte. Wenigstens tat sie es nicht vor neun Uhr. Wenigstens kümmerte sie sich bis dann ausschließlich um die Kinder und vielleicht auch um ihn. Niemand war perfekt. Max war kein guter Zuhörer und sie keine, die redete – und sich jemals an die Neun-Uhr-Regel gehalten hätte.

Jennifer wischte durch ihre Storys. Da waren sie, die Fotos vom Vorabend. Am Tisch. Mit Valerie. Mit ihrer Tischnachbarin, die offenbar Svaheli Limburg hieß. Auf den Fotos wirkten die glänzenden Kleider und die makellosen Zähne glamourös. Sie lächelten alle in die Kameras, alle bis auf Jennifer. Sie wirkte seltsam abwesend. Der Code des Events waren erfolgreiche, lächelnde Frauen. Starke Frauen. Frauen mit Zielen. Jennifer betrachtete ihre Vogelnestfrisur von Nahem. Sie gehörte da nicht hin. Sie war keine von ihnen. Sie wollte die Welt nicht verändern. Sie hätte die Einladung ausschlagen sollen.

»Unternehmer-Tochter Jennifer Boyard« stand unter dem Bild.

Das war es, was sie war. Eine Unternehmer-Tochter. Bernds Tochter. Gefangen in seiner Nachfolge.

Jennifer klickte sich auf dem Handy durch die Nachrichtenseiten. Zu Bernd kursierten die ersten Anschuldigungen, wenn auch noch klein im unteren Drittel der News-Webseiten. Wer die Informationen geleakt hatte, war völlig egal, jetzt wo sie raus waren. Wahrscheinlich war es Lorelei Hewer selbst gewesen. Wahrscheinlich hatte sie einen Krisenmanager, einen Anwalt, der sie mit dem Versprechen gelockt hatte, viel Geld aus der Sache zu schlagen.

»Vorwürfe gegen Schlager-Produzenten Bernd Boyard«

»Hat Bernd Boyard eine Sängerin vergewaltigt?«

»Boyard Records plant rechtliche Schritte«

Jennifer legte schnell das Handy weg, weil Max sich bewegt hatte. Bernd hatte sich in sein Arbeitszimmer zurückgezogen und Vin nach Kronberg zitiert. Für sie klang das alles wie eine Altherrendepression. Sie sollten Bernd aber nicht unterschätzen. Vielleicht war er auch nur in Deckung gegangen, vor dem nächsten Angriff. Ihr Vater hatte schon schlimmere Krisen überstanden. Am Ende würde die Wahrheit triumphieren. Jennifer tat alles, um ihren Kopf und ihren Magen auf Linie zu halten und ihrem Vater zu glauben. Sie war mit ihm so hoch gestiegen, wie sie nur konnte, sie war mit ihm so tief gegangen, wie ihr Magen es ausgehalten hatte. In manchen Momenten war das genau das Problem. Sosehr sie ihren Vater liebte, wusste sie auch, dass man ihm gar nicht zu wenig zutrauen konnte, dass er in den vergangenen dreißig Jahren auch seine niedersten Instinkte voll ausgelebt hatte.

Ihre ambivalenten Gefühle für ihren Vater waren ihr nicht neu. Eigentlich gehörte ihr alter Vater am Lebensende gecancelt. Er war einfach zu weit gegangen. So folgerichtig all das wie das Aussterben der Dinosaurier. Wer sich nicht weiterentwickelte, den fraß die Evolution. Bernd war wie viele alte Männer schon vor langer Zeit stehen geblieben. Leider. Er hatte kein Schuldbewusstsein gegenüber Frauen. Die waren alle selbst schuld. Und auch den Gedanken, dass #metoo die größte Bürgerrechtsbewegung des vergangenen Jahrzehnts war, kriegte Bernd sogar an normalen Tagen nur mit viel Cocktailsauce runtergewürgt.

Jennifer schämte sich für ihren Gedanken. Über Paul dachte es sich besser nach. Dass er manchmal so bemüht cool war und sie das zum Lachen brachte. Dass er gestern so lässig dagestanden hatte und den Rauch seiner Zigarette zur Seite ausgehaucht hatte. Dass er gesagt hatte, er würde nun da sein. Sie versuchte, den genauen Wortlaut zu rekonstruieren, bekam es aber nicht hin. Sie stellte sich Paul in diesem Moment wieder und wieder vor. Wenn es um Paul ging, wurde sie weich und romantisch. Eine Stunde später stand sie mit den Kindern am Auto vor ihrem Haus. Die Winterluft war noch kalt, langsam ging die Sonne auf. In ihrem Schlafzimmer brannte noch kein Licht. Max schlief also noch. Jennifer stellte sich sein zerknautschtes Gesicht vor, so im Kissen vergraben. Es sah bestimmt heute erbärmlich aus. Seit ein paar Wochen hatte Max noch unreinere Haut als sonst, was an den Late-Night-Whiskys und vielleicht einer jungen Freundin aus der Kanzlei liegen mochte. Er war kein schöner Mensch, ihr Max, dachte Jennifer. Sie witterte den Verrat an ihr. Dass er mehr mit Bernd telefonierte. Dass er mehr Nachfragen anstellte. Sie kannte diesen Kontrollinstinkt in jeder Ausprägung von Bernd. Mit seinen Hausregeln, seinen guten Lebenstipps und Bitten (»Kannst du bitte die gelben Müllsäcke für die gelbe Tonne benutzen?«) benutzte auch Max die subtile Form von Terror, die auch ihr Vater perfekt beherrschte und die man seit Neuestem Mikromanagement nannte. In der Konsequenz war Jennifer immer öfter von Max genervt. Ihre Genervtheit schaffte Distanz. Und noch mehr Genervtheit. Und Gedankenspiralen. In den vergangenen Wochen vor Paul hatte sie manchmal spontan dagestanden, ins Leere gestarrt und ihren Mann minutenlang in aller Stille: gehasst.

»Ihnen ist manchmal einfach zu eng, nicht wahr«, hatte ihre Life-Paarcoachin gesagt. Jennifer hatte die Frage verneint. Sie hasste auch sie dafür, dass sie recht hatte. Dass sie immer recht hatte.

Max war einfach nur ein Durchschnittstyp mit ein bisschen Erbe. Hässlich *inside and out*. Das war er. Seine gebückte Körperhaltung verriet, dass er sehr viele Themen mit sich und seinen Mitmenschen hatte. Jennifer glaubte, Max wünschte sich insgeheim eine viel jüngere, attraktivere Langzeitgefährtin. Sie hatte ihm drei Kinder geboren. Jetzt war sie alt und suchte ihren Beckenboden. Wie Bernd würde Max wohl die Zweitehe wählen, wenn er es finanziell nur könnte. Leider war es ihr Geld, das ihn zum Privatier machte. Schade auch für seinen Schwanz. Er würde sich niemals von ihr trennen, sondern es vorziehen, ein Möbelstück mit einer Meinung, die keiner hören will, zu bleiben.

Jennifer fuhr in die Schule, in den Kindergarten, dann parkte sie in der Nähe des Büros. Ihre Haare, die zu einem nervösen, verzottelten Dutt geformt waren, wippten bei jedem ihrer Schritte, ihr offener Wintermantel flog im Wind. Paul hätte sie so sehr gemocht. Sein Mädchen. Paul hätte sie gerade ziemlich cool gefunden. In Gedanken lächelte sie ihm zu. Und er zwinkerte zurück. Die letzten Meter zum Büro rannte sie durch die Wintersonne und den Schneematsch. Bald ist Weihnachten, dachte Jennifer. Es war Dezember und fast zwölf Grad in Berlin. Vögel zwitscherten, im Grunewald brannte es, weil ein Waffenlager aus dem Zweiten Weltkrieg in die Luft geflogen war. Die Stadt war dystopisch heiß. Heißer, als sie es je war. Tauwetter setzt physikalisch große Energiemengen frei. Jennifer fühlte sich wie ein verliebter Teenager, der jede Sekunde darüber nachdachte, was der andere wohl gerade von ihr dachte. Wie sie rannte, wie sie vor den Galeries Lafayette an der Friedrichstraße eine Lights rauchte. Paul dachte sicher den ganzen Tag an sie. Wo geht sie hin? Was hat sie vor? Wenn sie sich wiedersahen, hoffentlich bald, würde er ihr wie früher »Ich hab heute nichts versäumt« mit kratziger Letzte-Nacht-Stimme vorsingen.

Je mehr Jennifer über Paul nachdachte, desto mehr fiel ihr auf, dass Bernd und seine hässliche Geschichte nicht mehr ihre war. Dass Bernd selbst für seine Taten geradestehen musste. Dass sogar Valerie in dem Sinne einen Punkt hatte, dass es um Frauensolidarität ging, weil ihr und allen Frauen bislang im Leben erzählt worden war, dass sie zusammenhalten müssten, sie es aber doch nie wirklich taten. Valerie hatte viel Blech geredet, das war unstrittig. Aber sie hatte Leidenschaft. Und sie war eine neue Generation von Frauen, die nicht vergessen hatte, dass Menschen noch immer vom Patriarchat unterdrückt wurden. Und Jennifer war jung, und Paul war es auch. Er hätte gewollt, dachte sie, er hätte so sehr gewollt, dass ich eine solidarische Frau bin. Der bewusst war, dass Feminismus nichts weiter als ein großer Etikettenschwindel war, wenn man ihn nicht wirklich lebte und seinen Müll trennte. Jeder trug seinen Teil bei, weil es ja schon im Kleinen losging.

Wenige Gedankenschleifen später stand sie im Aufzug zum Büro. Wieder ging sie die Schlagzeilen und Nachrichtenseiten durch. Bernd könnte ins Gefängnis kommen. Dann wäre das Label am Ende. Dann müssten auch ihre Brüder jedes Detail erfahren. Dann hätte sie es falsch gemacht. Das mit der Krisenkommunikation. Das mit dem Narrativ. Jennifer hatte nicht einmal Lust, die Geschichte zu hören. Je länger sie über Valerie, Paul und den Feminismus nachdachte, desto mehr schämte sie sich für Bernd und seine Schlager. Sie waren alle am Ende dumme Mädchen, dachte sie. Sie waren einfach Mädchen. Die Loreleis dieser Welt waren einfach Mädchen. Man hatte sie Empathie und Kooperationswillen gelehrt, nähen, kochen und Babys versorgen. Und können wir wirklich etwas dafür? Ihre Herzileins waren angefüllt mit Barmherzigkeit und Dienstleistungswillen gegenüber allen anderen. Allen, die sie machen ließen, Männern, denen sie glaubten. Für ihre Väter, ihre Liebhaber, ihre Ehemänner war weibliches Begehren am Ende nur ein *good will* der Natur, um den Gebärwillen zu verstärken, weil die Mutterschaft eigentlich die Wesensbestimmung einer Frau war. Die Mutter blieb sogar ihrem fremdgehenden Mann ein Leben lang treu und verpflichtet sich durch die heilige Ehe, seine Erigierbarkeit bis ins hohe Alter in lustvoller Loyalität aufrechtzuerhalten. Wer keine Mutter wurde, blieb ein einfaches Mädchen, eine Schlampe. So eine wie Lorelei, die ihren Vater angezeigt hatte. Jennifer musterte ihre Fotos im Internet und erwischte sich beim Gedanken, ihr Aussehen billig zu finden.

Wie sie sich anzog, wie sie herumlief. Sexuelle Gewalt ihr gegenüber war unrecht, aber relativ wahrscheinlich. Sie hätte das Kleid nicht tragen dürfen, es hätte ihr früher wieder einfallen müssen. Hatte Jennifer einfach nur Glück, Bernds Tochter zu sein und die Lotterie des Lebens gewonnen zu haben? War Lorelei eine Frau, der es um ein universelles Recht und Gerechtigkeit ging, oder war sie nur eine Goldgräberin, verarmt und seelisch durch. Zwanzig Jahre nach der Tat, weil – ja, weil was eigentlich?

Im Flur zum Büro schaute Jennifer das erste Mal an diesem Tag in ihre E-Mails. Wie viele kleine Verheißungen aus Einzeilern tauchten sie plötzlich auf dem Display ihres Smartphones auf. 543 ungelesene Mails. Konnte das sein? Etwa vierzig davon waren Presseanfragen zu Bernds Fall. Weitergeleitet von Bernds und ihrem Rechtsanwalt Dudenhoff. Die Betreffzeilen lauteten:

»Interviewanfrage der *Süddeutschen Zeitung*/Bitte um dringende Beachtung«

»Mit der Bitte um Stellungnahme bis zwölf Uhr«

»Rückruf/Redakteur – Mit der Bitte um vorherige Absprache«

Und dann noch eine E-Mail von Dudenhoff selbst:

»Wir antworten nicht. Nicht reagieren. Keine Einlassung am Telefon. Eine Einlassung ist es im juristischen Sinne schon, wenn Sie drangehen und sagen, dass Sie nichts sagen wollen. Bitte um kurze Absprache und Rückruf!«

So viele Imperative. Die Buchstaben tanzten vor Jennifers Augen, bis sie nur noch buntes Konfetti sah. Es war, als wenn alles plötzlich in einem Rausch passierte. So viel, überall auf einmal. Aufmerksamkeit regnete wie eine goldene Dusche Amphetamine auf sie herab. Paul. Die Journalisten. Valerie und Lorelei. Bernd. Einzig, dass ihr Jugendfreund wieder da war, machte, dass das Winterwetter nicht nach Klimakatastrophe roch, sondern duftend und voller Verheißung war.

Im Vorzimmer ihres Büros wartete eine 1,65 Meter kleine zierliche Frau, die Jennifer gleich als Schlagersängerin identifizierte. Sie waren leider alle derselbe Typ. Klein, hellblond, Pagenschnitt mit ondulierten Spitzen, große Brüste im Verhältnis zu ihren Hüften. Keine von ihnen war berühmt, sie wurden alle wie ein Produkt geformt und nach zwei schlecht verkauften Single-Auskopplungen ihres Debütalbums wieder fallen gelassen. Sie hat nicht funktioniert, sagte Bernd dann immer. Es war das Königsargument, wenn keiner mehr weiterwusste. Keine Ahnung, woran es gelegen hat, hieß das dann. Vielleicht war sie nicht gut genug gewesen, sagte ihr

Manager. Dabei hat doch alles gestimmt, wunderten sich die Fernsehverantwortlichen. Ja, genau, meine Herren. Dabei war sie doch die Idealkonstruktion einer Frau. Makellos, jugendlich, familienerotisch mit submissiver sexueller Ausstrahlung, die aber sonntags die Brötchen aufbackt und zum Blowjob frisch gebrühten Kaffee ans Bett serviert. Also, was zur Hölle sollte nicht stimmen? Jennifer hatte zwar immer genickt, es aber nie verstanden. Sie beugte sich vor und reichte der kleinen zierlichen Frau die Hand.

»Lorelei, nehme ich an.«

»Ja.«

Lorelei lächelte ein wenig, ihr Händedruck war kaum spürbar. Ihr Outfit hatte etwas Provinznuttiges, sah aber gut kombiniert aus, das musste man ihr lassen. Dolly Buster und die Neunziger im Ruhrpott ließen grüßen. Zebra-Bluse von der Stange, schwarzer Minirock, hohe Stiefel. Doch ihr Blick hatte etwas Klares. Es ist der einer Frau, die geradeaus schaute und sich vielleicht nicht komplett verarschen ließ. Jennifer führte Lorelei in ihr Büro und nahm am Schreibtisch Platz. Helga brachte ohne Aufforderung zwei Cappuccinos rein. Sie war nervös. Ihr Telefon hatte den ganzen Morgen nicht stillgestanden. Sie legte Jennifer eine Rückrufliste mit zweiunddreißig Anrufern auf den Schreibtisch. Wieder dieselben Journalisten, Namen, die sie schon in ihrem E-Mail-Fach gelesen hatte. Jennifer nickte Helga zu, sie verstand und ging raus.

Lorelei rutschte nervös auf dem Sessel herum. Jennifer lächelte herzlich.

»Ich bin froh, dass wir uns endlich einmal persönlich kennenlernen. Danke, dass Sie gekommen sind.«

War das gut? Für den Moment war es das Beste, wozu sie

imstande war. In diesem Moment klang ohnehin alles furchtbar dumm. Jennifer war verunsichert, ließ es sich aber nicht anmerken. Lorelei schaute sie an. Ihre Nase wirkte nun noch spitzer als vorher. Sie war sehr hübsch, nur leicht geliftet und vielleicht Mitte dreißig, dachte Jennifer.

»Wissen Sie, Frau Boyard. Ich mag Ihren Vater eigentlich. Ich habe Anzeige erstattet, weil ich mit einer anonymen Aktivistin Kontakt hatte. Fragen Sie mich nicht, wie, aber sie hatte Zugang zu meinem Krankenhausbericht von damals. Nachdem Ihr Vater Bernd in der Nacht weg war – entschuldigen Sie, das ist schwer für mich –, ich bin damals in die Charité gegangen. Die Ärzte dort dokumentieren Vergewaltigung anonym und verwahren die Daten bis zur Anzeige.«

»Oh, taten sie das«, sagte Jennifer.

»Ja, es ist alles dokumentiert. Es ist nicht sehr schön zu lesen.«

Lorelei reichte Jennifer einen braunen DIN-A4-Umschlag. Sie nahm ihn wortlos entgegen. War es das schon? Im juristischen Sinne: eine Einlassung? Jennifer hörte Bernd in ihrem Ohr, der sie anschrie, die Akte nicht zu nehmen. Der sie anschrie, diese Lorelei sofort rauszuschmeißen.

»Wenn Sie mir nicht glauben, können Sie es gerne selbst lesen«, sagte Lorelei.

Sie war sich ihrer Sache absolut sicher. Natürlich war sie das. Sie hatte einen offiziellen Bericht. Jennifer machte das noch nervöser. Sie spürte ein lautes Pochen im Ohr. Ihre Wangen glühten. Zum ersten Mal seit einundvierzig Jahren verspürte sie das ernste Bedürfnis, sich komplett zu betrinken. Sie brachte Bernd in ihrem Kopf zum Schweigen und legte den

Umschlag vor sich auf den Tisch. Sie schaute die fremde Person, die da in ihrem Büro saß, mit halb offenem Mund an. Lorelei war freundlich, trotz der Ernsthaftigkeit des Anlasses. Jennifer mochte diese Frau irgendwie und kam sich vor wie eine Verräterin. Sie befühlte das Kuvert des Umschlags. In ihrem Innenohr explodierte eine Ader, in ihrem Hals formte sich ein Kloß so groß wie ein Pfirsich. Was war, wenn es wahr war? Was wäre, wenn ihr Vater ein Vergewaltiger war? Wenn ihr Vater ein Vergewaltiger wäre, dann wäre alles, was jemals passiert wäre, ihr Aufwachsen, ihre Jugend, die Geschichte ihrer Eltern so nicht geschehen. Alles müsste neu beurteilt, aufgearbeitet und erzählt werden. Dann wäre nichts wahr gewesen, was ihr erzählt worden war. Und war es nicht genau das, worum es immer ging: die Wahrheit? Zumindest die beste Version der Wahrheit.

»Gab es in der Nacht denn Zeugen?«

Jennifer versuchte, gelassen zu wirken. Lorelei überlegte nur kurz.

»Ja, da war meine beste Freundin Marla, sie lebt mittlerweile in der Schweiz. Sie hat mich mit Bernd runter zum See laufen sehen. Damals hatten wir eine Affäre. Ich war gerade siebzehn. Ich wusste es nicht besser.«

Jennifer nickte. Sie kritzelte auf einem Blatt Papier herum und tat so, als würde sie sich etwas notieren. Dann schaute sie Lorelei mit festem Blick an. Wenn es wahr war, dann müsste sie es sicher wissen. Dann müsste Lorelei standhalten.

»Warum jetzt, Frau Hewer? Was wollen Sie von meinem Vater? Er wird Ihnen kein Geld geben, und wenn die Staatsanwaltschaft Anklage gegen Bernd erhebt, dann wird es lang und dreckig. So einen Gerichtsprozess hat noch keine Frau erhobenen Hauptes gewonnen. Denken Sie an alle Betroffenen aus Amerika. Was ist zu gewinnen? Das System ist doch schuld und nicht der Mensch. Und das besteht doch weiter.«

Jennifer hoffte, im Gesicht von Lorelei einen Ausdruck der Verunsicherung zu erkennen. Doch sie verzog keine Miene.

»Unsere Anwälte werden versuchen, Sie um jeden Preis bloßzustellen, Ihnen Angst zu machen, vielleicht stellt jemand Ihnen sogar nachts auf dem Nachhauseweg nach. Privatdetektive werden Sie bis in Clubs und Bars verfolgen. Sie werden keine Ruhe geben, bis sie Ihnen das Kokain aus den Haaren gezogen haben. So viele Schriftsätze, Zehntausende Euros Kosten, für was am Ende? Außerdem werden wir unsere Kontakte zu Journalisten und zur Presse nutzen. Denken Sie darüber nach.«

Lorelei schüttelte den Kopf. Sie lächelte wieder.

»Dann ist es ja umso besser, dass ich weder rauche noch trinke. Und Drogen werden Sie bei mir auch nicht finden. Ihr Vater hat eine Straftat begangen, und das kann ich beweisen. Sie überschätzen Ihre juristischen Möglichkeiten, Frau Boyard. Ich weiß, er ist Ihr Vater. Aber wollen Sie denn, dass es immer so weitergeht? Wissen Sie, meine Mutter war Hausfrau, mein Vater war Fernfahrer. Meine Familie liebt Schlager, Truck Stop, die Wildecker Herzbuben, alle diese Bands. Das war auch meine ganze Kindheit, nicht nur Ihre. Aber Sie wollen keine Frau in dieser Branche sein. Sie wollen diesen mächtigen Typen nicht als Spielzeug dienen. Es ist alles so grausam, so schrecklich.«

Lorelei stockte.

»Ich will Ihnen noch eine Sache sagen, Frau Boyard. Und

vielleicht ist es banal für Sie, aber Frauen sollten zueinanderstehen. Ich weiß, dass es schmerzhaft sein muss, so etwas über den eigenen Vater zu hören. Für Sie sind es vielleicht Gerüchte, aber ich und einige andere Frauen denken seit vielen Jahren darüber nach, Ihren Vater anzuzeigen. Die Wahrheit kommt immer ans Licht. Ich hoffe, er hat Ihnen nichts angetan.«

Jennifer schnappte nach Luft. Das ging jetzt zu weit.

»Ich würde Sie jetzt bitten zu gehen.«

Lorelei stand auf. Nahm ihre Handtasche.

»Es geht mir nicht ums Geld. Meinetwegen können Sie alles behalten. Ich hatte so viele Schulden durch die Alben, die ich alle selbst finanzieren musste, dass ich gelernt habe, mit Geld umzugehen. Ich will wirklich kein Geld. Ich will nur wieder schlafen können, ohne an ihn zu denken.«

Jennifer rang um Fassung.

»Lorelei, das ist zwanzig Jahre her.«

»Fünfundzwanzig Jahre. Er hat mir damals gesagt, dass seine Tochter auch fast siebzehn, also fünfzehn sei.«

Jennifer dachte nach. War Lorelei wirklich die Frau, die damals mit Bernd auf Tour war? Die einmal mit ihnen abends in der Kantine des Mitteldeutschen Rundfunks Schnitzel gegessen hatte? Jennifer ging Dutzende Frauengesichter von Bernds Ex-Affären im Kopf durch, aber keines passte so recht. Vielleicht das eine, nein, es waren einfach zu viele gewesen.

»Sie werden mit Ihrem Aktivismus nichts erreichen, fürchte ich«, sagte Jennifer.

Sie kam sich so klein und wertlos vor, als sie das sagte. Lorelei sah sie an, als würde sie ihr kein Wort glauben.

»Sie müssen das jetzt sagen, das verstehe ich. Aber Aktivismus ist ein Bürgerrecht, Frau Boyard. Ich wünsche Ihnen ein frohes Fest mit Ihrer Familie.«

Jennifer nickte. Sie tat es, weil es Sinn machte, was Lorelei gesagt hatte. Es wäre lächerlich gewesen, ihr zu widersprechen. Jennifer kannte die Schlagerbranche und Lorelei eben auch. Es gab nichts mehr zu sagen. Sie hörte wieder Bernd in ihrem Ohr, wie er immer lauter schrie, was für eine Versagerin sie doch sei, für nichts zu gebrauchen, aber schaffte es, ihn wieder auszublenden.

»Haben wir Ihre Telefonnummer?«, fragte Jennifer irgendwann.

Lorelei nickte.

Langsam zog sie ihren Mantel an. Als ihr Jennifer dabei zusah, überkam sie eine leichte Übelkeit, die schnell Fahrt aufnahm. Lorelei suchte jetzt ihr Parkticket oder irgendwas in ihrer Tasche. Für einen Augenblick kostete es Jennifer die größte Selbstbeherrschung des Universums, sich nicht sofort übergeben zu müssen. Es ist so leicht, die Legende eines Mannes zu zerstören, würde Bernd jetzt sagen. Ja, genau das würde er sagen. Er würde nicht sagen, dass man manchmal auch einfach selber schuld war. Dass er über Jahrzehnte erfolgreich war, gekämpft und sich geschlagen hatte, in alle Richtungen, um weiter hochzukommen, Macht angehäuft hatte, Devisen und Besitz, und Mädchen belästigt hatte, Frauen geheiratet, Kinder gezeugt hatte, die er zu Lebzeit langsam wieder verschlang. Vielleicht war Ikarus zu hoch geflogen, vielleicht hatte Bernd die neue Zeit unterschätzt. Vielleicht wäre es jetzt einfach zu Ende, und alle würden sich darauf einigen können, dass es nicht so schlimm war. Die Bernds waren lange die Kings gewesen, und dann stolperten sie – und keiner fing sie auf. Alle gingen heutzutage sogar noch einen Schritt beiseite, damit das Arschloch besser fallen konnte, sogar die Kumpels, damit er sich nicht an ihnen festhalten und sie in die Hölle mitreißen würde. Zu ihrer Beerdigung hatten dann die besten Bekannten Terminschwierigkeiten.

Zu Bernds fünfzigstem Geburtstag hatte Jennifer mit achtzehn Jahren die Idee gehabt, zu seinen fünfzig besten Freunden zu fahren, sie mit einer kleinen Handkamera zu filmen und Grußbotschaften aufsagen zu lassen. Daraus wollte sie damals für die Fete ein Video schneiden lassen. Bernds Sekretärin hatte ihr eine Liste mit den wichtigsten Weggefährten ihres Vaters gemacht. Tagelang war sie mit Ennio herumgefahren, hatte Bernds Freunde besucht, von denen keiner wirklich etwas über ihn zu sagen wusste. Einer so: »Bernd, oh, dass Sie ausgerechnet mich fragen. So gut kennen wir uns ja gar nicht. Wir waren in den Neunzigern mal im *Schlosshotel* essen, doch Bernd musste relativ schnell wieder los, weil er noch ein Konzert hatte.«

Die Grußbotschaften waren am Ende alle Schrott.

Lorelei war gegangen, und Jennifer hatte ihre Übelkeit gerade wieder etwas in den Griff bekommen, als ihr Handy klingelte. Bernd rief an. Nach kurzem Zögern ging sie dran. Auf ihrem Schreibtisch lagen noch die Krümel von Jonahs Müsliriegel von gestern.

»Wie lief es, Baby Boyard?«

»Was meinst du?«

»Was meine ich wohl? Den Vorverkauf in Suhl? Ich meine, die Lorelei, Herrgott, Jennifer!«

In Suhl waren alle hundert Jahre alt, dachte Jennifer.

»Wir kriegen das hin. Wir kriegen das hin«, sagte sie mantraartig.

»Ich zahle kein Geld für diese Schlampe, ich sage es dir.«

Bernd brüllte jetzt sehr laut. Jennifer hielt zwanzig Sekunden den Hörer weg und legte ihn erst dann wieder ans Ohr. Es hatte keinen Sinn. Hatte es noch nie gehabt.

»Soll ich auflegen? Beruhigst du dich jetzt bitte wieder? Es ist vier Tage vor Weihnachten.«

»Ja, und darüber wollte ich mit dir reden. Kommt alle, Jenni, lass uns zusammen sein. Ich verlange, dass wir in diesen schweren Zeiten zusammenstehen. Alle Boyards, auch deine Brüder. Und Melanie. Das ist eine Krise. Jetzt geht es um uns alle.«

»Ich weiß nicht, Bernd.«

Sie hörte ihn ins Telefon schnaufen.

»Komm, Pummelchen.«

»Gut.«

»Deine Kinder wollen Opa sehen.«

»Gut.«

Bernd kämpfte weiter. Ohne, dass es Sinn ergab. Aber seinen Trumpf hatte er noch gar nicht gespielt. Der kam jetzt.

»Hier kannst du deinem Paul ganz nahe sein.«

Bernd war wirklich jedes Mittel recht, wenn sie nur kam.

»Ich habe doch schon Ja gesagt.«

Sie legte schnell auf.

Jennifers Herz überschlug sich, aber sie versuchte, sich nichts anmerken zu lassen. Sie dachte an Bernd und an seine Maggi-Suppen. Bernd, der steppte. Bernd im Hocktanz. Bernd, der ihr erstes Auto zu ihrem achtzehnten Geburtstag vorgefahren hatte. Einen Ford Mustang. Sein Ford Mustang. Sie dachte an die Filmabende mit Bernd, als sie sich an seine Schulter gekuschelt hatte. Sie dachte an früher. An ihren Papa. Aber nichts funktionierte. Ihre Vorzimmerdame Helga brachte Essen herein. Sie hatte sich *Spicy Plant Based Duck Bowl* mit der App bestellt, und es war von einem Lieferando-Boten gebracht worden. Ihr Essen klang wie ein Turbo-Pascal-Programmcode.

Program
begin
eat
digest
end
This is the end.

Kapitel 7

Er gehört zu mir

»It's no use going back to yesterday, because I was a different person then.«

Lewis Carroll, *Alice's Adventures in Wonderland*

Auf der Heimfahrt fühlte Jennifer sich voller Adrenalin. Alles drehte sich. Sorge und Vorfreude mischten sich auf merkwürdige Art. Sie freute sich auf Laura, Jonah und Selma. Auf die Reise. Dass endlich mal etwas passierte, so schrecklich der Auslöser auch war. Sie verspürte gleichzeitig eine große innere Unruhe darüber, ihrer Ältesten zu erzählen, dass sie noch heute die Koffer packen und zu Opa fahren würden. Sie hoffte, dass Laura mitziehen würde, ohne Bedingungen zu stellen. Laura konnte ihre Phasen haben und lieber zu Hause bleiben wollen. Sie würde sagen, dass sie Weihnachten zu Hause sein wollte, und Max würde Jennifer sagen, dass man Kinder nicht zwingen sollte, und fragen, was überhaupt so wichtig daran sei, nach Kronberg und Rosenberg zu fahren. Laura verstand es, ihren Vater zu manipulieren. Sie war viel zu altklug für ihre neun Jahre. Jennifer hasste Eltern, die ihre Kinder als hochintelligent bezeichneten. Aber Laura hat ein wahnsinnig gutes Gespür, Situationen und Menschen zu lesen, das war nicht zu übersehen. Die anderen zwei waren mit ihren drei und einem Jahr noch zu klein, um Rückschlüsse auf ihren späteren Charakter ziehen zu können. Deshalb hing alles daran, Laura zu überzeugen. Zu Hause angekommen, überbrachte Jennifer ihrer ältesten Tochter die frohe Kunde ihrer nahenden Weihnachtsreise folgerichtig zuerst.

»Ich kenne Opa gar nicht. Ich habe ihn zwei Jahre nicht gesehen. Ich würde ihn nicht mal auf einem Foto erkennen«, schrie Laura sie sofort an.

Eine Minute später knallte oben ihre Tür. Auch ansonsten herrschte das absolute Chaos. Jonah weinte, weil er nicht inhalieren wollte. Rosa lief hinter dem keuchenden Kind her, konnte es aber nicht einfangen. Selma hockte ohne Windel auf dem Küchenparkett und aß die Reste eines Butterbrots vom Boden.

Max duckte sich weg. Er saß am Esszimmertisch an seinem Laptop, täuschte das Schreiben wichtiger E-Mails vor und nahm wahlweise das Kind auf den Arm, das am lautesten schrie. Laura war Jennifers Mädchen und nicht seins. Jonah war ihm durch sein Asthma suspekt und Selma noch zu klein und nicht kooperativ genug. Eigentlich konnte er mit keinem seiner Kinder richtig etwas anfangen. Wie viele Männer seines Standes hatte er sich von Anfang an auf Betreuungspersonal und minderjährige Babysitterinnen für die Abendstunden verlassen. In Max' Klassendenken erledigten schlecht oder gar nicht bezahlte Frauen wie seine Gattin das, was Gerhard Schröder einst als Kinder und Gedöns abgetan hatte. Heute sprach Christian Lindner von seinem Karriereende als guter Gelegenheit, Imkern zu lernen oder mit dem Angeln zu beginnen. Wenn Väter in Deutschland Elternzeit nahmen, bauten sie den Keller zu einer Fitness-Bude um, lernten eine Fremdsprache oder machten eine Fernreise. Während die Frau das Baby stillte, wickelte und zum Schlafen brachte, bewunderte er E-Zigarette dampfend die Landschaft und sich (die Selbstperspektive von außen) als neuen verantwortungsbewussten Menschen.

Max und Jennifer hatten sich als die bessergestellten Leute, die sie waren, nach Lauras Geburt die Galapagos-Inseln angeschaut, nach Jonahs waren sie immerhin noch auf Sylt gewesen. Dass Selma auf die Welt kam, entsprang nur noch einem reinen kennedyesken Statusdenken. In Frankfurter Unternehmer-Familien, in Berlin-Prenzlauer Berg bis in die Hidden Hills der Kardashians träumte die Upperclass von modernen kinderreichen Clans. Vermögen verpflichtete, lenkte und beschränkte. Bernd hatte sich immer viele Enkelkinder gewünscht, um diese dann offensichtlich ignorieren zu können. Alles, was zählte, war die Außenwahrnehmung.

»Laura hat recht. Bernd interessiert sich nicht für sie. Er mag nur dich, aber auch nur, solange du machst, was er sagt.«

Max traute sich was. Jennifer stand noch im Mantel in der chaotischen Küche, den Autoschlüssel in der Hand und staunte über diesen Mann, der gebeugt wie das Gollum über diesem winzigen silbernen MacBook Pro hing.

Max musterte sie jetzt. Er konnte froh sein, dass Bernd ein Interesse an ihm als Schwiegersohn hatte. Bernd hatte Max ausgesucht. Er war ein guter Mann für seine Tochter, einen, den man gut aushielt.

»Du kannst Bernd von Berlin aus viel besser helfen. Hier

sind die Journalisten, das Büro. Der alte Mann und seine Melanie kommen schon über Weihnachten zurecht.«

Jennifer warf ihrem Mann einen müden Blick zu.

»Es steht dir nicht zu, so über Bernd zu reden, Max«, sagte sie und begann, mit einem Küchentuch, das sie am Wasserhahn nass gemacht hatte, die Butterreste vom Boden zu wischen.

Max schaute ihr gelangweilt zu.

»Warum schleppst du die Kinder nach Kronberg, wenn es um Bernds Frauenprobleme und das Geschäft geht?«

Bernd hatte es ihm tatsächlich erzählt. Er hatte ihn ins Vertrauen gezogen. Das hatte er noch nie getan.

»Du weißt, dass ich das jetzt brauche. Du weißt, dass ich mir hier über die Feiertage sonst nur Sorgen machen würde. Außerdem hast du bestimmt auch genug hier zu tun, richtig?«

Max lachte kurz auf. Dabei entfuhr ihm ein merkwürdiges nasales Geräusch. Er knallte den Laptop zu, hob ein Bein an, um umständlich mit Kabel und Hausschuhen von der Bank aufzustehen. Er hatte Rückenschmerzen. Seine innere Anspannung hatte sich in äußere Muskelkrämpfe übertragen. Weder Max noch sie würden über ihre Affären und Sehnsüchte reden. Sie waren nie die große Liebe füreinander gewesen, mehr eine günstige Gelegenheit, ihren Lebensplan einzuhalten und mit Ende dreißig eine große Familie zu haben. Lange hatte Jennifer Komplizenschaft in einer Ehe für ein stärkeres Band als Liebe gehalten. Sie hatte versucht, die anderen Paare nicht zu sehr um ihre angekratzte, aber durchaus vitale Romantik zu beneiden, es nicht zu schade zu finden, dass sie sich so wenig auf das wöchentliche Dinner-Date mit ihrem Mann freute. Liebe war nicht zu unterschätzen. Sie heilte, sie tröstete, blühte in stiller Anmut vor sich hin, wie die

Rose unter der Glaskuppel aus *Die Schöne und das Biest*. Pragmatik schadete auf Dauer der Persönlichkeit. Sie machte stumpf und weniger empfindsam. Um nicht depressiv über ihre Beziehung zu werden, hielten Mütter wie Jennifer deshalb ständig dagegen und trugen roten Lippenstift auf. Für das gute Gefühl. Für die Resilienz und die Hoffnung, dass in ihrem Leben vielleicht kein Platz für echte Liebe, aber doch eine Spur mehr Leidenschaft sei.

Obwohl sie nicht mehr wusste, für wen sie sich schön machen sollte, wollte sie als Mutter von drei Kindern nicht die Asexuelle mit dem Fjällräven-Rucksack sein. Drei Jahre war sie eigentlich ununterbrochen schwanger gewesen oder hatte gestillt. Es war entscheidend, wie viele Kinder eine Frau bekam. Entscheidend für ihren Autonomiewillen und ihre Lebenskraft. Das erste war verkraftbar, das zweite Baby brachte einen an die Grenze, das dritte machte wieder locker, aber nur, weil man langsam den Verstand verlor. Jennifers Mutter hatte vier Kinder zur Welt gebracht.

Schon nach dreien fühlte Jennifer sich ausgeweidet und besetzt, ständig durstig wie eine Ziege in der Steppe. Die Haare fielen ihr aus, ihre Lippen waren ständig spröde. Man sagte in der Medizin, dass eine Frau nach einer Schwangerschaft kein Kalzium und Magnesium mehr im Körper hatte. Das hatte sie mal in irgendeinem Lifestyle-Magazin gelesen. Max und ihre Nicht-Beziehung hatte sich in den Babyjahren aufgebraucht. Zu wenig Schlaf, Luft und Anstand – mit Kleinigkeiten wie verschüttete Milch, Mental Load und abends Miniserien schauen hatten sich die beiden aneinander wund gerieben und gegenseitig zu Tode gelangweilt.

»Hast du noch Lust auf eine Folge *Euphoria*?«
»Nein, ich gehe jetzt schlafen.«
»Gute Nacht.«
»Gute Nacht.«

Max und sie schauten sich wie versehrte Kriegsveteranen an. Sie waren nicht glücklich miteinander und waren es nie gewesen. Er stellte sich beim Sex ganz sicher seine Freundin aus dem Büro vor. Was nützte es, wenn sie beide sich gegenseitig im Weg standen? Wenn sie noch dreißig Jahre nebeneinanderlagen, die lauwarmen Körperflüssigkeiten des anderen spürten, vorm Einschlafen alles Mögliche ausdünsteten, Dinge, die den anderen nichts angingen, nur weil sie diesen Ring am Finger hatten? Wenn Max jetzt nicht ging, dann würde ihm eine Plauze und ein Schiebedach auf dem Kopf wachsen. Er würde trotzdem noch die aktuellen Sneakers tragen. Sich von zu viel Trampolin oder Crossfit einen Meniskusriss holen, von seiner Fehlhaltung und seinem Stress im Bürojob einen Bandscheibenvorfall. Dann gehörte er auf den Friedhof der harmlosen, angeknacksten Kerle, die nur noch über ihre tollen gesunden Kinder bei Frauen Mitte dreißig Werbung für sich machen konnten. Oder Max gründete noch mal eine Familie mit einer osteuropäischen, viel jüngeren Studentin namens Ilona oder Ekatharina. Lass uns erhobenen Hauptes auseinandergehen, Max, dachte Jennifer. Lass uns nicht erst schlimmere Probleme haben, die wir benennen können, von denen unsere Freunde dann wissen und später auch unsere Kinder. Lass uns das hier beenden, solange es geht.

»Viel Spaß, Jenni. Grüß Bernd. Gobi und ich werden es hier schön haben. Er ist zu alt zum Reisen.«

Jennifer lächelte Max an. Dann drückte sie ihren alten

Hund, der gerade aus dem Garten zur Tür reinkam. Sie drückte ihn so fest, als müsste es für ein ganzes gemeinsames Leben reichen. Wenn sie zurückkommen würde, würde ihr alter Labrador nach dem Parfüm einer anderen Frau riechen.

»Versprich mir, dass du ihn nicht ins Hundehotel bringst.«

»Würde ich nie tun.«

Eine Stunde später fuhr Jennifer mit ihren drei Kindern der Dämmerung entgegen auf die Autobahn. Sie kannte diese Fahrt zu Bernd in vielen Phasen ihres Lebens. Es war das erste Mal, dass tatsächlich drei Kinder auf der Rückbank saßen. Jennifer fand das erstaunlich. Wie schnell und selbstverständlich da einfach Kinder waren. Wie kompromisslos Kinder ihren Platz im Leben einforderten und Mütter so gar nichts mehr fordern durften. Wie viel Verantwortung es war. Und dass es eigentlich Wahnsinn war. Irre, einer einzigen Person so viel Verantwortung zu übergeben, ohne dass es die Gesellschaft weiter kümmerte.

Die drei dösten unerwarteterweise vor sich hin. Jennifers Handy klingelte. Sie nahm den Anruf über die Sprechanlage des Autos an. Am Telefon war ein Journalist namens Florian Rust.

»Woher haben Sie meine Nummer?«

»Darüber darf ich nicht sprechen. Aber würden Sie mit mir über Ihren Vater reden?«

Die Stimme des Reporters hatte etwas an sich, das bei ihr zog. Etwas, das Vertrauen auslöste. Sie legte nicht auf.

»Was wollen Sie hören?«

»Die Geschichte Ihrer Familie. Die Ihres Aufwachsens. Die Ihres Vaters. Aber vor allem Ihre. Ich will verstehen, wie es zu alldem kam.«

Jennifer stockte. Ihr gesundes Misstrauen kehrte zurück.

»Ich muss nachdenken. Ich melde mich vielleicht in den nächsten Tagen.«

»Nehmen Sie sich alle Zeit, Frau Boyard«, sagte der Reporter.

Dann legten sie auf. Die ganze Fahrt dachte Jennifer darüber nach, woher dieser Florian Rust ihre Nummer haben konnte. Helga hätte sie nie weitergegeben. Vin auch nicht. Auf keinen Fall. Oder? Vielleicht Valerie? Wollte sie nicht, dass Jennifer für den Feminismus sprach? War das so abwegig, dass Valerie eine solche Agenda hatte? War es ein Weckruf, eine Chance, sich reinzuwaschen? Jennifer war verwirrt. Ja, sie wollte ihrem Vater helfen. Nein, sie wollte dafür nicht allen Frauen und dem Zeitgeist in den Arsch treten und sie im Regen stehen lassen. War es denn so schwer, das Richtige zu tun?

Als Jennifer am späten Abend bei Bernd angekommen war, hörte sie wie immer den Kies unter ihren Füßen knirschen. Ein paar Rotkehlchen sangen noch in den Bäumen. Alles in Kronberg klang nach Kindheit. Für einen Moment war es manchmal fast friedlich. Wäre da nur nicht Bernd gewesen, der so unberechenbar wie das Kronberger Wetter war. Mal strahlte der Himmel blau, dann klatschte dir eine halbe Stunde später Schneeregen ins Gesicht. In Bernds Haus konnte man die Angst vor dem Choleriker riechen. Jennifers Volvo-Kombi war voll mit Gepäck. Ennio war alt geworden, er war bestimmt schon über siebzig, aber er half ihr wie immer beim Auspacken. Sie fielen sich in die Arme. Bernds dienstältester Fahrer gehörte für Jennifer zur Familie.

Bernd wartete oben an der Treppe. Er hielt sich den Rücken, schaute nervös. Wieder trug er einen eleganten Morgenrock, manche Dinge änderten sich nie. Er schaute seiner Tochter zu, wie sie mit Selma im Arm, ihrer Wickeltasche an der Schulter und einer Reisetasche die hundert Stufen bis zur Haustür hochstieg. Jonah und Laura trotteten hinterher. Für Bernd war sie nicht die Heilige Mutter Maria, sondern eine ganz gewöhnliche Frau, die ihren Platz in der Gesellschaft eingenommen und Kinder bekommen hatte. Eine, die sich gleichzeitig auch um seinen Hof kümmerte. Die Kälber fütterte, ausmistete, die Buchhaltung machte, ihm auf die Finger haute, wenn in der Handkasse etwas fehlte. Die Logistik um den Nachwuchs, Erziehung und Ausstattung waren in den Augen von Bernd, dem großen Liberalen, Privatsache. Das sah auch seine Lebensgefährtin Melanie so, die neben ihm stand.

Richtig. Melanie.

Die Frau mit dem Weinglas in der Hand.

Sie war vor drei Jahren aufgetaucht und gab sich seitdem als Bernds Gattin aus. Melanie war fast sechzig Jahre, eine attraktive ehemalige Journalistin mit blondem schulterlangen Haar, Merino-Strickjacken in gedeckten Farben und langer Perlenkette, denn die Dame kam aus München. Bernd musste sie bei einer Party mit dreihundert Leuten in Kitzbühel kennengelernt haben – Jennifer hatte absolut keine Ahnung, wie sie an die Einladung zum Après-Ski bei Vito Schnabel herangekommen war –, auf jeden Fall wusste Melanie ihre spröde Attraktivität für Bernd zu nutzen. Melanie war jahrzehntelang Feuilleton-Chefin der *Münchner Zeitung* gewesen, bis sie ihren Alkoholkonsum und ihren Drang zum Leiden an sich selbst nicht mehr verheimlichen konnte, war geschieden und Mutter einer vierzigjährigen Tochter namens Mona, die sie für bieder hielt. Melanie hatte in Bernd ihre Alterssicherung gefunden und er in ihr eine unterhaltsame, wenig anspruchsvolle zukünftige Pflegerin, die das Strahlen der goldenen Sonne im Taunus genoss. Melanie fand, dass es ab einem gewissen sozialen Status keinen Feminismus mehr brauchte. Darüber hatten Jennifer und sie schon oft gesprochen und waren sich gar nicht uneinig gewesen. Melanie fand auch, dass sich die Hausfrauen-Ehe nach allen totalitären staatlichen Erziehungssystemen als bestes ökonomisches Konzept bewährt hatte. Auch hier wieder: Kinder waren Gemeinschaftsgut der Volkswirtschaft, ihr Aufwachsen aber Privatsache. Melanie war der lebende Beweis dafür, dass unter dem neoliberalen Schafspelz auch immer der Wolf des Konservativismus schlummerte.

»Jenni! Meine wunderbare, schöne Jenni.«

Melanies rot lackierte Fingernägel funkelten wie der Adventskranz in der Eingangshalle. Im Gegensatz zu Bernd umarmte sie Jennifer.

»Hattet ihr eine gute Reise? Mit drei Kindern im Auto, du Ärmste.«

»Es ist okay, es sind vier Stunden.«

»Danke, dass du kommst. Deinem Vater geht es nicht gut. Gar nicht gut. Und Vin ist keine Hilfe. Wir haben ihn wegschicken müssen. Es war zu seinem und Bernds Besten.«

Melanie blickte Richtung Bernd, der milde zurückschaute. Die Sorgen, die Sorgen. Bernd wollte das Mitleid seiner Tochter, ohne groß Worte zu verlieren. Eine der Haushaltshilfen bot Jonah Kakao an, doch der hing seiner Mutter am Bein. Auch Laura blieb trotzig neben ihr stehen. Nichts zu machen.

»Kommt, wir suchen uns ein Zimmer aus. Ist das was?«, sagte Jennifer zu ihren Kindern. Selma brauchte eine neue

Windel. Bernd, Melanie und eine Haushaltshilfe, die Jennifer noch nie gesehen hatte, schauten sie an. Ob Geld, ob Status, eine Mutter wickelte, stillte und tröstete stolz selbst – und kassierte dafür vielleicht eine Packung Mon Chéri zum Muttertag. Wie dumm war Jennifer gewesen, ihre Nanny zu Hause zu lassen. Nun musste sie es alleine machen. Und sie war es nicht gewohnt. Sie holte eine XXL-Packung Pampers aus dem Auto, sie schwitzte, sie lächelte. Selma musste in Melanies Armen warten, bis sie zurück war, natürlich brüllte sie wie am Spieß. Auf Melanie wirkte Jennifer wie eine dieser irren modernen Mütter, für die zwei Kinder auch gereicht hätten.

Jennifer ging ins Gästezimmer, legte Selma auf die Four-Seasons-Duvets, zog ihr die Strumpfhose aus und trug die erste Kackschicht mit einem Feuchttuch ab. Melanie stand neben ihr. Sie versuchte wegzuschauen. Ihr Gesprächsbedarf war allerdings größer als ihr Ekel vor Babykacke.

»Deinem Vater geht es nicht gut, Jenni. Ganz und gar nicht. Du musst etwas tun. Diese Frau darf kein Geld kriegen. Sonst werden noch andere kommen, und wir schaffen einen Präzedenzfall. Du weißt, wie diese Frauen sind. Sie sind Schlagersängerinnen. Sie bekommen einen Song und ein bisschen Geld, zwei, drei Auftritte in Fernsehshows, und sie denken, sie sind Michelle. Aber dann stürzen sie ab. Sie haben nur den einen Sommer. Und den können sie einfach nie vergessen. Weil sie in ihre Einzimmerwohnung zurückkehren, weiterleben und begreifen, dass ihnen nie wieder etwas Besseres passieren wird. Dass es der eine Sommer ist und dass es die Erinnerungen sind, mit denen sie an Weihnachten als alte dicke Tante ihre Nichten langweilen werden.«

Melanie beendete ihren letzten Satz anmutig, als hätte sie ein altes Gedicht aufgesagt, und blickte gedankenverloren aus dem Fenster. Jennifer war beim dritten Feuchttuch, doch überall in den Hautritzen und an den äußeren Schamlippen war es noch braun. Selma schaute ihre Mutter unschuldig an. Melanie setzte erneut an.

»Wir können kein #metoo in der Schlagerszene gebrauchen, ohnehin ist #metoo so was von 2018. Welche Frau hat sich damit nicht lächerlich gemacht? Sollen sie doch ihren Mund aufmachen, nachdem es passiert ist, und nicht zwanzig Jahre später. Und ich sage dir eins, ich konnte immer für mich selbst einstehen.«

»Pampers.«

Jennifer streckte den Arm zur Packung, ohne den anderen von ihrem Kind zu nehmen. Melanie redete unbeirrt weiter.

»Melanie.« Jennifer erhob die Stimme. »Die Pampers.«

Endlich griff die blöde Kuh nach der Packung. Mit einer Hand riss Jennifer eine Windel heraus.

»Weißt du, Jennifer, auch ich habe Harvey Weinstein ein, zwei Male getroffen, aber zu mir war er immer wie ein perfekter Gentleman.«

Jennifer knautschte die Windel mit der Kacke zu einem kleinen Paket, nahm Selma auf den Arm und konnte gerade noch dem Reflex widerstehen, Melanie das Plastikbündel voll Scheiße der nächsten Frauengeneration in die Hand zu drücken.

»Gehen wir nach unten«, sagte sie und nahm die Treppe.

»Wie du das alles schaffst«, rief Melanie ihr noch hinterher.

Später in der Nacht, als die Kinder schliefen, schloss Melanie die Flügeltüren im Esszimmer. Das Kaminfeuer loderte vor sich hin. Bernd saß im Morgenmantel und in Slippers in einem hohen braunen Chesterfield-Sessel. Die Haushälterin hatte eine Kanne Tee gemacht. Als auch Melanie endlich auf einem Stuhl vor dem Kamin Platz genommen hatte, konnte Bernds Pflichtverteidigung beginnen. Jennifer hatte bereits ihren Pyjama an und wollte nach der Autofahrt mit drei Kindern einfach nur noch ins Bett.

»Wir müssen dieser Frau einen Schlag versetzen, von dem sie sich nicht erholt«, sagte Bernd nach einer Weile des Schweigens. Bernds Härte erschrak Jennifer.

»Papa, sei doch bitte sachlich.«

Melanie wagte sich vor.

»Jen, du hast doch mit ihr gesprochen, mit dieser Lorelei. Wie ist die so? Was sagt sie? Was will die eigentlich?«

Jennifer atmete lange aus.

»Sie will kein Geld. Ihr geht es ums Prinzip.«

»Welches Prinzip?«

Melanies Augen formten sich zu kleinen Schlitzen.

»Na ja, dass Bernd seine gerechte Strafe erhält.«

»Hast du gerade ›gerecht‹ gesagt? Was soll daran gerecht sein, Bernds Lebenswerk zu ruinieren?«

Jennifer schüttelte den Kopf.

»Diskutierst du das gerade mit mir? Ich gebe nur wieder, was sie gesagt hat.«

Scheinbar beleidigt drehte Melanie den Kopf beiseite. Dafür kam Bernd jetzt in Fahrt.

»Es geht hier um den Ruf des Labels, um unsere Existenzgrundlage als Familie. Wenn diese Lorelei klagt, kann ich das Label danach abwickeln. Wir verkaufen Gute-Laune-Musik.«

Melanie pflichtete lautstark bei. Jennifer wurde immer nervöser.

»Danke, aber vielleicht habt ihr vergessen, dass ich Teil des Teams bin. Hört auf, mich zu belehren.«

»Dann setz dich durch, Kind. Beende das!«

»Es wird nicht einfach weggehen!«

Jennifer schaute ihren Vater müde an.

»Papa, warum sind wir überhaupt in dieser Situation?«, brach es aus ihr heraus.

Bernd schaute Jennifer plötzlich ängstlich und etwas beeindruckt an.

»Ich will es dir erklären, mein Kind. Damals, ach, das heißt doch vor über zwanzig Jahren. Ich war alleinerziehender Vater. Ich hatte eine Menge Verantwortung für die Tourneen, für euch. Deine Mutter hatte uns verlassen. Da warst du noch ganz klein. Ich habe es aufgefangen. Manchmal musste ich mich verlustieren gehen, wie jeder andere erwachsene Mensch auch. Und das habe ich über die vielen Jahre nun mal gemacht. Aber ich habe Lore nichts getan. Wir waren damals im See schwimmen, aber ich habe sie dort nicht angefasst. Auch nicht später auf dem Hotelzimmer. Sie wollte das alles. Sie war hinter meinem Geld her, wollte ein Schlagerstar werden. Na ja. Wie alle. Was kann ich dafür, dass sie kein Talent hatte, keinen Biss? Sie hat erwartet, dass ihr alles vorgesetzt wird. Aber so läuft das Business nicht. Und jetzt kommt sie mit diesen Vorwürfen. Und das ist so abgedroschen. Diese Emanzipationsbewegung, oder wie das heute heißt, ist doch längst tot. Lasst uns vernünftig sein. Lasst ein paar Männer am Leben, ihr könnt sie noch brauchen. Ihr habt sie gebraucht. In Zeiten des Krieges, des Wiederaufbaus, der Krise.«

Bernd hörte nicht mehr auf zu reden. Er hatte die Angewohnheit, so lange zu reden, bis man ihm glauben musste, weil man es nicht länger ertrug. Doch Jennifer hakte ein.

»Papa, ich verstehe dich. Aber du darfst auch den Zeitgeist nicht außer Acht lassen. Viele Dinge, diese ganze Playboy-Kultur, waren in den Neunzigern Teil der Popkultur. Heute ist das alles extrem problematisch. Und das hat auch gute Gründe. Viele Täter sind sich ihrer strafbaren Handlungen gar nicht bewusst. Manchmal wissen Männer gar nicht, dass sie Grenzen übertreten.«

Melanie schüttelte den Kopf.

»Ach, und das hast du bei deinen feministischen Dinnerpartys in Pink gelernt? Du hast doch nur Angst, dass du der Situation nicht gewachsen bist. Du hast doch nur Angst, dass du das Label nicht aus der Krise führen kannst. Ist doch klar, wenn man den Fall nicht gewinnen kann, dann bist du auch nicht schuld.«

Melanie blickte Jennifer spöttisch an und dann Richtung Bernd.

»Deine Tochter lässt sich übrigens bei Instagram mit Powerfrauen ablichten.«

Bernd schaute Jennifer leicht amüsiert an.

»Ach, Hase, erspar uns das bitte. Die Frauen wollen da irgendwas, ja. Okay. Die wollten aber vor allem jahrzehntelang mein Geld und im Bikini aus einer Torte springen. Was sagst du dazu?«

Jennifer schaute ihren Vater entsetzt an.

»Papa, noch mal, ich bin hier nicht der Feind. Es ist doch nicht meine Schuld, dass damals Einvernehmlichkeit beim Sex keine große Rolle gespielt hat.«

»Pass jetzt sehr gut auf, wie du mit deinem Vater sprichst.« Melanie hatte ihre Hände zu Fäusten geballt. Ihre Handknochen waren weiß.

Jennifer reichte es jetzt.

»Herrgott, ich bin keine Feministin. Aber wir reden hier über einen Straftatbestand. Du wirst diese Sache nicht wegbekommen, indem du Lorelei als Goldgräberin brandmarkst oder dich über Feministinnen wie Valerie lustig machst, Pa!«

Bernd schaute Jennifer gelassen an.

»Doch, genau das ist die Strategie. Ist mit Dudenhoff und den Anwälten genau so besprochen.«

»Und du würdest dich wundern, wie viele Frauen auf Bernds Seite sind.«

Melanie setzte ihre Lesebrille auf und las vom Smartphone ab. Sie las, wie eine Schullehrerin einen Klassenchat lesen würde.

»Sie wollte es doch auch. Die will sich nur wichtigmachen. Sie zerstört seine Karriere. Wir werden immer Bernds Fans sein. Er würde das nie tun. Stirb, du Schlampe. Man wird deinen toten Körper in einem Civic Honda finden. Deine Kinder schämen sich für dich. Wir werden dich finden.«

Jennifer stand der Mund offen.

»Mel, bitte. Das findest du gut? Todesdrohungen?«

Melanie und Bernd schauten sich verdutzt an.

»Nein, Liebes, das finden wir nicht gut. Es zeigt nur die öffentliche Wahrnehmung und dass das Recht auf unserer Seite ist.«

Jennifer stand auf.

»Das ist Schmutz aus dem Internet. Am Ende hat das noch Vin geschrieben, weil du ihn beauftragt hast, den Cleaner zu spielen. Papa, was geht in dir vor? Wir müssen hier die Guten bleiben.«

Bernd schaute seine Tochter belustigt an. Er schaute sie an, als sei sie sieben Jahre alt. Als wolle sie die Autos verbieten und den Regenwald neu pflanzen.

»Ach, jetzt stell dich nicht an. Ich hoffe, du stehst wirklich auf unserer Seite.«

Melanie zündete sich eine lange, schmale Zigarette an.

Jennifer erwischte sich dabei, dass sie auf ihren Vater und seine alten Ansichten herabsah. Weil nichts von dem, was er sagte, Sinn machte. Nicht in der aktuellen Welt, vermutlich noch nicht einmal in der vergangenen. Bernd war kein schlechter Mensch, weil er als Mann geboren worden war. Er war böse, weil er dieses Privileg auf dumme Art kleinredete und so tat, als würde er die Gegenseite nicht verstehen. Nichtwissen schützt vor Einsicht. Leugnen schützt vor Selbsterkenntnis.

Jennifer schaute ihren Vater müde an. Bernd bemerkte ihren resignierten Blick.

»Was ist, Süße? Komm, sag schon.«

»Ich kann so nicht arbeiten. Ich kann keine öffentliche Strategie entwickeln, wenn du dich wie ein Kind benimmst, Papa.

Wenn Lorelei irre ist, dann ist Bernd nicht schuld. Ich meine, Entschuldigung, aber das ist doch bescheuert. Da muss uns doch was Besseres einfallen.«

Bernd stand auf. Ohne auf seine erstaunte Tochter einzugehen, nahm er sein iPad vom Beistelltisch neben seinem Sessel.

»Kommen wir zum eigentlichen Plan«, sagte er triumphierend.

»Was denn jetzt noch?«

Er lächelte sie maliziös an. Nach sieben Versuchen gelang es ihm, den Code des iPads richtig einzugeben. Bernd reichte Jennifer das Gerät. Ein Word-Dokument war zu sehen. Sie scrollte achtlos und schnell nach unten. Auf den ersten Blick las es sich wie ein Lebenslauf von Lorelei Hewer. Aber etwas daran stimmte nicht.

»Kein Schulabschluss. Hat beim Plattenvertrag mit ihrem Alter gelogen oder die falsche Altersangabe nicht korrigiert. Hatte eine Affäre mit dem Boss von der EMI. Mehr als vier Leute sagen, dass L. H. auf verschiedenen Aftershowpartys gekokst hat.«

Weiter kam Jennifer nicht. Sie legte das iPad auf den Couchtisch.

»Ein Schmier-Dossier?«

Bernd legte den Zeigefinger auf seine wulstigen Lippen.

»Sagen wir ein Papier. Melanie hat ihre alten Pressekontakte bemüht. Und Vin hat beim Label nachgehört und in ihre Verträge geschaut.« Jennifer fixierte Melanie, doch die wich ihrem Blick aus. Bernd achtete gar nicht mehr auf die beiden und verfiel jetzt in eine Einschwörungsrede.

»Der Zeitgeist bläst uns ins Gesicht, Jennifer. Wir brauchen eine Mischung aus Unerschütterlichkeit und Wehrhaftigkeit, um uns gegen eine linke Bubble zu behaupten, die auch offenbar dafür verantwortlich ist, dass Lorelei überhaupt an die vermeintliche Nacht damals erinnert wurde. Wenn wir Lore jetzt nicht mundtot bekommen, dann wird der Fall an die Presse gehen. Und für dieses Worst-Case-Szenario habe ich uns gerüstet. Wenn Lorelei dann die nächste Stufe zünden will, dann würde ich dafür sorgen, dass diese Akte an einflussreiche Journalisten geht. Dass klar wird, was ich für einer Schmierenkampagne, die mein Lebenswerk beenden soll, ausgesetzt bin. Für diesen Fall sollten wir das Ganze ganz weit von dieser Vergewaltigungsgeschichte weghalten. Die kannst du nicht gewinnen. Da bleibt immer was hängen. Und deshalb wäre für uns dann alle im Label, für Vin, für dich, für Melanie, für die Familie das Narrativ, dass die internationale Konkurrenz mich als deutschen Unternehmer fertigmachen will. So kriegen wir die Kuh vom Eis.«

Jennifer schaute Bernd sprachlos an. Er erwiderte ihren Blick und zwinkerte.

»Aber so weit sind wir noch nicht. Wenn du deshalb mit Lorelei noch einmal reden könntest, würdest du mir einen großen Gefallen tun, Schatz.«

»Du uns allen«, ergänzte Melanie.

Melanie saß jetzt auf Bernds Sessellehne wie eine Bauchrednerpuppe. Bernd hatte seine Hand unter ihre Bluse geschoben. Jennifer knetete die Hände. Es war zwecklos. Bernd würde es nicht einsehen. Es war an ihr, es zu akzeptieren, dass ihr Vater sich niemals ändern würde. Wenn sie weitergehen wollte, musste sie sich eingestehen, dass er stehen blieb.

»Klar, ich kann mit Lorelei reden«, sagte sie resigniert.

Bernd lachte laut auf.

»Ha! Das ist mein Mädchen.«

Kapitel 8

Schöner fremder Mann

I break the circle of children who kill their parents in order to be free, to become themselves. I don't kill my parents. I am giving birth to my mothers.

Kim de l'Horizon

Am frühen Morgen tropfte es von den Giebeldächern; es herrschte das typische Regenwetter am Tag vor den Raunächten. Der Himmel war rosa gefärbt mit kleinen Vanille-Wolken, der Boden noch gefroren und von einer dünnen Schneeschicht bedeckt. Die Erdschicht war noch komplett verschlossen. Nichts, was man ernten konnte, wuchs. Für diese Zeit lagerten die Leute früher in Mitteleuropa Konserven und Weckgläser ein. Jedes Glas hatte ein paar Sonnenstrahlen des Sommers gespeichert und erinnerte an eine vergangene glückliche Zeit. Jennifer fuhr mit Laura in ihrem Volvo nach Rosenberg. Die Kleinen hatte sie der Haushälterin überlassen. Sie sagte, dass sie sich gut kümmern würde. Zerrissene Umarmungen, Bindungsneurosen – das wird sich alles rächen, dachte sie wie eine moderne Mutter ihrer Zeit. Melanie und Bernd hatten Jennifer dabei zugeguckt, wie sie sich tausend Mal verabschiedete, Kusshände zuwarf – und weiter Kaffee getrunken. Dann hatte

Melanie das Zimmerpersonal hochgeschickt, um Jennifers Koffer auspacken zu lassen. Die Bediensteten hängten die Kleidung auf Bügel und stellten jede Creme und die Zahnbürste im Bad an die richtige Stelle. Jedes auffällige Detail wie Medikamente oder ein abgerissener Knopf fand über die Hausdamen ihren Weg zu Bernd. Er wusste als Hausherr gerne über seine Gäste Bescheid. Die Dutzenden Kameras, die er im Laufe der Jahre in seinem Haus installiert hatte, waren ein lieb gewonnener Standard geworden. Gerade nach Partys schaute er, wenn alle Gäste gegangen waren, gerne in den Bändern nach, ob einer der Geladenen eventuell eine goldene Gabel eingesteckt hatte. Weil Jennifer ihren Vater kannte, reiste sie allerdings seit ihrem Auszug nur mit kleinem Gepäck bei Bernd an.

Jennifer und Laura fuhren über eine Landstraße, rechts standen Kühe, auf der anderen Seite weideten neuerdings Alpakas, dann rasten hohe Bäume an ihnen vorbei. Der deutsche Wald knackte und tropfte. Reif reflektierte auf den Pflanzen. Eine Krähe rief. Sie hörten Synthetik-Pop à la Ariana Grande im Auto. An Lauras Fingern glitzerten viele bunte H&M-Ringe. Ihre Fingernägel waren rot lackiert. Vergangene Woche hat sie sich Ohrlöcher stechen lassen. Sie wollte es um jeden Preis. Ihre Mutter und sie waren in eine Schmuckhandlung mit Goldankauf in Zehlendorf gegangen, und die Verkäuferin hatte Laura erklärt, was sie jetzt tun würde. Die Verkäuferin erzählte »aus versicherungstechnischen Gründen« von Schmerz und Entzündungsrisiko. Laura sagte sofort »einverstanden«.

»Wohin fahren wir zuerst, Mom?«

»Wir fahren zu Oma, meiner Mama. Und nach Friedenheim, um ein paar Geschenke zu kaufen.«

Laura drehte ihre langen Haare zu einem Dutt, um sie gleich wieder auszuschütteln.

»Ich dachte, ich habe keine zwei Omas.«

Jennifer schaute entsetzt zu ihrer Großen.

»Wer sagt das?«

»Papa. Er sagt, du hast keine Mama.«

Jennifer schwieg eine Weile.

»Mama! Du hörst nie zu.«

»Doch, ich höre zu. Natürlich habe ich eine Mama. Aber ich bin nicht bei ihr aufgewachsen.«

Jennifer setzte ihre Sonnenbrille auf. Das Licht reflektierte auf der verregneten Straße.

»Warum nicht? Warum kennst du deine Mama gar nicht. Das ist doch voll komisch.«

Lauras Fragen nervten sie. Nervten sie, weil sie nun erklären musste, was sie selbst nie begriffen hatte.

»Weil meine Eltern geschieden sind und ich bei Bernd aufgewachsen bin.«

»Wollte deine Mama dich nicht mehr?«

»Ach, Laura, das war damals nicht so einfach.«

Jennifer klang wie ihre eigene Mutter. Sie erzählte ihrer Tochter die Lügen ihrer Mutter. Alles in ihr hatte immer gehofft, dass genau diese Situation nicht eintreten würde. Dass sie ehrlich zueinander sein würden. Doch was nützten sie, die großen Versprechen, wenn Jennifer nicht einmal ehrlich zu sich selbst sein konnte. Sie zog es immer noch vor, ihre Mutter mit kühler Höflichkeit zu behandeln und ihren Vater in Schutz zu nehmen. So war es immer gewesen. Sie zog es vor, so wenig wie möglich zu leiden.

»Du kannst Oma ja alles selbst fragen«, sagte Jennifer nach einer Weile.

Laura nickte.

»Warum fahren wir denn heute zu ihr? Wir waren doch noch nie bei ihr.«

»Ich weiß es nicht. Mir war einfach danach.«

Sie parkten vor Reginas Haus und stapften durch Schneematsch. Der Bordstein war nicht gepflastert. In Rosenberg gab es vor jedem Haus einen Parkplatz. Es war besonders leise hier, gerade kurz vor Weihnachten. Als Großstädterin hatte Jennifer vor lauter Stille gleich einen Ton auf dem Ohr. Es roch nach dem Schlagabraum, den sie am Waldrand verbrannten. Reginas Fachwerkhaus wirkte alt und verwittert. Kauzig und klein. Die Provinz hatte immer etwas unendlich Bedrückendes, und Jennifer begann zu begreifen, warum. Sie verstand es, wenn sie Laura in dieser Kulisse totaler Tristesse sah. Sie sah nicht nur viel zu bunt aus mit ihren türkisfarbenen Haarsträhnen, ihrem vielen Schmuck. Sie hatte dieses Leuchten, was nur kleine laute Mädchen hatten, bevor es ihnen genommen wurde und sie lernten, weniger zu reden. Sie und Paul dagegen waren ab ihrer Teenagerzeit die Kinder unglücklicher Eltern gewesen. Ohne Leuchten. Unglücklich, weil das Leben Leiden bedeutete. Im protestantischen Sinne war das Leben ein Aushalten von Umständen.

In den Achtzigern hatte die bürgerliche Elterngeneration wenig tun müssen, um akzeptablen Wohlstand zu erreichen, von dem es sich leben ließ. Und dennoch waren viele Leute grundunzufrieden. Pauls Vater hatte einen Handwerksbetrieb aufgebaut, Jennifers Vater hatte gerade mit »Nur die Liebe« einen Nummer-eins-Hit. Regina und Friede waren Hausfrauen. In dieser Bubble waren trotz hoher Rentenansprüche des Gatten die Aussichten für die Frauen düster gewesen. Das Ozonloch breitete sich aus wie ein Beweis für die Prophezeiung des Nostradamus, der NATO-Doppelbeschluss sorgte für die Vorahnung eines Dritten Weltkriegs. Nur auf das eigene Zuhause konnte also Verlass sein, musste Verlass sein, um jeden Preis. Und dieses Heim schafften die Mütter. Millionen von Hausfrauen kochten Miracoli, wuschen einmal im Monat die Vorhänge, formten Buletten für das Büfett und sahen auf der Party des Schützenvereins braun gebrannt, sportlich und schlank aus. Wenn der Schein der glücklichen Familie mit dem Alterungsprozess der Ehefrau allerdings erste Risse bekam, wechselten viele der Boomer-Daddys in ihren Vierzigern noch mal die Partnerinnen. Mein Haus, mein Auto, mein Boot, meine Frau. Mit der neuen Freundin nach New York fliegen kostete fünftausend D-Mark. Als Pauls Vater ging und in den Nachbarort zog, musste Friede in der evangelischen Leihbücherei jobben. Denn Manfred weigerte sich, Unterhalt zu zahlen. Friede blieb im alten Familienhaus, das gleich neben Reginas stand. Zwei Frauen und fast das gleiche Leben, die mehr Verbündete als Freundinnen waren. Die nicht über ihre Gefühle sprachen. Auch nicht miteinander, weil selbst voreinander die Scham zu groß war. Unermüdliche Arbeiterinnen, die sich nicht anmerken ließen, was das Patriarchat ihnen angetan hatte. Heute waren sie ältere Frauen in ihren Siebzigern, die ihre Kinder vermissten.

Jennifer klopfte an die Tür ihrer Mutter. Sie schaute sich um. Der Briefkasten war leer, Reginas Fußmatte vom Schneematsch befreit, ihre Mutter musste heute schon vor der Tür gewesen sein.

Die Tür ging langsam auf. Und da stand sie. Eine kleine

zierliche Frau mit einem grauen Kurzhaarschnitt und gütigen Augen, in Pullover und Jeans und Crocs-Hausschuhen. Jennifer und Regina umarmten sich kurz. Es befremdete Jennifer, ihre Mutter anzufassen. Ihr Körper war alt geworden, ihre Brust ganz flach und knöchern.

»Jennifer! Wie schön.«

»Mama, und das ist Laura.«

Laura stand an der Seite ihrer Mutter und schmiegte sich an sie. Ein langhaariges, blondes Mädchen in High-Waist-Jeans und hohen Schnürstiefeln von Tommy Hilfiger. Ein Mädchen, wie es sie in Rosenberg nicht gab. Jennifers Nepo-Baby umarmte Regina – und es war wie ein Generationengipfel.

»Jetzt kommt schon rein. Es ist so kalt.«

Regina wirkte ganz nervös. Jennifer ging es nicht anders.

Sie betraten die kleine orangefarben gekachelte Küche mit dem Gasherd und den beigefarbenen Schränken aus Pressspan. Den Wasserkocher kannte Jennifer noch aus ihrer Kindheit. Die Zuckerdose auch. Regina lebte seit Jahrzehnten hier allein. Anfangs, als Jennifer noch klein war, hatte Bernd zugelassen, dass sie manchmal Zeit hier verbrachte. Vielleicht vier Mal im Jahr in den Ferien. Irgendwann hatte es aufgehört. Und so hatte es bei Regina über die Jahre keine Babys, Teenager und auch keinen pöbelnden Ehemann gegeben, das Porzellan war noch intakt. Regina konnte die Augen nicht von Laura lassen. Jennifer schaute ihr zu, wie sie Laura anschaute.

»Du bist schon neun Jahre, nicht wahr?«

»Ja, genau. Ich gehe in die fünfte Klasse.«

»Laura ist ein Jahr früher eingeschult worden«, merkte Jennifer an. Um sich gleich wieder zu ärgern, was sie da gesagt hatte. Auf einmal fühlte sich Jennifer wieder wie ein kleines Mädchen, das Lob für ein selbst gemaltes Bild haben wollte. Nach all den Jahren, in denen sie kaum Kontakt hatten.

Regina saß jetzt vor drei dampfenden Kakaotassen und strich die Tischdecke glatt.

»Ja, du bist bestimmt so clever wie deine Mama.«

Laura lächelte verlegen.

So wie Regina zum ersten Mal mit Laura sprach, erkannte sie ihre Mutter nicht wieder. Sie hatte etwas Weiches, Verträumtes. Das Spröde und Verhärmte war aus ihrem Gesicht verschwunden. So hatte sie Bernd immer beschrieben. Jennifer war verletzt. Sie musterte ihre Mutter wie ein scheues Tier aus dem Augenwinkel. Regina war gerade mal 1,65 groß und wog nicht mehr als fünfzig Kilo. Ihre Körperhaltung war leicht gebückt, ihr Rücken war verformt wie der von Menschen, die kein Geld haben, um eine Physiotherapie zu bezahlen. In Rosenberg waren die Frauen Zahnarztgehilfinnen, Bäckerei-Verkäuferinnen, Aushilfen oder, wenn sie Migrantinnen waren, Putzfrauen. Es gab allerdings kaum Ausländer in Rosenberg. Ein paar Türken auf den Baustellen, Polen und vielleicht ein paar Italiener. Helle Haut, europäische Gene. Und dann waren da noch die Frauen zu Hause. So viel Exotik wie der Normaldeutsche vertrug. Das hatte sich auch immer in Bernds Schlagermusik niedergeschlagen. Vicky Leandros durfte als Griechin singen, Mireille Mathieu als Französin, Costa Cordalis als Grieche und Roberto Blanco als einziger Schwarzer, den die Branche je gesehen hatte. Ein bisschen fremd durfte es sein, aber es muss an Urlaub erinnern. Da waren »Zwei kleine Italiener« gerade noch okay. Musik, die die Hausfrauen beim Sonntagsausflug im Autoradio gehört hatten.

Schöner fremder Mann, du bist lieb zu mir.
Schöner fremder Mann, denn ich träum' von dir.
Doch am Tag gehst du mit einer anderen Frau vorbei.

Bernd hatte Jennifer mal erklärt, als sie nach der Trennung ihrer Eltern fragte, dass Regina irgendwann seine Flughöhe verlassen hatte. Flughöhe, so hatte er die Tatsache genannt, dass der Körper ihrer Mutter sich mehr und mehr verformte und er mehr Lust auf andere Frauen bekommen hatte. Vielleicht mochte er sich neben Regina auch einfach selbst nicht mehr, dachte Jennifer oft. Vielleicht wollte Bernd wieder eine jüngere Version seiner selbst sein. Einer, der wusste, dass es optisch verjüngend sein konnte, wenn da eine junge Frau an seiner Seite war und die alte Frau nicht mehr störte. Frauen alterten schlechter als Männer. Davon war Bernd überzeugt. Regina, die älter wurde, war die ständige Erinnerung an sein wahres Alter. So etwas konnte keiner wollen. So etwas war in einer jungen, gut gelaunten Schlagerwelt völlig inakzeptabel.

Regina hatte Bernd mit siebzehn Jahren im Kirchenchor von Rosenberg kennengelernt. Vermutlich gingen sie danach etwas trinken, man blieb bei einem Apfelwein länger zusammen sitzen. Für Regina war es das erste Glas Alkohol damals. Bernd stammte aus einer Handwerkerfamilie. Sein Vater war Schreiner, seine Mutter Hausfrau, die ein Konservatorium besucht hatte. Sie war eine typische Frau der Fünfziger in Pelzhut, mit Lidstrich und kleiner schwarzer Schlangenleder-Handtasche, die wie viele Frauen ihrer Zeit dem Kölnisch-Wasser-Alkoholismus verfallen war. Bernd trat schon als Fünfzehnjähriger in einem weißen Anzug mit schwarzer Fliege als Peter-Alexander-Verschnitt mit einer kleinen Kapelle bei Schützenfesten auf. Als Regina im Jahr 1974 mit siebzehn Jahren schwanger wurde und Bernd mit einundzwanzig Jahren noch in der Ausbildung zum Pianisten steckte, zogen die jungen Unverheirateten bei Bernds Eltern in Rosenberg ein. Regina brachte einen Sohn zur Welt, Frank. Regina erinnerte sich noch gut an ihren Schwiegervater Lenz als einen autoritären Mann. Regina durfte ihr Baby nachts nicht stillen, sondern musste es getreu Johanna Haarers Nazi-Erziehungsbibel weinen lassen. Uropa Lenz drohte Regina und Bernd sogar mit Rausschmiss aus dem elterlichen Haus, wenn Regina nicht folgte.

Im Frühling 1970 hatte es Bernd geschafft, sich Geld bei einem alten Schulfreund zu leihen, zu heiraten und seine erste Wohnung mit Regina und dem kleinen Frank in Friedenheim zu beziehen. Regina war wieder schwanger, und Bernd begann, sich in der Musikbranche umzuschauen, kleinere Konzerte bei Stadtfesten zu organisieren und Sängerinnen zu betreuen. Bei Udo Jürgens durfte er schließlich vor den Konzerten den Soundcheck am Klavier machen. Bernd, der klassische Ich-AG-Mann seiner Zeit, der den Traum vom sozialen Aufstieg leben durfte. Auf sehr alten Videos sang Regina »Mit siebzehn Jahren fängt das Leben erst an«, und Bernd begleitete sie auf der Gitarre.

Du wirst rot, wenn ein Mann zu dir sagt,
Du bist wunderschön, und dir Rosen schenkt,
Du wirst rot, wenn ein Mann zu dir sagt,
Dass er Tag und Nacht nur an dich noch denkt,
Doch nimm das alles nur nicht so schwer,
Und denke stets daran:
Mit siebzehn fängt das Leben erst an!

In Rosenberg liefen die Kreissägen ohne Unterbrechung. Der Bauboom der BRD hatte auch Hessen erreicht. Bernd sollte die nächsten sechs Jahre auf sein Traumhaus im Neubaugebiet warten. Am Wochenende besuchten Regina und er die Baustelle. Jennifers zwei älteren Brüder fuhren mit ihren Rollern und Dreirädern auf den hellen, noch ungepflasterten Sandstraßen vor den neu gebauten Häusern auf und ab. Die Idee davon, ein Patriarch zu sein, mussten Gott und die Commerzbank Bernd damals eingepflanzt haben. Die Jahre vergingen, und das Haus wurde fertig. Da stand er nun mit bald drei Kindern, die Regina mit zwei Fehlgeburten Unterbrechung in zehn Jahren geboren haben sollte, die Schnellstraße des Lebens.

In den nächsten zehn Jahren würde alles passiert sein. Die Gründung seines Plattenlabels Boyard Records, der Einzug in das Haus mit dem spießigen Vorgarten, der krönende Abschluss seiner Familiengründung mit der Geburt seiner einzigen Tochter im Jahr 1982. Regina, die anfangs noch für Bernd Lieder im Studio eingesungen hatte, blieb zu Hause bei den vier Kindern und besuchte ihre alleinstehende Mutter in Friedenheim oft. Es war eine Gefangenschaft, ein stilles Arbeiten im Maschinenraum der Reproduktions- und Aufstiegsgesellschaft, in den manchmal ein Windstoß Freiheit hineinwehte. Männer gingen arbeiten und repräsentierten nach außen, Frauen wurden eins mit ihrem Alltag. Sogar in der Freizeit spielten der Mann außen und die Frau innen ihre zugewiesenen Rollen. Während der Ehemann öffentlichkeitswirksam sonntags den Grill im Garten anfeuern durfte, hatte die Frau die Nackensteaks mariniert, die Salate vorbereitet, einen Nachtisch gezaubert und den weißen Plastiktisch auf der

Terrasse gedeckt. Ja, manchmal versprach der Konsum auch die Idee von Freiheit. In den Neunzigerjahren gab es in jedem kleinen Ort einen Aldi. Und so konnte die Hausfrau, ohne in den Supermarkt an der Ecke zu müssen, fast anonym, Wein, Schnaps und Likör kaufen, der wiederum heimlich, nicht in der Kneipe, wo ihr Ehemann saß, im eigenen Wohnzimmer von ihr verköstigt wurde.

Als Bernd immer mehr unterwegs war, feierte und Frauen traf, muss Reginas Verfall begonnen haben. Sie war damals in ihren Dreißigern. Bernd sagte Regina, sie solle aufhören mit ihrer Eifersucht. Sie solle jemanden wegen ihres ständigen Misstrauens konsultieren.

»So geht das nicht weiter«, sagte Bernd bestimmend. »Meine Frau hat Wahnvorstellungen, sie denkt, dass ich sonst was auf Tour mache.«

Wenn Jennifers Eltern stritten, und sie stritten fast jeden Abend, saßen ihre Kinder hinter der Milchglastür der Küche, hörten die Schreie und fragten sich, was wohl passieren würde. Dann gab es aber auch die stillen Abende, in denen der Fernseher in der Glastür zum Wohnzimmer reflektierte, die Nächte, in denen Bernd nicht da war und es so unheimlich still im Haus war.

Die Diäten aus den Frauenzeitschriften nützten Regina nichts, sie war vor Kummer eh schon viel zu dünn. Andere Hausfrauen aßen viel aus Frust und bekamen einen langsamen Stoffwechsel. Regina löste sich förmlich auf, aber funktionierte jeden Tag weiter. Regina wollte arbeiten gehen, eine Ausbildung machen. Bernd erlaubte es nicht. Dass Frauen seit den Siebzigern formell ohne die Erlaubnis ihres Mannes arbeiten durften, kümmerte ihn nicht, gab es doch genug Gründe, warum er etwas dagegen haben konnte. Einmal deutete er auf Trude, die Nachbarin und Zahnarztgattin. »Sie arbeitet auch nicht. Sie pflegt die Praxis für ihren Mann.«

»Aber das ist doch was. Das würde mir reichen«, hatte Regina geantwortet.

Dann hatte Bernd zum letzten Schlag ausgeholt.

»Aber sie hat auch nicht vier kleine Kinder.«

Mit dem Autofahren war es ähnlich.

»Ich will nicht, dass unser Auto als Anfängerwagen missbraucht wird«, tönte Bernd tagelang herum.

»Aber wie soll ich es dann lernen?«, erwiderte Regina.

Bernd fiel keine Antwort ein. Sie lebten im Familienhaus gemeinsam getrennt – und gingen sich tagsüber aus dem Weg. Aber es gab gute und schlechte Tage. Regina musste einfach auf der Hut sein, denn es konnte passieren, dass Bernd im Hinterhalt lauerte und sie aus einer Laune heraus anschrie. Weil sein Mittagessen nicht rechtzeitig fertig war, weil eines der Kinder Widerworte gab und es natürlich Reginas Schuld war, wenn sie das taten. Bernd glaubte fest daran, dass die Mutter ihren Kindern ihren Frust weitergab. Und vielleicht hatte er damit nicht einmal unrecht.

Nachts schlief Regina in Jennifers Bett. Sie war das jüngste Kind. Ihr Bett war der einzige Platz im Haus, wo Regina sich noch wohlfühlte. Jennifer und Regina teilten eine Decke und ein Kissen. Regina wusste, dass ihre Tage mit Bernd unter einem Dach gezählt waren. Dass der Terror an Anschuldigungen und Beschimpfungen, denen sie jeden Tag ausgesetzt war, enden musste. Sie begann gegen seinen Willen eine Ausbildung. Sie wollte Bürokauffrau werden. Ihr eigenes Geld verdienen. Das Arbeitsamt vermittelte ihr eine Ausbildung in Ludwigsburg, sechs Autostunden weit weg. Sie pendelte und kam nur an den Wochenenden nach Hause. Sie träumte davon, sich etwas Eigenes aufzubauen, eine Wohnung zu mieten und ihre Kinder mitzunehmen. Das neue Leben aus Lernen, Zugfahren und am Wochenende Mutter sein stand ihr gut. Sie trug den Kopf ein Stück höher, wenn sie donnerstagabends nach Hause kam und ihre Kinder umarmte. Sie ignorierte den bösen Blick der Haushaltshilfe, die es nicht fassen konnte, dass sie als Mutter vor allem die dreijährige Jennifer tagelang alleine gelassen hatte. Sie mied Bernd mit ihrem neuen Stolz. Wenn er beim Abendessen begann zu wüten, weil irgendetwas nicht passte, stand sie wortlos auf und ging in den Garten eine Zigarette rauchen. Regina wollte weiter Ehefrau und Mutter sein. Sie wollte es nach vier Kindern nur mehr zu ihren Bedingungen. Und ihr Mann sollte es lernen. Dass sie eine andere werden würde. Dass sie mit ihm arbeiten wollte. Vielleicht hätte sie die Buchhaltung für seine damals noch junge Firma übernehmen können. Träumend von einer neuen Zeit, merkte Regina nicht, wie Bernd sich für seine Frau schämte. Wenn die Nachbarn ihn im Supermarkt, auf der Post, auf der Straße oder in der Kneipe fragten, wo Regina sei. Warum sie sich nicht um die Familie kümmere. Bernd fühlte sich gedemütigt, wenn die Leute im Ort lachten, dass Regina doch schon längst einen neuen Mann in Ludwigsburg haben musste und sie ihn hier in Rosenberg zum Narren hielt. Ein Jahr pendelte Regina nun schon, als sie hoffte, einen Schritt auf ihren Mann zugehen zu können. Nach der Zwischenprüfung buchte sie ein Zugticket nach Ludwigsburg. Sie wollte, dass Bernd sie dort besuchen kommt, ihr Zimmer im Wohnheim sehen würde, sich mit ihr versöhnen würde. Doch Bernd hatte längst andere Pläne. Die Nachricht zu ihrem Scheidungstermin bekam sie per Postkarte nach Ludwigsburg geschickt. Wieder zu Hause, saß Regina abends auf Jennifers Bett und weinte. Bernd saß unten im Wohnzimmer mit Freunden. Regina wollte ein neues Leben so schmerzhaft und war gleichzeitig überrumpelt. Ihre Schwiegereltern hatten längst aufgehört, sie zu grüßen. An Weihnachten ging man wie immer nach der Kirche mit der ganzen Familie zu den Großeltern. Bernd verbot Regina mit hochzukommen. Sie wartete zwei Stunden unten im winterkalten Treppenhaus. Es ist die letzte Erinnerung, vielleicht sogar die einzige, die Jennifer von Bernd und Regina hatte. Und eines Tages dann war Regina weg. Gegangen. Mit dem Geld, das ihr ihre Mutter geborgt hatte, zufällig, weil es inseriert war, in das kleine Mietshaus neben Friedes Haus gezogen. Oder vertrieben worden. Ihre Kinder merkten es daran, dass ihre letzten Sachen weg waren. Bernd merkte es anscheinend gar nicht. Es war, als hätte er seine Frau aus seinem Leben und seiner Erinnerung gelöscht. Wenn sie abends anrief, um ihre Kinder zu sprechen, gab Bernd den Hörer wortlos weiter.

Sie kam noch ein paarmal, um ihre Geburtsurkunde abzuholen. Ihren Pass. Eine Kette, die ein Erbstück gewesen war. Jennifer rannte weinend hinter dem Auto ihrer Mutter her, die ganze Straße runter, und konnte sie nicht einholen. Das hatten ihr die Brüder später erzählt. Frank war damals zwölf, Alexander zehn und Marti acht Jahre alt. Er war es, der Jennifer ab da oft nachts weinend im Arm hielt.

»Ich kann nicht verhindern, dass du diese Ehe, dieses Leben nicht mehr willst, Regina, aber die Kinder bleiben hier«, hatte Bernd gesagt.

Das war sein letztes Wort gewesen. Regina musste das Paradies, das Familienhaus in Rosenberg, verlassen und es als ihre Entscheidung begreifen. Ob Regina Kontakt zu ihren Kindern haben konnte, das entschied Bernd allein. Meistens wollte er es nicht. In den Ferien machte er Ausnahmen für die beiden Jüngsten Marti und Jennifer. Hin und wieder wurden sie einen Nachmittag zu Regina gefahren. Ennio blieb vor der Tür in der Limousine sitzen. Es war Bernds Art gewesen und war es noch, Regina zu bestrafen. Sie war es, die das Leben, wie es war, nicht mehr gewollt hatte. Dabei hatten sie es gut gehabt. Dabei hatte Bernd für alles gesorgt, seiner Familie ein Haus gebaut und ihnen ein vorzeigbares bürgerliches Dasein ermöglicht. Jedes Mal, wenn Regina ihre Kinder sehen durfte, für einen kurzen Besuch, bedankte sie sich bei ihrem Ex-Mann.

Ganz Rosenberg war damals vor Schock gefroren.

Eine Frau, die geht: Das gab es nicht.

Eine Mutter, die geht: Niemals.

In Rosenberg war die Existenz einer Mutter außerhalb ihrer Familie eine Tragödie. Ehemalige Nachbarn grüßten sie nicht mehr, alte Bekannte wechselten die Straßenseite, machten im Ort einen Bogen um die getrennte Frau, die ihre Kinder angeblich nicht mehr wollte. Man munkelte, Regina müsse in die Psychiatrie. Das war der Moment, in dem Regina brach wie ein Stück Holz.

»Alles so, wie Bernd es sagt«, wiederholte sie immer wieder vor dem Scheidungsrichter.

Ihre alte Mutter Alice, die für den Anwalt gezahlt hatte, war entsetzt, ihr Anwalt schier verzweifelt. Statt für sie zu kämpfen, musste er den Willen seiner passiven Mandantin hinnehmen. Regina wollte nichts mehr. Sie fühlte sich schuldig und schwer vor Traurigkeit. Das Sorgerecht für ihre vier Kinder ging an Bernd. Dieser beschäftigte sich die nächsten Jahre minutiös damit, Jennifer auf seine Seite zu ziehen. Abends bei einer Schale Eiscreme erzählte er seiner Tochter Geschichten über ihre böse Mutter. Es war Bernds Methode früher Gehirnwäsche. »Deine Mutter könnte dich jederzeit holen. Aber sie kommt ja nicht. Oder siehst du sie«, sagte Bernd zu Jennifer. »Deine Mutter wollte die Scheidung. Deine Mutter wollte ein Leben ohne uns.«

Das Einzige, was Regina in diesen Jahren rettete, war ihr Freund Rainer, der sie liebte. Durch ihn konnte sie sich als gewöhnliche Ehebrecherin legitimieren. Musste nicht von einem Psychologen behandelt werden und konnte ihre Kinder vorerst nach Bernds ausdrücklicher Zustimmung weiter in den Schulferien sehen. Sie musste sich einen dicken Schutzschild zugelegt haben in dieser Zeit. Rainer war viele Jahre später an Speiseröhrenkrebs gestorben. Seine Sorgen um Regina hatten Metastasen gebildet. Regina hat auch ihn wie schon ihre Mutter bis zum Ende gepflegt.

Ein Jahr nach der Scheidung war Bernd mit den vier Kindern nach Kronberg gezogen. Für Regina war es die größtmögliche Strafe, weil die Besuche ihrer Kinder in den Ferien so weniger wurden. Sie blieb in Rosenberg in alten Erinnerungen stecken, ihre Kinder lebten nur dreißig Kilometer von ihr entfernt im Reichtum und blickten vom Taunus auf sie herunter. Wenn Jennifer als kleines Kind, bis sie etwa fünf war, zu Regina kam, roch es für sie immer noch nach muffigen Tomatengerichten wie früher. Doch vieles war anders. Ihre Mutter war nun eine alleinstehende Frau, die ihre Mutter pflegte und ihren Körper trotz Rainers Fürsorge in einem Käfig aus Trauer hielt. Regina bekam Rheuma, ihre Knochen und Gelenke wurden über die Jahre brüchiger. Bernd entwickelte sehr klare Vorstellungen, wann Regina die Kinder sehen durfte. Es ging dabei vor allem um Jennifer, das Mädchen. Bernd fürchtete vor allem, dass Regina eine besondere Beziehung zu ihrer Tochter aufbauen könnte.

Jennifers beiden älteren Brüder waren bald Teenies. Wenn sie aus dem Internat heimkehrten, interessierten sie sich mehr fürs Ausgehen, für Vespas und Bernds Portemonnaie als für Besuche bei ihrer Mutter. Nur Marti und Jennifer durften in den Ferien bei Regina im Garten Beeren pflücken. Doch auch in Rosenberg schwebte Bernd wie ein Geist über ihnen. Marti und Jennifer erzählten Regina in der Regel nicht viel, sondern löffelten schweigend ihr Quarkdessert. Sie hatten gelernt, dass ihre Mutter sie verlassen hatte. Dass sie ein anderes Leben ohne ihre Kinder gewollt hatte. Bernd zahlte Regina weiter Unterhalt. Es war ein Schmerzensgeld dafür, dass er das Narrativ des aufopfernden Vaters aufrechterhalten konnte. Regina ließ sich das nicht bieten, kämpfte um Marti und Jennifer, überwies den Unterhalt monatlich zurück. Sie träumte davon, die Kinder zu sich zu holen, ging arbeiten und sparte ihr eigenes Geld. Doch es war zu spät. Jennifer war sechs Jahre alt und galt als emotional schwierig und instabil.

Bernd fand Psychiater Professor Hasselröder, der im Sorgerechtsstreit vor Gericht aussagte, dass Jennifer der Umgang mit der Mutter nicht guttat. Es war schwer für Regina, ihre

Tochter nicht aufwachsen zu sehen. An den Tagen, als sie nach der Schule mit Paul zu ihm nach Hause ging, kam sie an Reginas Haus vorbei, hauchte die Fensterscheibe an und malte ein Herz auf das Glas. Regina legte ihr manchmal einen Kinderriegel auf die Fensterbank. Sie hatte Angst, Jennifer würde es Bernd erzählen. Sie ließ sich beiläufig von Friede berichten, wie es ihrer Tochter ging, woran sie dachte, ob sie nach ihr gefragt hatte. Wenn Jennifer bei Friede war, kam sie nicht raus, ging nicht in den Garten und auch nicht zum Einkaufen. Sie wollte jeden Ärger mit ihrem Ex-Mann vermeiden. Dann kam viele Jahre später Pauls Unfall. Für Bernd war dieser Vorfall wiederum wie der Tag des Jüngsten Gerichts über seine Ex-Frau. Ab da durfte Jennifer auch Friede offiziell gar nicht mehr sehen. Bernd argumentierte, Regina hätte durch Pauls Rettung auch das Leben ihrer gemeinsamen Tochter gefährdet. Der Richter gab ihm recht. Und verbot der Mutter jeglichen Umgang mit ihrer Tochter. Regina schwieg ein weiteres Mal und nahm den Beschluss hin.

Wenn Jennifer ihre Mutter jetzt mit ihrer großen Tochter sah, wie sie Kakao tranken und sich über Reginas Ketten und Ringe unterhielten, die sie Laura einzeln erklärte, dann war das für Jennifer überraschend rührend, wie die Suche nach der verlorenen Zeit. In Rosenberg waren die Gesichter der Erwachsenen eingefallen. Der Wohlstandsverlust, unsanierte Häuser, der Kampf um eine bescheidene Existenz hat die Mimiken ausgemergelt. Die Männer wirkten meist noch jovial und gut aussehend. Die Frauen färbten sich nicht die Haare, um Geld und Zeit zu sparen. Und um die Badewanne nicht mit unlöslicher Farbe, die sich für immer auch in die kleinsten Risse fräst, zu ruinieren.

Regina betrachtete Laura. Wie sie ihre Ringe anprobierte. Wie sie ihren Kettenanhänger mit der Hand der Fatma bewunderte.

»Die Hand wendet den bösen Blick ab«, sagte Regina.

»Das ist ja in Rosenberg sehr nützlich«, antwortete Jennifer.

Ihre Mutter reagierte nicht.

»Ach, sie sieht aus wie du«, sagte Regina

Laura zuckte mit den Schultern.

Es klopfte an der Tür. Laura öffnete.

»Du bist Laura, wie wunderbar.«

Friede kam rein. Und Jennifer kam es vor, als käme mit ihr: Paul. Er hatte sein Hemd schluderig in die Hose gesteckt, seine Haare waren *out of bed*. Er war unrasiert und strahlte über das ganze Gesicht. Eben war sie noch in Berlin im Nachtleben unterwegs gewesen, jetzt hier auf dem Land. Der Land-Paul war Jennifer lieber, er war ihre Heimat. Plötzlich hatte sie Tränen in den Augen.

Friede umarmte Jennifer so, als wollte sie ihren ganzen Körper umschlingen. Sie konnte sie gar nicht wieder loslassen. Friede trug den gleichen Kurzhaarschnitt wie Regina, ihre braunen Haare waren ebenfalls längst ergraut. Sie trug ein weiches, selbst gebatiktes lila Seidentuch und eine alte Brosche.

»Es ist so schön, dich zu sehen. Und wen bringst du uns hier mit? Deinen größten Schatz.«

»Friede, du übertreibst.«

Aber Friede ließ sich nicht beirren, strich Laura über die Haare, hielt ihre Hand, als müsste sie wissen, dass es wirklich wahr war. Dass Jennifer und ihre älteste Tochter wirklich da waren.

»100 Prozent Jennifer. Aber das darf man nicht sagen, oder?«

»Nein«, rief Laura.

Alle mussten lachen.

»Fährst du weiter nach Friedenheim? Ins *Exil*. Ich habe gehört, du hast zugesagt. Alle waren überrascht.«

»Ja, meinetwegen«, sagte Jennifer. »Und Laura bleibt hier.«

Laura lächelte verlegen.

Regina war gerührt. Sie nahm Laura in den Arm.

»Wir kochen was Tolles und backen Plätzchen, okay?«

Laura lächelte.

»Hab Spaß. Aber übertreib es nicht. Du weißt: Bernd«, sagte Jennifer zu ihrer Tochter. Es war alles wie immer. Es war alles anders.

Kapitel 9

Liebe ohne Leiden

»There are also some women in Molotschna who voted to do nothing, to leave things in the hands of the Lord, but they will not be in attendance today.«

Miriam Toews, *Women Talking*

Jennifer wunderte sich, aber alle schienen ihr die kleine Flucht zu gönnen. Sie ließ ihr Kind bei ihrer Mutter. Es war normal. Es war auch nicht weniger normal, nur weil Bernd ihr beigebracht hatte, dass es nicht normal war.

»Los, geh aus, Mama«, sagte nun auch Laura.

Selbst das Kind fand es normal. Jennifer küsste ihre Tochter auf die Wange.

Und da waren sie wieder. Nur sie beide. Sie fuhren über die Landstraße nach Friedenheim. Durch den nassen, dunkeldeutschen Wald. Paul und Jenni. Die Weihnachtssongs aus dem Radio mitsangen. Wie früher.

Ihr Handy klingelte. Es war Valerie.

»Jennifer, es geht um deinen Vater. Eine Frau namens Lorelei hat mich angerufen. Keine Ahnung, woher sie meine Nummer hat, aber nun gut. Sie sagt, dass dein Vater sie vergewaltigt hat, dass es noch zwei andere Frauen gibt, bei denen es auch so war. Das mit ihr stand ja in der Zeitung. Aber das mit den anderen beiden nicht. Und es gibt noch andere Schlagersängerinnen, die sich über Sexismus, sexuelle Ausbeutung und ihre Entrechtung in der Branche beklagen. Wir gehen an die Presse, hörst du mich? Wir machen die Fälle publik und fordern eine Entschuldigung. Ich wollte dich nur vorwarnen.«

Dann hörte Valerie auf zu reden. Sie machte eine minutenlange Pause.

»Jennifer, bist du noch dran?«

»Ja«, sagte Jennifer. »Du machst, wie du meinst.«

Wieder herrschte Stille. Es war offensichtlich, dass Valerie nicht mit dieser Antwort von Jennifer gerechnet hatte. Valerie schnaufte in den Hörer.

»Okay. Fein. Und glaube mir, jetzt kommt alles auf den Tisch. Also komm uns nicht in die Quere. Oder du wirst es bereuen. Entweder du bist mit uns oder gegen uns.«

Valerie hatte aufgelegt.

Jennifer schaute Paul an und zuckte mit den Schultern. Dann mussten beide lachen.

Im *Exil* war es brechend voll, wie immer in der Nacht vor Heiligabend. Dann, wenn längst erwachsene Kinder zu ihren immer älter werdenden Müttern und Vätern nach Hause fuhren, um sich am Heimatbegriff abzuarbeiten und sich im Elternhaus emotional aufzuwärmen. Das waren die Weggezogenen. Denn wer bei Verstand war, verließ seine Geburtsstadt spätestens nach der Schule. Dann gab es allerdings auch noch die Weggezogenen und Wiedergekommenen. Leute, die aus irgendwelchen Gründen nicht klargekommen waren in der Großstadt oder finanziell an die Wand gefahren waren und jetzt wieder in der Nähe ihrer Kinderzimmer wohnten (steile Prognose: Das wird nichts mehr). Hans war so einer. Ein paar Jahre zum Studium nach Berlin gegangen und heimgekehrt. Er stand an der Theke und freute sich einfach des Lebens. Er war ein rothaariger, groß gewachsener Familienvater, dessen Vater für die örtliche CDU in der Stadtverordnetenversammlung saß. Seine politischen Anfänge hatte Hans' alter Herr Ende der Neunziger bei den Rechtsradikalen gehabt, als die NPD einen Ort weiter in der Batzenbacher Bürgerversammlung saß. In der Schule hatte Hans Jennifer immer beim Fangen kriegen wollen. Nicht für jeden war es vorteilhaft, wenn man ihn seit seiner Kindheit kannte. Jennifer hielt Hans für einen freundlichen Perversen im Gewand des zuverlässigen, traurigen Sohnes. Protestmännlichkeit war nutzlos geworden. Hans war ein Relikt Friedenheims, der keinen Augenkontakt halten konnte und seine verbleibende Zeit an den besseren Tagen mit einem Pils in der Hand in nostalgischen Nächten im *Exil* verbrachte, ohne dass Frau und Kinder ihn zu Hause vermissten. Würde schon wiederkommen. Und wahrscheinlich zu früh.

»Jenni!«

Hans winkte Jennifer heran. Er bestand auf einer Umarmung. Seine nassen Fingerkuppen bohrten sich durch ihre Seidenbluse in ihren Rücken.

»Was machst du so, Hans«, brüllte sie dem Lärm entgegen.

»Na, wir sind hier alle auf Sabines Hochzeit.«

Jennifer stutzte.

»Sabine Grietsch?«

»Ja, welche Sabine denn sonst?«

Jennifer konnte es nicht fassen.

»Sabine Grietsch hat geheiratet und feiert hier? Und heute?«

Hans wartete ihre Antwort nicht ab, sondern schob sie durch die Menge. Im holzgetäfelten Hinterzimmer war ein großes Büfett aufgebaut. Es gab die obligatorische Hackbällchenplatte, gelbe Käseblöcke umringt von Party-Brie und Walnüssen, einen Haufen trockener Brötchen, undefinierbare orangefarbene und pinke Salate und ein paar ganz appetitlich aussehende Blechkuchen mit dicken Butterstreuseln. Die Arbeitsgruppe Büfett hat ihren Job gemacht. Die Grietsch-Sabine stand in einer kleineren Runde von Frauen, von der eine ihre Mutter war. Sie hatte deutlich zugenommen, vielleicht fünfzehn Kilo, trug ihre Haare jetzt länger, also schulterlang, was das Haar spröder machte. Aber Sabine Grietsch war noch nie eine Frau gewesen, die mehr als drei Euro für einen Conditioner im Drogeriemarkt oder fünfzig Euro für einen Haarschnitt ausgab. Offenbar nicht einmal für ihre Hochzeit. Hans nahm sich eine Traube vom Büfett.

»Was für eine Sparbrötchen-Hochzeit«, flüsterte Jennifer Paul zu. Im Leben war alles eben eine Frage der Erwartungshaltung. Viele Frauen waren glücklich, weil sie sich selbst davon überzeugt hatten, dass sie wenig wollten. Die Grietsch sah wie ein ergrautes Sahnebaiser aus. Ihre halblange Schleppe hing ihr auf Halbmast vom Kopf. Sie trug ein schlichtes Satinkleid bis zum Boden, das den Dreck der Kneipe von unten schon gut aufgenommen hatte. Jennifer musste an die Hochzeit ihrer Eltern denken, die damals vor fünfzig Jahren nach dem Standesamt auch hier im *Exil* stattgefunden hatte. Als Kind hatte sie die Fotos tausend Mal angeschaut und sich gewünscht, ihre Eltern würden noch zusammen sein. Heute verstand sie plötzlich nicht mehr, warum. In einer Kleinstadt zu heiraten, hatte etwas Deterministisches, das Frauenleben beendete, fand sie auf einmal. Der Weg aus Kinderkriegen,

Dazuverdienen, das Haus abbezahlen, Urlaube mit der Familie in Frankreich, die Ehe aushalten bis zur Rente ist dann vorgezeichnet. Abweichungen mündeten in Scheidung.

»Eine Cousine von mir, Hannah, hat sich vor zwei Jahren in Rosenberg scheiden lassen«, sagte Jennifer zu der Frau, die neben ihr stand. Sie kam ihr vage bekannt vor, was eigentlich nicht sein konnte, weil man sich hier entweder kannte oder eben nicht. »Ihr Ex-Mann hat das Wechselmodell für die drei Kinder gewählt und zahlt deshalb keinen Unterhalt. Sie musste sich dem Familiengericht und ihm beugen. In Rosenberg findet Hannah nur Gelegenheitsjobs. Wegziehen kann sie nicht. Die Schule der Kinder ist hier. Sie pendeln im Wochentakt zwischen den Elternhäusern. Hannah ist seitdem de facto arbeitslos. Macht eine Umschulung zur Kita-Erzieherin. Das Arbeitsamt zahlt ihr ein Zimmer zu den Blockseminaren in Darmstadt.«

Die Frau schaute Jennifer kurz entgeistert an, entschuldigte sich und ging in Richtung Ausgang.

Scheidungen in der Provinz waren Pyrrhussiege, nach denen sich die Frauen schwer verwundet in kleinere Wohnungen zurückzogen. Ihre Blutspur bis dahin blieb für alle sichtbar. Auf dass ihre Freundinnen und Schwestern Hannah als mahnendes Unglück verstanden, dass die Ehe immer noch besser als das Anstehen beim Amt sei. Die Leben der Mütter waren warnende Beispiele. Wer es immer noch nicht verstanden hatte, dass eine Frau ihren Platz einnehmen musste, drehte mit seiner eigenen Existenz eine Extrarunde. Und wer war schon bereit, sein individuelles Schicksal zu opfern, um den Unterschied für andere zu machen?

Regina.

Hannah.

Beide zahlten bis heute Blutgeld, dachte Jennifer. An ihre Kinder. An ihre Ex-Männer.

»Warum bist du nicht bei uns, Mama«, hatte sie Regina oft gefragt.

Ihre Mutter schwieg dann nicht, sondern wich aus. Was fast noch schlimmer war.

»Es ist halt so. Ich will deinem Vater nicht im Weg sein«, hatte sie Jennifer einmal gesagt.

»Du weißt doch, Bernd und die Frauen. Das war nicht leicht«, sagte sie ein anderes Mal.

Während sie das gesagt hatte, hatte sie wie immer wieder die Krümel auf der Tischdecke zu einem kleinen säuberlichen Häufchen zusammengewischt. Regina war wie Hannah, die schon als Kind das Nutella-Glas mit einem Messer von oben nach unten leerzog. Äußere Ordnung und rigide Sparsamkeit bedecken die Hässlichkeit des Erlebten und das Chaos in den Eingeweiden.

»Die Scheidung war schwer. Aber es war meine Entscheidung«, schrieb Regina Jennifer schließlich damals auf eine Glückwunschkarte zu ihrem achtzehnten Geburtstag. Es klang hart, als hätte ihre Mutter einen Schlussstrich ziehen wollen. Einen Schlussstrich konnte man aber nur da ziehen, wo wirklich Schluss war. Regina jedenfalls hatte auf diese Weise die Schuld, die Bernd für sie bereithielt, zu Jennifers Volljährigkeit endlich angenommen. Und dabei hatte ihre Mutter Glück gehabt. Sie trennte sich von Bernd im Jahr 1985 nach der ersten bundesdeutschen Reform des Scheidungsrechts. Zuvor galt das Zerrüttungsprinzip. Das bedeutete, dass der Partner (meistens der Frau), der die Schuld am Scheitern der Ehe trug, dem anderen Partner Unterhalt zahlen musste, aber oft nicht konnte. Nach der Reform wurde die Schuldfrage nicht mehr gestellt. Zumindest nicht mehr vom Gesetzgeber. Die öffentliche Diffamierung, der Regina ausgesetzt gewesen war, war dagegen mittelalterlich gewesen. Noch heute klebte die Schuld ihrer Mutter an Jennifer wie Dreck, den sie nicht abwaschen konnte.

»Was machst du so, Jenni?«

Die Grietsch-Sabine umarmte sie auf eine unpersönliche Art.

»Herzlichen Glückwunsch zur Hochzeit.«

Jennifer blickte sich um. Andi, der Sohn vom Zuber, dem Wirt, fischte die Obststücke aus der Bowle. Auf der improvisierten Tanzfläche in einem weißen Bierzelt draußen lief »Lemon Tree«.

»Ich bin mit Paul hier«, stammelte sie.

Die Grietsch-Sabine staunte nicht schlecht.

Der Gedanke an Paul schützte sie vor der einfältigen Grietsch, die sie damals in der Schule aktiv und höhnisch ignoriert hatte. Ob es Dummheit oder Vorsatz war, wusste Jennifer bis heute nicht. Die Grietsch-Sabine redete weiter. Während sie das tat, sortierte sie alle Kuchenstücke von einem Blech aufs andere zu einem Quadrat. Jennifer fühlte sich doppelt schuldig. Zum einen, weil sie nicht mithalf. Zum anderen, weil sie mit ansah, wie eine Braut (auch wenn es die Grietsch war) an ihrem Hochzeitstag ihr eigenes Büfett wieder in Ordnung brachte. War das nur hausfraulicher Kontrollzwang oder schon rituelle Unterwerfung? Oder was war das mit diesen Frauen, die anderen Frauen ihre eigenen Unzulänglichkeiten vorlebten, indem sie immer gewissenhafter, immer fleißiger als die andere auftraten. Die Grietsch war mit Andi zusammen, und das seit zwanzig Jahren. Schulliebe. War dann irgendwann so. Hatte keiner mehr gefragt. Gehörten einfach zusammen wie zwei alte Socken. Die Paare, die zusammenblieben, verendeten in der Regel romantisch zusammen. Judith hatte ihren Mann in ihren Sechzigern zehn Jahre zu Hause gepflegt, er war dement und zuckerkrank. Als er starb, bekam sie starke Schmerzen im Rücken. Sie ließ sich im Friedenheimer Kreiskrankenhaus untersuchen. Die Ärzte nahmen ihr die Schmerzen nicht ab. Ihr Mann sei gerade gestorben, das sei ja auch kein Wunder. Judith ging nach Hause, litt weiter, bis ihr eine Rippe brach. Eine erneute Untersuchung in Bad Homburg ergab, dass sie Knochenkrebs hatte. Die Diagnose kam, als es zu spät war. Eine Entschuldigung der Ärzte gab es nie, und Judith war es egal, weil sie mit zweiundsiebzig Jahren sterben würde.

Jennifers alte Nachbarin Manuela erkannte sie plötzlich. Sie wankte auf sie zu. Sie musste bereits in ihren Siebzigern und bei 0,7 Promille sein. Sie trug einen strengen Kurzhaarschnitt wie alle pensionierten Gymnasiallehrerinnen. Es war Jennifer unklar, ob sie in ihr das Mädchen wiedererkannte, das am Gartenzaun ihre rübergewachsenen Brombeeren gegessen hatte. Manuela rauchte. Was die Leute hier verdächtig fanden. Manuela redete auf sie ein.

»Ich habe meinen Mann und meinen Schwiegervater Uwe überlebt. Mein Schwiegervater hat mich ein Leben lang terrorisiert. Wir hatten ihn zu uns genommen, damit er nicht ins Heim musste. Mein Ex-Mann wollte das so. Der ist dann mit seiner neuen Frau abgehauen. Aber Uwe ist geblieben. War ja schon im Rollstuhl und ans Bett gefesselt. Er hat gesagt, dass mein Sohn als Baby hässlich war. Dass mein nächstes Kind behindert sein würde. Dass man uns damals vergast hätte. Er hat den ganzen Tag im Haus geraucht. Und ist mit brennender Zigarette eingeschlafen. Die Feuerwehr musste zweimal kommen. Er wollte sich nicht umbringen. Aber fast hätte er es geschafft. Leider nur fast.«

Jennifer schaute Manuela an. Sie fand, dass Manuela genauso müde und resigniert war wie sie. Sie hatte immerhin den Mut, Dinge auszusprechen. Manuela bot ihr eine ihrer R1-Zigaretten an. Jennifer griff zu. Die beiden zwinkerten sich zu. Die Grietsch-Sabine zog Jennifer an der Hand.

»Komm da weg. Manuela ist leider komplett irre geworden.«

Jennifer und Paul liefen ins Bierzelt und tanzten zu »I want to break free« von Queen, obwohl sie fand, dass es ein beschissener Song war. Dann lief Madonna, und sie tanzten wieder. Und rauchten noch eine Kippe. Tanzen, Theke, Tanzen, Theke. Wie Teenager. Ein Tequila. Und noch einer. Zwischendurch drückte Jennifer die Anrufe von Melanie weg. Und die SMS. Hatte sie nicht das Recht auf ein bisschen Freiheit? Auf die paar Stunden Eskapismus?

»Selma hat sich übergeben. Ich glaube, sie hat die Milch nicht vertragen. Jonah hustet sehr stark. Bitte ruf zurück!«

Jennifer warf das Handy entnervt in ihre Tasche. Jonah hustete immer. Und die Milch war nicht mal der Rede wert. Es ging doch nicht um Leben und Tod.

»Ich komme nicht darauf klar, dass die Grietsch die Dienstmagd auf ihrer eigenen Hochzeit spielt«, sagte Jennifer zu Paul.

Paul strich ihr über das Haar. Dann zündete er sich eine neue Zigarette an.

»Ich denke über die Grietsch nicht ernsthaft nach. Jeder, der hierbleibt, ist selber schuld. Es gibt Menschen, die leben und sind schon gestorben. »

Jennifer lachte Paul aus.

»Das ist ja mal ein Satz. Und was ist mit mir? Mutter von drei Kindern. Meine Hochzeit war auf dem Petersberg, am Rhein und davor im Kölner Standesamt. Um Mitternacht gab es noch eine Matjesterrine mit Edelräucherfisch. Ich habe diesen Rauchgeruch nie wieder aus der Nase bekommen.«

»Weißt du noch, ich habe neben dir gesessen, im Mercedes zur Trauung«, sagte Paul.

Jennifer schaute ihn lange an. Sie hatte ihn in der Nacht vor der Hochzeit angerufen und ihn angefleht, sie zu heiraten. Laura war damals schon unterwegs, und sie ahnte, dass sie noch unglücklicher werden würde. Paul hatte sie beruhigt. »Wir stehen das jetzt zusammen durch«, hatte er gesagt. »Du machst das schon. Es ist im Moment die einzige Wahl, die du hast. Tu es für deine Tochter. Ich werde immer da sein.«

»Es ist so furchtbar, Paul.« Sie griff ins Leere.

Die Grietsch beobachtete Jennifer von Weitem mit einem versteinerten Blick. Sie war eine Friedenheimer Frau. Ehebruch war Verrat an der Gemeinde. Die Leute hier waren sesshaft. Kannten sich seit der Schule, vom Tennis oder aus dem Kegelverein. Vom Gottesdienst oder dem Gemeindefest. Die Vergreisung in den kleinen Ortschaften war enorm. Beim Freilichtkino im Sommer saßen in den ersten zwei Reihen nur Rollstuhlfahrer. Alle waren verheiratet oder galten als merkwürdig. Jennifers Eltern hatten gedacht, sie könnten auf dem

Schweigen neue Existenzen aufbauen. Auf der Straße, in den Häusern war alles harmonisch, doch in der Kanalisation blähte und gärte es wie in einem kollektiven Unterbewusstsein der Menschen weiter.

Die Grietsch glotzte immer noch in Jennifers Richtung. Jennifer wünschte ihr, dass sie eines Tages, wenn ihre Kinder erwachsen waren, eine lange Reise unternehmen würde, sehr weit weg – und dass sie dann nie wiederkommen würde.

Auf einmal fühlte sie eine Hand an ihrer Schulter. Sie erschrak, es war Ennio. Ennio, der sie schon als Jugendliche aus dem Club geholt hatte und der wahrscheinlich bis zu seinem Ableben für Bernd arbeiten würde. Jennifer war wieder in der Realität. Er schaute sie mit festem Blick an. Und Jennifer kannte alle seine Blicke. Dieser hier hieß, dass Bernd wirklich zornig war. Sie streichelte Paul noch einmal über die Wange. Er gab ihr einen Luftkuss. Beim Rausgehen hielt Ennio sie am Arm fest und stützte sie.

»Wir haben Shots getrunken«, sagte ihm Jennifer ins Ohr.

Ennio schüttelte den Kopf.

»Du musst leider. Du weißt, wie es ist.«

Jennifer nickte.

Sie gingen zum Wagen. Sie war so wunderbar betrunken. Auf dem Rücksitz lag Laura. Ennio musste sie vorher bei Regina und Friede abgeholt haben. Sie schlief friedlich. Jennifer setzte sich zu ihr und nahm ihren Kopf auf ihren Schoß. Auf der Fahrt öffnete Laura ein Auge.

»Hattest du Spaß«, flüsterte sie ihrer Mutter leise zu.

»Ja«, flüsterte Jennifer noch leiser zurück.

Kapitel 10
Was ich Dir sagen will

»An die Frauen hatte ich nicht gedacht. An ein politisch korrektes Liebesleben. Ich hatte nicht damit gerechnet, dass man in dem Bereich aufpassen muss. Ich hatte das Übel nicht kommen sehen. Ich hatte an alles gedacht – nur nicht an die Frauen. Niemand hat an die Frauen gedacht. Wir hatten Schiss vor dem Fiskus, den Rechtsextremen, den Schwarzen, den Juden, vor Twitter. Aber vor den Frauen! Wir haben die Gefahr nicht gesehen.«

Virginie Despentes, Oscar in *Liebes Arschloch*

Morgens um drei Uhr kam Jennifer auf die Idee, Lorelei anzurufen. Sie floh aus dem Doppelbett, in dem sie mit Laura schlief. Sie schob Jonah sanft zur Seite, der wie immer an ihrer Brust lag. Selma lag im Babyreisebett neben den anderen und atmete leise. Das Parkett knarrte unter Jennifers nackten Füßen. Als sie nach Hause gekommen war, war Bernd nicht mehr wach gewesen. Nur Melanie hatte als dürre Gestalt oben auf der Treppe stehend im Kimono-Morgenmantel Nachtwache gehalten. Jennifer hatte Laura halb schlafend die Treppe hochgetragen, und Melanie hatte auf sie heruntergeschaut.

»Deine Kinder sind im Bett«, hatte sie mahnend gesagt.

»Danke«, hatte Jennifer außer Atem geantwortet. Und dann war Melanie wie eine böse Stiefmutter wieder ins Halbdunkel verschwunden.

Im leeren Zimmer nebenan verkroch Jennifer sich in einen Ohrensessel. Sie rief Lorelei von ihrem Handy aus an. Jennifer hatte in den vergangenen zwei Tagen viel nachgedacht über Bernd, seine Verfehlungen und die Zukunft der Firma. Er wollte das alles um jeden Preis retten. Es gab diese Geschichten von Multimillionären, die verkauft hatten, die sich zurückgezogen hatten und nur noch philanthropisch tätig waren und in E-Fuels und Solarstrom investierten. Es wäre Bernd nie in den Sinn gekommen. Die neue Generation war dafür da, den Alten zu dienen. Und genau das sollte seine Tochter tun. Dinge für ihn klären. Sie machte es. Jennifer hielt die Spannung, ob Lorelei drangehen würde, kaum aus. Sie dachte an Valerie und ihre Netzwerk-Dinner, die so glamourös wie verzweifelt rüberkamen. Aber immerhin alle zum Reden brachten. Auch wenn Leute jahrhundertelang schweigen mussten, gab es doch ganz sicher diese nonverbale, telepathische Kommunikation zwischen ihnen, diesen unausgesprochenen Pakt, dass man sich, ohne sich näher zu kennen, jederzeit anrufen oder sprechen kann. Alle Frauenseelen waren, ja mussten wie ein unterirdisches Tunnelsystem miteinander verbunden sein.

Es klingelte ein letztes Mal. Gleich würde die Mailbox anspringen. Jennifer dachte an Bernd und mit welcher Selbstverständlichkeit er das hier regeln würde. Daran, dass er sich nie entschuldigte. Dass er davon ausging, dass alle ihm recht gaben.

»Hallo?«

Jennifer hörte plötzlich eine sehr verschlafene Stimme.

»Hallo?«

Jennifer wollte etwas sagen, doch die Anspannung schnürte ihr die Kehle zu.

»Frau Boyard? Frau Boyard? Ich höre Sie nicht. Ich lege wieder auf, okay?«

»Nein, bitte nicht.«

Jennifer hatte ihre Stimme wiedergefunden.

»Frau Boyard … entschuldigen Sie, ich habe geschlafen.«

Jennifer stutzte. Lorelei hatte sich gerade für die nächtliche Störung entschuldigt, als hätte sie angerufen.

»Nennen Sie mich bitte endlich Jennifer. Ich habe bei unserem Treffen vergessen, Ihnen das Du anzubieten.«

»Okay. Lorelei, angenehm.«

Jennifer hatte den Gesprächseinstieg geschafft. Erst jetzt fiel ihr auf, dass sie völlig ohne Idee oder Konzept angerufen hatte. Und so sagte sie das, was ihr spontan in den Sinn kam. Mit dem Restalkohol von Grietsch-Sabines Hochzeit im Blut.

»Ich entschuldige mich auch für die späte Störung. Was ich dir sagen wollte: Ich glaube dir, Lorelei. Seit vorgestern, als du bei mir im Büro warst, habe ich so viel darüber nachgedacht, was Sinn macht. Und wenn du es weiterhin ernst meinst, dann kann ich dafür sorgen, dass die Geschichte öffentlich wird. Mein Vater wird nie von einer Gerichtsbarkeit für schuldig befunden werden. Das wissen wir ja beide. Aber wenn wir die Sache in die Medien bringen, hast du die Chance auf einen Vergleich mit seinem Label.«

Es knackte in der Leitung.

Es war kurz still, dann hörte Jennifer Lorelei wieder.

»Meinen Sie das ernst? Geht es Ihnen gut?«

»Sie sollen mich duzen.«

»Geht es dir gut?«

»Ja, natürlich. Also?«

Jennifer lallte an den Satzenden. Lorelei ignorierte es.

»Ich habe keine Ahnung, was ich sagen soll. Das wäre natürlich großartig. Mehr als ich jemals zu träumen wagte. Du bist auf unserer Seite, wow!«

»Wir müssen jetzt behutsam und diskret vorgehen. Niemand darf uns in Verbindung bringen, und wenn uns das mit den Medien glückt, dann kümmere ich mich um deinen Vergleich. Mein Vater kann zahlen. Und das soll er auch.«

Eine Weile hörte Jennifer Lorelei nicht mehr.

»Ich muss sagen, ich bin sehr überrascht«, sagte sie, um Worte ringend. »Aber ich glaube an das Gute. Ich glaube, dass alles wieder in Ordnung kommt.«

»Wir kriegen das zusammen hin. Bitte behalte unser Gespräch für dich.«

»Natürlich.«

»Dann auf bald. Ich melde mich schnell wieder.«

Die beiden legten auf. Jennifer schauderte vor Angst. Sie hatte noch nie ihrem Vater widersprochen. Nein, wirklich nicht. Und jetzt würde sie ihn ausliefern. Öffentlich zur Schau stellen. War das so schlimm? Bernd liebte das Publikum. In seinen Augen würde auch dieses Gewitter wieder vorbeiziehen. Auch diesmal würde niemand ins Gefängnis gehen. Aber Lorelei könnte ihr Recht bekommen. Das wäre einer von vielen Anfängen. Jennifer dachte, dass sie ihren Vater nicht wieder schonen konnte. Das konnte sie einfach nicht mehr.

Noch in Gedanken blickte sie auf ihr Smartphone. Valerie hatte geschrieben.

»Bitte ruf diesen Florian Rust zurück. Er hat mir gesagt,

dass er dich erreichen wollte. Er ist ein guter Journalist. Er will uns helfen, dass diese ganze Scheiße endlich rauskommt.«

Jennifer antwortete ihr prompt.

»Du kannst dich auf mich verlassen.«

Als sie die Nachricht abschickte, hatte sie zum ersten Mal seit Jahren das Gefühl, Verbündete zu haben. Vielleicht sogar Freunde. Teil von etwas Größerem zu sein. Das wäre doch wahnwitzig, dachte sie. Das wäre doch irre, wenn wir wirklich etwas ändern könnten. Wenn ihr Vater wie eine alte Tanne krachend in den Wald fallen würde, weil der Stamm mit der Zeit von unten morsch und von Insekten und Mikroorganismen zersetzt worden war. Das wäre nahezu unglaublich.

Die letzten vier Stunden zu dritt im Kingsize-Bett mit meterhohen Duvets waren weiß und quälend. Im Französischen sagt man *nuit blanche* zu einer schlaflosen Nacht. Jennifer dachte an ihr Herz. Mein Herz, so weiß. Es raste. Links von ihr röchelte Jonah, rechts gab sie Selma die Brust, damit sie wieder einschlief. Sie streichelte ihren Kindern über die kleinen Köpfe. Liebe, kleine Monster, die ihr Körper geschaffen hatte. Es war ein Freitagmorgen und vor allem Heiligabend. Jennifer würde sich bemühen, die Gespräche mit Bernd abzuschließen und bald wieder zu fahren. Hier war kein guter Platz für sie. Neben ihrem Vater. Neben Melanie. Das Schweigen in dem Haus ihrer Kindheit erdrückte sie. Melanie führte es weiter. Sie war die Hohepriesterin der unausgesprochenen Fehden. Sie hatte das System des Schweigens über Gefühle, das sie in Bernds Haus vorgefunden hatte, perfektioniert.

Jennifer hatte gelesen, dass in den frühen Jahren Amerikas, als sich im Westen der USA im 18. Jahrhundert puritanische Gemeinschaften formten, die Pioniere ihr Unbehagen über die lästige Frau aus England in die Neue Welt mitgenommen hatten. Man fürchtete damals die Geschwätzigkeit, die bloße Tatsache, dass sich Frauen während der Hausarbeit, dem Waschen der Wäsche, der Feldarbeit miteinander austauschten. Wer als Frau zu viel redete, musste öffentlich eine Gesichtsmaske aus Eisen tragen, in der die Zunge an einer Art Zange aus Metall befestigt wurde. Mit dieser Maske musste die Frau oft tagelang ihre Arbeit verrichten. So lief sie durch die Straßen, gedemütigt vor der ganzen Gemeinschaft, nicht in der Lage, ihren Speichelfluss zu kontrollieren.

Die Angst vor der zu lauten, redseligen, unangepassten Frau gab es bis heute. Die anderen beurteilten und regulierten die Körper solcher Frauen, ihr Sexualleben und ihre Schwangerschaften durch Kleiderordnungen, Ernährungspläne, medizinische Anordnungen und verurteilten sie im Privaten als Schlampe oder schlechte Mutter. Drückte eine Frau Emotionen aus, wirkte sie schnell irre. Melanies Kälte gegenüber ihr hatte Jennifer seit dem ersten Tag ihres Kennenlernens gewundert. Erstaunt, weil sie keinen Sinn machte. Melanie hatte ihre Tochter Mona doch allein großgezogen. Sie müsste wissen, wie es ihr ging, wie unaushaltbar diese Kinderjahre waren, wie schwer diese Verantwortung, für andere da zu sein, wog. Wie stumpf, muffig und fade Mutterschaft sich anfühlen, riechen und schmecken konnte. Jennifer überlegte, dass Melanie für das kollektive Verdrängen der älteren Frauengenerationen stehen könnte. Sie hatten vergessen, wie schwer sie es einmal hatten. Mit ihren Kindern. Ihren Männern. Ihrem Job, in dem sie nie genügen konnten. Vielleicht, weil sie den Anblick von Jennifers Überforderung nicht ertrug. Vielleicht tat es noch zu weh. Zu weh, zu wissen, dass es besser war, keine Forderungen zu stellen. Alles war gut in einer Gesellschaft, das wusste schon die Bibel. Alles ist gut in einer Gesellschaft, solange Eva nicht hungrig wurde.

Als Jennifer aufwachte, hörte sie von unten Lärm. Sie hörte Laura, die im großen Esszimmer unten mit Bernd redete, sie hörte ihre Brüder Alexander und Frank und ihre unsäglichen Ehefrauen. Sie hörte Melanie laut lachen. Das machte sie immer, wenn Männer im Raum waren. Jonah und Selma weinten. Jennifer musste aufstehen. Sie brauchte etwa eine halbe Stunde, bis Selma und Jonah frische Windeln anhatten, bis sie einen Pullover und eine Jeans übergezogen hatte. Sie klatschte sich Wasser ins Gesicht, putzte sich die Zähne und knotete die Haare zu einem Dutt. Es war der Morgen des 24. Dezember. Es fiel ihr ganz plötzlich ein. Frohe Weihnachten, Jennifer, sagte sie zu sich selbst, um es sofort theatralisch zu finden.

Als sie gerade das Zimmer verlassen und die Treppe hinuntergehen wollte, rief Max an. Jennifer ging dran. Max war sofort auf Temperatur.

»Du hast Laura gestern bei Regina vergessen? Du warst feiern? Das ist verantwortungslos, hörst du: verantwortungslos!«

Max redete so laut, dass Jennifer das Telefon von ihrem Ohr weghalten musste. Vermutlich hätte Max seine Frau gerne mit einem mittelgroßen Stück Holz geschlagen oder sie gefesselt in den Fluss geworfen.

»Max! Jetzt beruhig dich. So war es ja nicht. Ich bin noch etwas trinken gegangen.«

»Und du lässt Laura allein bei der irren Regina? Die dich als Kind hat hängen lassen und keinerlei Verantwortung übernehmen kann?«

Jennifer rang um Fassung.

»Hör zu, Max. Ich glaube, Bernd und Melanie haben dir eine Menge Blödsinn über gestern Abend erzählt. Laura war bei ihrer Großmutter, sie haben gegessen, einen Film geschaut, mit Friede.«

Während Max jetzt brüllte, schloss sie die Augen. Ihr war schlecht. Jonah quengelte an ihrem Bein. Selma riss am Kabel der Nachttischlampe.

»Du hast siebzehn verpasste Anrufe auf deinem Handy von gestern Abend. Du warst nicht erreichbar. Bernd hat es versucht. Melanie hat dir geschrieben. Du trägst die Verantwortung für unsere Kinder. Wir machen uns alle Sorgen, Jennifer.«

Max hat sich angewöhnt, ihren Vornamen nur noch am Satzende zu nennen. Hatte sie kein Recht auf etwas Freiheit? Auf einen Abend mit Paul?

»Ach, Max, ihr macht euch Sorgen? Ihr, die ihr mich mit drei Kindern alleine lasst und euer Leben lebt, als sei nichts weiter passiert? Ihr, die ihr denkt, dass alle Verantwortung nur bei mir liegt. Aber das ist eben viel Verantwortung. Wenn du sie mir gibst, musst du mich auch machen lassen.«

Max unterbrach sie.

»Erspar mir dein Gewäsch. Erspare mir Regina und dass es immer um dich gehen muss. Solange unsere Kinder unter drei Jahren sind, hast du keine Zeit für dich. Du wolltest die Kinder. Du wolltest für Bernd arbeiten. Jetzt mach nicht alle verantwortlich für deine Situation. Werd erwachsen! Und sei doch endlich mal glücklich mit dem, was du hast, Herrgott!«

Max hatte aufgelegt.

Jennifer blieb sprachlos zurück.

Es steckte ihrem Mann in den Genen, das ständige Misstrauen an der Integrität seiner Frau vor sich herzuschieben. Max hatte so viele Fragen, mit denen er nicht klarkam. Warum war seine Frau so unzufrieden? Warum hielten andere das alltägliche Leben besser aus als sie? All die Tinas, die Christines, die Annas und die Saskias? Sie sahen so glücklich aus. Warum motzte nur die eigene Frau ständig rum und wollte nie zufrieden sein? Max wusste es nicht. Und Jennifer wusste nicht, warum Max alle diese Fragen hatte. Max wunderte sich wiederum, warum seine Frau offensichtlich so unzufrieden war. Andere schafften das doch auch.

Mit den Kindern. Mit der Familie. Mit den Großeltern.

Andere beschwerten sich viel weniger.

Andere fragten ihren Partner, wie sein Tag so war.

Andere hatten am Abend gute Laune.

An ihrem vierten Hochzeitstag hatte Max Jennifer ein Moleskine-Buch mit einem pinken Lederumschlag geschenkt. In silbernen Lettern stand darauf: »Today I am going to be nice.«

Jennifer wollte gerade endlich hinuntergehen, als mehrere Benachrichtigungen von Instagram aufleuchteten. Sie öffnete die App und schaute durch Dutzende Storys und Postings mit Fotos von Bernd und leicht bekleideten Schlagersängerinnen. Hashtag #rape, Hashtag #berndboyarddown #sexistschlager. Darunter die Reposts von Influencerinnen und Schlagersängerinnen. Deutsche Frauen, die sonst Fotos von Babys oder sich selbst mit englischen Texten beschriften. #babylove #mygreatestlove #cutie #babyboy. Frauen, die sonst nur gute Nachrichten verbreiteten. Und die es jetzt offenbar nicht mehr wollten.

»Bernd Boyard sagte mir vor einer Sendung, dass ich raus bin, wenn ich das blaue Kleid nicht anziehe.«

»Das Label legte mein Image, meine Klamotten und sogar, was ich sagen durfte, fest.«

»BB ist wie ein absolutistischer Herrscher. Ohne sein Ticket kommst du nicht weiter.«

»Die Knebelverträge von Boyard Records haben mich in die Privatinsolvenz getrieben.«

»BB hat mich nach meiner Körbchengröße gefragt.«

»Boyard wollte, dass ich mich vor ihm ausziehe. Er kam einfach in meine Umkleidekabine, als ich mich umzog, und sagte, ich solle weitermachen.«

»Bernd ist als Produzent extrem problematisch, weil er seit dreißig Jahren an den Sinn einer Besetzungscouch glaubt. Seine Tochter ist die schlimmste Mitläuferin. Sie sollen beide in der Hölle schmoren.«

Hashtag #schlagergate, Hashtag #fuckboyard, Hashtag #unfuckvolksmusik #daddygirljenniferboyard

Weiter kam Jennifer nicht. Jonah und Selma zankten. Sie hatten Hunger. Jennifer nahm Selma auf den Arm und Jonah an die Hand. Als sie langsam und ungelenk die breite Treppe mit dem roten schweren Teppich hinunterschritt, entfaltete sich die Welt der Boyards wie eine Plansequenz ihrer Kindheitserinnerungen vor ihr. Erst waren da die Gerüche, wie man sie sich in einem Achtzigerjahre-Werbespot von Dallmayr-Kaffee vorstellte. Frische Bohnen wurden gemahlen und Kaffee wurde aufgebrüht. Rührei und Speck. Hunderte Grapefruits, die ausgepresst wurden. Dann waren da die Menschen, die Stimmen. Alle liefen in der Küche umher, redeten durcheinander, belästigten das Personal und krümelten mit ihren Croissants auf den Boden. Einen Raum weiter, im Esszimmer, thronten Melanie und Bernd bei einem Espresso unter Kronleuchtern.

»Christian hat mir sein neues Manuskript geschickt. Es ist sein Bestes seit *Imperium*«, sagte Melanie zu Bernd.

»Wir sollten ihn einladen, mein Schatz«, antwortete er wohlwollend.

Wie jede dysfunktionale Familie kamen auch die Boyards an den Weihnachtsfeiertagen gerne zusammen und zeigten, was sie hatten. Jennifer begrüßte Alexander und Frank. Ihre älteren Brüder trugen Hemden und darüber moosgrüne Kaschmirpullover, ihre Frauen lange Perlenketten und im Haar eng geknotete Foulards. Sie begrüßten Jennifer mit Küsschen links und rechts. In der Küche lief Udo Jürgens' »Verloren in mir«. Einer von Bernds großen Hits. Alexander tönte laut herum, dass er nun eine WhatsApp-Gruppe für die Familie Boyard eröffnet habe, in der sie alle fleißig ihre Fotos von den Kindern und sonstigen Erfolgen posten sollten.

Jennifer hielt weiterhin Selma im Arm und Jonah an der Hand. Ihre Schwägerinnen flippten wie eingeübt aus, wie es sich gehörte, wenn man die Kinder einer nahen Verwandten wiedersah.

»Ja, groß sind sie geworden. Und wie geht es dir? Du bist gar nicht mehr so blass wie vor einem Jahr nach der Geburt. Hast du das mit den Schüssler-Salzen gemacht?«, fragte Sybille.

»Alex und ich machen jetzt diese Ausleitungen, ganz toll, lebensverändernd. Wir müssen alle viel mehr für unsere Gesundheit tun. Jennifer, ich lasse dir auch so einen Grapefruitsaft pressen«, sagte Inga.

Jennifer merkte, wie ihr schwummerig wurde. Das Kind auf ihrem Arm wog eine Tonne. Ihre Muskeln und Sehnen brannten. Sie schaute die Schwägerinnen nur müde an, in der Hoffnung, sie würden es gut sein lassen. Und aus dem Nichts kamen diese Fantasien. Wie sie Sybille und Inga an den Haaren packte, ihre Köpfe auf das Küchenbrett aus Eichenholz schlug und ihre Schädel mit einem großen Messer in der Mitte in zwei Teile haute. Ganz so wie eine Grapefruit. Jennifer wäre so neugierig auf das Geräusch gewesen. Niemand, der wohlhabend geboren war, trank Grapefruitsaft, weil es ein Kindheitstrauma war. Jennifer kannte Grapefruit schon, als sie noch Pampelmuse oder Blutorange hieß. Sie hatte 3456 Liter von dem Zeug als Kind getrunken. Weil es ihr möglich gewesen war. Weil da jeden Morgen eine Haushälterin gestanden hatte und ihr das frisch gepresste Zeug neben ihr Frühstück gestellt hatte. Sie hatte so viel davon in sich hineingekippt, dass ihr das Zeug zu den Ohren, den Augen und aus jeder Pore kam. Sie war davon kein bisschen gesünder, aufgeklärter oder energischer geworden. Jennifer war am Ende. Sie wollte diese Stellvertreterkriege über Lebensgewohnheiten, Ernährung und Erziehung nicht mehr führen. Es sollte alle einen Scheiß angehen, welchen Saft sie tranken, solange sie solche Ehen führten. Da stimmte doch etwas nicht.

Sybille reichte Jennifer einen frisch gepressten Grapefruitsaft.

»Danke, du bist ein Schatz«, antwortete sie.

Jennifer ging zu Bernd und Melanie an den Tisch.

»Papa, warst du mal online heute Morgen? Hast du die Kommentare gesehen? Über dich? Und das Label? Und über mich?«

Bernd schaute wortlos von seinem Espresso hoch.

»Mach dir keine Sorgen. Wir haben ein Krisenteam. Es ist alles vorbereitet.«

Jennifer atmete ein.

»Bernd, das kann dir doch nicht egal sein. Sie zerstören deinen Ruf. Du solltest Lorelei Geld geben. Sonst wird es nicht aufhören.«

»Warum sagst du das jetzt?«, mischte sich Melanie ein. Sie starrte Jennifer wie eine Eule mit großen aufgerissenen Augen an.

»Hast du mit ihr gesprochen?«

»Ja.«

»Und?«

»Es ist zwecklos. Sie will klagen. Und deshalb sollten wir zahlen. Du solltest dich der Vergangenheit stellen, Pa.«

Bernd schaute seine Tochter belustigt an.

»Mach dich nicht lächerlich, Kind. Du hast nur Angst, dass sie dich auch mit reinziehen. Aber dieses Unwetter wird vorbeiziehen.«

»Außerdem wollen wir uns davon nicht Weihnachten verderben lassen.«

Wieder Melanie. Ihr Blick hat etwas Hochnäsiges. Jennifer sagte jetzt nichts mehr. Sie fütterte Selma auf ihrem Schoß mit Haferbrei. Die Küchenhilfe hatte ihn zu wässrig gemacht. Laura setzte sich neben ihre kleine Schwester und löffelte wortlos Cornflakes mit Milch. Jonah aß Bratwürstchen, klein geschnitten, mit Rührei. Bernd brachte ihn mit den immer gleichen Späßen zum Lachen.

»Schau mal, der Daumen ist ab. Und jetzt ist er wieder dran.«

Jonah hustete Rühreifetzen auf die weiße Tischdecke.

Bernd verlor das Interesse an seinem kränkelnden Enkelkind.

»Ich finde, ihr müsst das mit gestern klären«, sagte Melanie zu Bernd. Sie legte ihm die Hand auf den Unterarm.

Bernd wendete sich seiner Tochter zu.

»Du weißt genau, was du gestern getan hast und dass du das nicht wieder tun wirst.«

»Bernd, ich bin kein kleines Kind mehr.«

Jennifer reckte das Kinn vor. Bernd schaute sie plötzlich milde an.

»Ich weiß, dass sie deine Mutter ist. Ich weiß, ja, ich kenne die Umstände um Paul. Aber ausnahmsweise kann ich dir hier als Vorbild dienen. Ich weiß, was es bedeutet, eine Familie zusammenzuhalten.«

Melanie nickte. Bernd nickte auch. Er war geradezu sanft, zu nachsichtig, so kannte Jennifer ihren Vater nicht. Das machte sie misstrauisch. Wenn Bernd versuchte, Kompromisse zu finden, dann brannte eigentlich schon die Luft.

Jennifer tat so, als sei sie mit Selma beschäftigt.

Alexander kam an den Tisch und massierte Bernd die Schultern.

»Padre, wir fahren jetzt.«

Bernd gefiel es, wenn seine Söhne ihn so nannten.

»Gut, mein Lieber. Dann lasst uns aufbrechen.«

Bernd erhob sich umständlich vom Tisch. Er stützte sich dabei ab. Eine Bruncheinladung bei Familie Quast stand an. Und weil alle plötzlich dem Startsignal des Patriarchen folgten, herrschte beim Personal helle Aufregung. Die schweren Mäntel wurden aus der Garderobe herangetragen. Jonah wehrte sich, als die fremde Frau mit der weißen Schürze ihm seinen Anorak anziehen wollte.

»Mama macht das«, protestierte der Dreijährige.

Die Haushälterin ließ nicht von ihm ab. Jonah drehte sich wie wild auf dem Boden. Jennifer ließ ihre halbe Tasse Tee stehen und zog ihrem Sohn die Jacke an.

»Los, alle, auch du, Jennifer. Wir fahren mit vier Autos«, befahl Alexander.

Laura kam die Treppe runter und zog ihren Mantel an.

»Wohin gehen wir, Mama«, fragte sie. Sie nahm ihrer Mutter Selma ab, damit sie ebenfalls ihren Mantel anziehen konnte.

»Zu einer Familie, die einen Brunch veranstaltet.«

»Kommt Paul auch?«

Sein Name war wie ein Schlag für Jennifer.

»Woher weißt du von Paul?«

Jennifer starrte ihre Tochter an.

»Ich habe ein Foto gesehen bei Regina. Sie hat gesagt, er war dein Freund, als du so alt warst wie ich. Können wir ihn heute treffen?«

Jennifer spürte eine Taubheit im Gesicht.

»Vielleicht.«

Die Tagesparty der Quasts war ein krasses Kontrastprogramm zur Hochzeit der Grietsch-Sabine vom Abend davor. Fasan-Buletten bildeten eine Pyramide auf dem Büfett, die Gastgeber scherten sich weder um Verköstigung noch Getränke, sondern riefen schon leicht angetrunken nach dem Personal. Auf den Chesterfield-Sofas spielten die Kinder Konsole und zerkrümelten dabei Trüffelchips. Laura identifizierte das Mädchenzimmer mit dem Schminktisch nebenan sofort als Spielort. Bernd wurde von der Gastgeberin und ihren Freunden wie ein Star gefeiert. Insider-Jokes flitschten wie Gummis hin und her.

»Ich erinnere mich gerne an Bernd auf dem Sommerfest. Da hattest du die Wette verloren. Und er hat es durchgezogen und einen Zeppelin steigen lassen. Mit meinem Namen darauf. Ach, war das lustig.«

»Na, Bernd, zu welchem Schlager werden wir diesen Sommer tanzen?«

»Ihr tanzt doch sowieso nicht mehr. Ihr schaut den jungen Dingern zu, Hans.«

»Ja, Mensch, lass mir doch die Freuden des Alters.«

Alexander und Frank standen im Kreis der Bewunderer und Claqueure herum. Die beiden verehrten ihren Vater geradezu. Sie sprachen ihm jede Tugend der Welt zu. Sie sagten in die Runde, weil es gerade passte, dass sie Bernd alles verdankten. Sie sagten, dass Bernd das Label nur Jennifer gegeben hatte, weil er wollte, dass sie versorgt sei. So erklärten sie sich die Welt und die Liebe ihres Vaters zu ihnen. Die Wahrheit war, dass Jennifer Geschäftsführerin des Labels war, weil sie alles tat, was Bernd sagte. Und weil ihre zwei älteren Brüder die Crème de la Crème der Inkompetenz waren. Eigentlich wurden gerade solche Typen in Leitungspositionen gehoben, weil Unternehmen destruktive Persönlichkeitseigenschaften wie Narzissmus und ein überzogenes Selbstbewusstsein mit Führungspotenzial verwechselten. Aber Bernd hasste die Mittelmäßigkeit. Und er mochte Jennifers Gründlichkeit und dass sie alles und jeden in der Schlagerwelt kannte. Frank und Alexander waren nie auf Tour gewesen. Sie hatten nie Wasser in die Maske gebracht oder wussten, wo die Songliste der 100.000-Lichter-Show von 1993 war. Jennifer stand ein paar Meter weit weg von der Runde mit einem Champagnerglas in der Hand. Alexander und Frank nickten ihrer Schwester zu. Sie lächelte nur mit der Unterlippe zurück. Man verstand sich.

Jennifer ließ sich auf eines der moosgrünen Samtsofas fallen. Bernd stand jetzt ein paar Schritte entfernt und klärte eine junge Frau über die Schlagerbranche auf. Ihre Blicke trafen sich. Bernd wich seiner Tochter aus. Selma saß auf dem Boden und verschlang ein halbes Croissant. Jennifer glaubte, dass sie sich noch nie so einsam gefühlt hatte. Oder, dass ihr die Einsamkeit der vergangenen Jahre erst nun vollends bewusst wurde. Früher, in der Grundschule, hatte sie gehofft, dass ihre wahren Freunde irgendwo an einem anderen Ort auf sie warteten und sie sich eines Tages schon über den Weg laufen würden. Dass Jennifer sich nach Paul in Bernds Welt wie eine Fremde fühlte, hatte sie damals noch für einen vorübergehenden Zustand gehalten. Jetzt aber hatte sie selbst eine Familie und fühlte sich immer noch in keiner Welt wohl oder zu Hause. Die Wahrheit war, dass man als Außenseiterin geboren wurde. Dass das Gefühl, nicht dazuzugehören, ein Gefühl war, das sich nie mehr abschütteln ließ. Jennifer schloss kurz die Augen. Das Sofa, auf dem sie saß, fühlte sich wie eine Insel an. Eine Insel, umringt von einem dunklen, tiefen Meer.

Eine große warme Hand streichelte ihr über den Kopf. Es war Marti, ihr jüngster Bruder. Er war wie immer zu spät. Jennifer und er umarmten sich lange. Dann ließ er sich neben sie auf die Couch sinken. Marti und sie hielt ein unsichtbares Band zusammen. Er war vier Jahre älter als sie. Und er war der einzige ihrer Brüder, der nach der Scheidung ihrer Eltern in den Ferien damals mit zu Regina gegangen war. Marti lächelte sie an. Er war immer warm, gut durchblutet, wie ein Heizkörper.

Seine Schultern waren fest, sein Brustkorb auch. Marti war fürs Anlehnen wie gemacht. Er war immer noch Single, Mitte vierzig, aber ein sehr erfolgreicher Kino-Produzent in München, der für seine Arbeit und seine Filme lebte. Marti war immer da gewesen, wenn die Einsamkeit Ränder in seine kleine Schwester gefressen hatte. Manchmal fragte sie sich, ob er sein eigenes Alleinsein so gut aushielt, wie er es vorgab. Jennifer wollte von Marti lernen, wie es war, dem Urteil anderer standzuhalten.

»Was bedrückt dich?«

Jennifer lächelte Marti an.

»Wo soll ich denn anfangen und wo soll ich aufhören?«

Marti schüttelte den Kopf.

»Oh, bitte nicht. Es geht um Regina, oder? Egal wen, aber nicht Regina, Friede und Paul.«

Jennifer lächelte und schaute dabei zu Boden.

»Warst du bei Regina?«

Jetzt lächelte Marti auch.

»Natürlich, gerade heute Morgen. Du hast sie glücklich gemacht gestern. So glücklich habe ich sie echt Jahre nicht mehr gesehen. Sie hat nur von Laura erzählt.«

Er hatte kaum zu Ende gesprochen, da griff Jennifer Martis Arm.

»Komm, lass uns zu ihr fahren. Es ist Weihnachten. Es ist der 24. Jetzt!«

Marti zog seinen Arm zurück.

»Du weißt, dass das nicht geht mit Bernd. Mach nicht alles noch schlimmer.«

Vorsichtig holte sich Jennifer den Arm ihres Bruders zurück.

»Sie ist unsere Mama. Wir leben ohne sie. Sie lebt ohne Laura. Ohne Jonah. Ohne Selma. Hältst du es für normal, dass unsere Eltern sich immer noch anschweigen? Dass ihr Schweigen für uns rohe Gewalt ist? Was denkst du, wo diese ganze Energie des Schweigens hingeht, die ganzen ungesagten Dinge? Meinst du nicht, dass sie da irgendwo sind, irgendwo gespeichert? In unseren Knochen, in denen unserer Eltern? Oder wie Friede sagt, in der Luft, im Boden? Ganz Rosenberg ist vom Schweigen verseucht. Wie eine radioaktive Belastung, die überall ist, überall. Und sich in Knochen frisst. Wir werden alle krank davon.«

Marti hielt jetzt ihre Schultern.

»Du musst damit jetzt aufhören. Ich bitte dich, Jenni, das bringt nichts.«

Jennifer schüttelte den Kopf.

»Nimmst du deine Medikamente?«

»Seit ein paar Monaten nicht mehr. Ich habe Kopfschmerzen davon bekommen.«

Jennifer schaute sich diskret um. Niemand schien sich für die beiden Geschwister zu interessieren. Aus den Augenwinkeln konnte sie sehen, wie Bernd und Melanie mit der Gastgeberin sprachen. Sie holte tief Luft und senkte ihre Stimme.

»Bernd sollte Lorelei Geld geben, Marti. Das rettet sie, und das rettet ihn. Er sollte nicht versuchen, diese arme Frau auch noch zu beschädigen. Das ist so schäbig.«

Marti schaute erstaunt auf.

»Versucht er das denn?«

»Natürlich. Das hat er schon immer getan. Er hat so vielen Sängerinnen alles weggenommen. Und das aus so viel geringeren Gründen.«

Jennifers Handy vibrierte. Eine Textnachricht von Lorelei.

Wärst du bereit, mit der Presse über meinen Fall zu sprechen? Diesen Florian Rust anzurufen? Valerie bereitet da gerade eine Erklärung vor.

Sie zeigte die Nachricht ihrem Bruder. Marti verzog keine Miene. Wie ein riesiger Schatten stand Bernd plötzlich vor den beiden.

»Nebenzimmer.«

Er sagte das ohne eine Emotion. Er ging sehr langsam vor. Jennifer wurde innerlich und äußerlich kalt. Sie nahm Selma vom Boden hoch und setzte sie Marti auf den Schoß. Jonah hockte vor dem Fernseher. Laura schenkte sich am Büfett Saft ein. Alle Kinder waren versorgt. Jennifer folgte ihrem Vater.

Das Kaminzimmer neben dem Wohnzimmer im Haus der Quasts war leer. Bernd ließ sie die Flügeltüren schließen. Jetzt war ihr Vater wieder ganz der Alte. Bernd saß am Feuer, vorgebeugt in einem Sessel. Sie setzte sich neben ihn auf den Boden. Bernd sah sie nicht an, als er anfing zu sprechen. Die autoritäre Seite ihres Vaters war wie die dunkle Seite des Mondes. Jennifer vergaß inzwischen oft, dass es sie gab, bis sie sich aus Versehen wieder einmal dorthin verirrt hatte. Dann war es zu spät. War sie einmal dort, konnte sie vor Schwarz nichts mehr sehen. Ihre Hände schwitzten, ihr Körper transpirierte von den Late-Night-Drinks. Ihr Kreislauf spielte verrückt. Bernd sprach langsam und schaute dabei durch das Fenster in den Taunus. Die Hügelspitzen waren von Sonnenstrahlen bedeckt. Von den Zweigen an den hohen Fichten rund um das Haus tropfte Schneewasser.

»Jennifer, als ich Regina geheiratet habe, war ich ein junger Mann ohne Ausbildung. Ich war ein Träumer, der Musik machen wollte. Dann war dein Bruder Alexander unterwegs, und ich habe mich hochgearbeitet. Ich habe diese Firma aufgebaut, ich habe ein Haus gebaut, wir, meine Generation, haben dieses Land aufgebaut. Wir haben das getan, was unsere Pflicht war. Ich habe vier Kinder allein großgezogen. Ich habe unser Haus, unsere Firma zu einer Lebensgrundlage für uns alle gemacht. Weißt du, was es bedeutet, das alles über fünfzig Jahre hochgezogen und im Spiel gehalten zu haben? Dass euch etwas bleibt? Dass sogar meine Enkel versorgt sind? Ich habe den Generationenvertrag immer ernst genommen. Ich habe dich zur Verwalterin meines Geschäfts gemacht. Das ist eine Verantwortung, die du für mich, für deine Brüder, deinen Mann und deine Kinder trägst.«

»Bernd, ich …«

Jennifer zitterte vor Kälte. Ihr Vater legte den Zeigefinger auf seine wulstigen Lippen. Von dem Mann, den Jennifer als kleines Mädchen mal heiraten wollte, war nichts geblieben.

»Und jetzt kommt da diese eine Frau, diese Lorelei, die behauptet, dass ich mich falsch verhalten habe. Diese eine gottverdammte Frau, die den Mund nicht halten kann und nur an sich und ihr Unwohlsein vor zwanzig Jahren denkt. Ist das fair? Sag du es mir, Jennifer. Ist das gut, ist das gerecht? Wir schützen Lorelei am Ende auch vor sich selbst, wenn wir ihr diese öffentliche Blamage ersparen.«

Jennifer schaute ihren Vater wortlos an. Die Kälte war jetzt überall. Sie drang in jede Pore.

»Sag mir, Kind. Womit habe ich deine renitente Art verdient? Ich weiß, was zu tun ist. Aber du widersprichst mir. Das ist ärgerlich für mich.«

Auf Jennifers Haut hatte sich eine Eisschicht gebildet. Auf ihren Haaren lagen Eisblumen. Ihre Lippen waren blau. Mit letzter Kraft schaffte sie es, mit einer ihrer vereisten Fingerspitzen auf Bernd zu zeigen.

»Wer ein Verbrechen begeht, Vater, wird dafür bezahlen. Das hast du immer gesagt.«

Bernd schaute sie ernst an.

»Du verlierst den Verstand. Du verlierst wirklich wieder den Verstand. Ich liebe dich, Jenni. Lass dir helfen.«

Bernd holte sein Handy aus der Tasche. Er suchte nach einer Nummer. Jennifer verstand sofort. Ruckartig stand sie auf. Als sie den Raum verließ, spürte sie Bernds Blick in ihrem Rücken. Er machte sich nicht einmal die Mühe, sie aufzuhalten. Jennifer spürte ihren Herzschlag bis in den Hals.

Auf dem Weg nach draußen lief sie in Marti hinein. Er musste vor der Tür gewartet haben. Sie nahm ihm Selma vom Arm. Laura lief mit Jonah an der Hand hinter ihr her.

»Wohin gehen wir, Mama«, fragte sie.

Jennifer lief mit den dreien straff weiter zur Eingangstür. Laura hatte Mühe, ihrer Mutter zu folgen.

»Zu Regina.«

Kapitel 11

Schwimmen lernt man im See

»Everything, really everything, has been codified in terms of male needs – even our underwear, sexual practices, maternity. We have to be women according to roles and modalities that make men happy, but we also have to confront men, compete in public places, making them more and better than they are, and being careful not to offend them.«

Elena Ferrante

Als Jennifer in Reginas Straße einbog, stand ihre Mutter schon vor der Tür und trat in ihren Gartenschuhen nervös von einem Fuß auf den anderen.

»Marti hat mich angerufen. Du bist verrückt, so verrückt.«

Die beiden umarmten sich lange. Dann fiel Reginas Blick auf Selma, und jede Besorgnis in ihrem Gesicht wich einem großen inneren Leuchten.

»Jennifer, Jennifer, oh, mein Gott …«

Regina streichelte Selma über die dunkelblonden Locken und hob sie aus dem Autositz. Dann blickte sie zu Jonah, der auch gerade ausstieg. Sie schaute die zwei Kleinen wie die Überlebenden einer Katastrophe an. Ihre einzige Tochter hatte ihr Hoffnung geschenkt. Kinder waren die Süße, die die Bitterkeit der Vergangenheit mit einem seidigen Film überzogen. Jonah war Regina sofort sehr zugeneigt und erzählte einfach drauflos, die Geschichte von der Birne, von der Selma ihm im Auto nichts abgeben wollte. Regina kniete sich vor ihm hin und lauschte nickend. Jonah trug eine riesige Pudelmütze, die ihm vom Kopf rutschte. Laura stieg aus und drückte ihre Großmutter fast nebenbei. Als würden die beiden sich schon immer kennen. Regina drehte sich zu ihrer Tochter und sagte, dass sie schöne Kinder habe, so schön wie sie. Jennifer merkte, dass Regina sie in der kleinen Selma wiedererkannte. Friede erschien vor ihrer Haustür. Paul blieb hinter ihr im Türrahmen stehen. Jennifer trat zu ihr, und Friede umarmte sie stürmisch.

»Du machst mir wirklich Angst, Kind«, sagte sie und knetete Jennifers Hände.

Paul lächelte ihr von Weitem zu. Sie hielten den Blick lange. Friede bemerkte es.

Jennifer blieb draußen stehen. Als alle bei Regina im Haus waren, ging sie zu Paul. Sie fand, dass er so gut roch, nach Narciso Rodriguez, nach Tannennadeln, nach Frühstücksflocken.

»Hast du etwas zu verbergen von gestern?«, fragte sie ihn schnell.

Paul lachte laut auf.

»In Friedenheim doch nicht.«

Er nahm sie fest in die Arme. Große, starke Riesenarme. Er trug ein knittriges Hemd und einen alten dunkelblauen Anorak. Die beiden wünschten sich frohe Weihnachten, und irgendwie, fand Jennifer, hätten sie gar nicht glücklicher sein können, jemals glücklicher sein können als in diesem Moment.

Sie gingen zu Regina ins Haus. Die Kinder tranken inzwischen mit Friede und Regina Kakao. Regina ließ Selma nicht aus den Augen. Sie gab ihr einen Keks. Selmas kleine, speckige Finger griffen hektisch danach. Die ganze Runde lachte. Jonah kicherte so laut, dass er einen Hustenanfall bis zum Würgen bekam. Regina holte ihm ein Glas Leitungswasser. Sie erinnerte sich an ihr achtzehnjähriges Ich, das schon ein Kind hatte, das sie nicht verwöhnen durfte.

Jennifer lächelte ihre Mutter an.

»Mache es besser als wir, Jennifer«, sagte Friede plötzlich.

Jennifer hielt kurz inne. Sie schaute die beiden Frauen an, die nichts anderes als ihre Mütter waren. Friede zog ein Foto aus ihrem Ärmel. Sie legte es vor Laura auf den Tisch.

»Schau mal, da waren wir bei ›Wetten, dass..?‹ damals. Das war eine Spielshow im Fernsehen. Deine Mama, mein Sohn Paul und ich. Die beiden waren nur ein bisschen älter als du jetzt.«

Jennifer schaute auf das Foto und wurde sofort wahnsinnig traurig.

»Es war vielleicht einer der schönsten Tage meines Lebens«, sagte Friede mit sanfter Stimme.

Jennifer schüttelte den Kopf. Sie hatte Bernd damals um Hilfe für Friede gebeten, und alles, was er übergehabt hatte, waren drei lächerliche Tickets für *Wetten, dass..?* gewesen. Sie stand auf.

»Ganz ehrlich, ich verstehe euch beide nicht. Ich habt euch das alles gefallen lassen, von euren Männern. Ich weiß, ihr hattet Kinder, aber irgendwann ist es doch auch mal genug. Was hast du denn noch zu verlieren, Mama? Sag doch Bernd endlich mal deine Meinung. Er hat dir deine Kinder geraubt und dich auch noch glauben lassen, dass es schon okay sei. Sag doch endlich was. Er schuldet dir etwas. Ein besseres Leben mindestens. Und du, Friede, du kannst doch Bernd nicht ernsthaft für diese bescheuerten Freikarten dankbar sein. Und das auch noch über zwei Jahrzehnte später.«

In der Küche herrschte plötzlich Totenstille. Nur die Wanduhr durchbrach das Nichts mit ihrem mechanisch tickenden Geräusch. Die beiden Frauen und auch Laura, Jonah und Selma schwiegen, was für Kinder in dem Alter eigentlich undenkbar war. Jennifer suchte die Wut in den Augen ihrer Mutter. Ein kurzes Aufflackern, eine winzige Emotion. Aber vergeblich.

»Ach, Schatz, es ist zu lange her. Es war meine Entscheidung.«

Immer dieselben Erklärungen. Jennifer griff nach ihrem Mantel. Nichts hielt sie mehr. Bernd würde sowieso schon nach ihr suchen. Und ihre Mutter würde wieder darin versagen, sie zu beschützen. Würde sie denn selbst ihren Kindern eines Tages die Wahrheit erzählen? Hätte sie diese Kraft überhaupt?

»Es war also deine Entscheidung? Das ist doch Blödsinn, und das weißt du. Du hast nur irgendwann aufgehört, dich zu wehren, und es dann wie deine Entscheidung aussehen lassen. Du hast auf mich verzichtet, weil Bernd dir eingeredet hat, dass es das Beste für mich ist.«

Regina schaute zu Boden. Und dann an die Wand. Jennifer rang um Fassung.

»Aber damit hast du auch mein Leben geopfert. Wie ein Fluch, der von Generation zu Generation weitergereicht wird. Für was bloß? Sie haben dir die Zunge rausgeschnitten. Und du lässt es wie einen tragischen Unfall aussehen.«

Wieder schaute sie ihre Mutter eine Weile an. Wieder war da keine Emotion in ihrem Gesicht. Eine Minute verging. Und dann eine zweite, die noch quälender als die erste war. Dann schüttelte Regina langsam den Kopf.

»Ich schätze, du erwartest zu viel von mir. Ich bin einfach alt und müde.«

»Das sind wir beide«, sagte jetzt auch Friede.

Jennifer blickte durch die Gardine aus dem Fenster. Sie konnte es nicht fassen. »Ihr wart nicht immer alt. Dann war alles für nichts. Umsonst durchgehalten. All die Jahre. Es wird nie alles rauskommen, richtig? Wir werden als Familie immer bei Bernds Version bleiben?«

Jennifer traute sich weder Friede noch Regina anzuschauen.

»Eines Tages«, holte Friede nach einer Weile aus. »Eines Tages werden wir uns alles erzählen können. Und bis dahin vergessen wir nichts.«

Jennifers Blick hing weiter am Fenster. Wann sollte das sein? Ihr fielen so viele Antworten ein. So viele, dass es Stunden dauern würde, sie Regina und Friede an den Kopf zu werfen. Sie dachte an ihre Kindheit.

»Wisst ihr noch, wie Ennio mich aus deinem Garten getragen hat, Mama? Da war ich acht Jahre. Ich hatte drei Körbe Brombeeren gepflückt. Ich wollte mit dir einen Kuchen backen. Ich habe so geweint, weil ich plötzlich gehen musste. Ich wollte nicht gehen. Du hast nichts gemacht, Mama. Du hast einfach nur meinen Rucksack gepackt. Und dann bist du noch mal ins Haus zurück, aber nur weil ich meinen Bären vergessen hatte. Du hast mich einfach gehen lassen. Bernd durfte über mich bestimmen, und das hast du zugelassen. So viele Jahre. Und jetzt ist mein und dein Schmerz dir scheißegal. Von uns allen. Es war alles umsonst. Alles …«

Jennifer unterbrach sich selbst, weil hochkommende Tränen ihre Stimme erstickten. Als hätte das Schweigen nun auch noch sie erfasst. Wie eine hoch ansteckende Krankheit. Also fiel ihr nichts Besseres ein, als zu seufzen. Einmal, zweimal, dreimal.

»Ich brauche frische Luft«, sagte sie irgendwann.

Regina und Friede nickten.

Jennifer drückte die beiden, weil sie solche Momente des Streits hasste, den Moment, wenn es keine Worte mehr gab.

»Laura, schau doch mit den Kleinen Fernsehen. Ich muss kurz raus.«

Sie winkte ihnen durch die kleinen Fenster von draußen zu. Paul und sie gingen spazieren. Wunden wurden im Winter gut runtergekühlt. Da schmerzten sie weniger. Die beiden liefen um den vereisten Rosenberger Teich, und weil die Sonne auf diesem See glitzerte, in dem Paul einst als Jugendlicher eingebrochen war, wurde es ein magischer Moment für die Unendlichkeit. Ihre Schritte erzeugten ein leises, kratziges Geräusch auf dem Waldweg. Die Fichten um den See raschelten. Eine Krähe krächzte in einer Buche. Deutscher Winter. Es war Mittag, und trotzdem dämmerte es schon leicht. Beim Gehen versuchte sie, im Kopf die Verhältnisse geradezurücken.

Paul war ihr Mann. Ein eigener Mann. Eine eigene Frau. Machten sie sich nicht alle etwas vor? Jennifer dachte über die Konstruktionen ihres Lebens nach und wie dumm und trivial sie waren. Sie hatte drei Kinder, die sie manchmal wie Accessoires, manchmal wie eine schwere Last und ab und zu wie eine Entschuldigung, einen Schutzschild vor sich hertrug –

und für die sie alles tun würde. Die beiden blieben am Ufer des Rosenberger Teichs stehen.

»Hier war es«, sagte Paul plötzlich.

Jennifer wurde ganz klamm ums Herz. Sie warf sich in Pauls Arme und drückte ihren Kopf an sein Herz. Paul ließ die Umarmung zu und drückte seine Freundin fester an sich.

»Stell dir mal vor, ich hätte dich verloren. Es war so wahrscheinlich an diesem Tag.«

»Ach Quatsch«, sagte Paul. »Ich bin zäh. Ich sterbe nicht so leicht.«

Er löste ihre Umarmung. Nahm einen Stein und warf ihn auf die Eisfläche. Irgendwo versank er.

Jennifer erinnerte sich an den Tag. Jener, an dem so etwas wie ein düsterer Urknall war, der ihre Welt mit Dunkelheit und Meteorschauern überzogen hatte. Es war das Jahr 1996 gewesen. Ein Jahr wie ein Pesthauch. Oft in der Vergangenheit hatte Paul schon geäußert, dass es keinen Sinn machte, sich über dieses Jahr Gedanken zu machen, weil sich dem alten Schmerz nur neuer Schmerz beimischen würde. Jennifer sah das anders. Sie redete einfach weiter.

»Nur weil Friede neben Regina wohnte, konnte ich in der Nähe meiner Mutter sein. Auch wenn ich sie nicht sehen durfte, wusste ich immer, dass sie da war. Ganz nah. Ich hatte damals so Angst, dass du stirbst, Paul. Ohne dich hätte ich meine Mutter nie wiedergesehen. So konnte ich mich immerhin ein paarmal die Woche versichern, ob sie noch nebenan wohnt.«

Paul nahm Jennifer wieder in den Arm.

»Wenn wir darüber nicht reden, dann wird sich weder für Lorelei noch für mich noch für meine Kinder in Zukunft irgendwas ändern«, sagte sie.

Doch sie bekam von Paul keine Antwort. Eine Weile standen sie nur so da.

»Komm, wir gehen schwimmen«, sagte er plötzlich.

Das Wasser hatte Minusgrade. Jennifer dachte, dass Paul nur Spaß gemacht hätte. Er sagte, es würde um die Überwindung ihres Traumas gehen, und dann lachten sie beide laut auf, weil es so absurd war. Ein Bad des Vergessens. Ja, das brauchte sie, dachte Jennifer. Über ihnen leuchtete der Weihnachtsstern.

Sie begannen sich auszuziehen. Erst die Mäntel, dann die Pullover und Hosen. Sie schauten sich um. Um sechzehn Uhr an Heiligabend war kein Spaziergänger am Rosenberger Teich. Alle Hunde hatten sich ausgekotet. Keiner ging mehr Gassi. Die Familien aßen Kartoffelsalat und fettigen Aal, sangen »Stille Nacht«. Tischgebet, dann gefräßige Stille. Und dann das Glöckchen und die Bescherung. An den Haustüren hingen Stechpalmenkränze mit langen Dornen. Die Frauen hatten sie geknüpft und aufgehängt und sich daran die Finger blutig gestochen. Gegen Abend würde der Priester in der Kirche zur heiligen Messe die Weihnachtsgeschichte vorlesen. Von Weitem hörten Paul und Jennifer eine Blaskapelle, die durch die engen Gassen von Rosenberg zog. Der eiskalte Wind trug die Klänge zu ihnen.

Es dämmerte. Jennifer betrachtete Pauls nackten Körper im letzten Tageslicht, das der Schnee reflektierte. Er war so muskulös wie früher, vielleicht etwas mager. Sie war dagegen eine Hefeteigfigur, eine verunglückte Brezel. Ihre langen, spröden Haare lagen auf ihrer Brust. Sie sah aus wie die biblische Eva und Paul wie der ebenso biblische gottesgerechte Adam. Sie betrachteten sich. Die ersten Menschen. Sie lachten sich an. Vielleicht müssten sie jetzt einfach gefrieren, so wie sie waren, dachte Jennifer. Glücklich und nackt.

Sie nahmen sich an den Händen. Die spitzen Steine taten weh, die Eiseskälte brannte unter den Fußsohlen. Sie gingen bis zum Knöchel ins Wasser. Jennifers Körper wollte sofort die Flucht ergreifen, ihr Geist sagte ihr, dass es okay war. Paul nickte ihr zu. Nebelschwaden legten sich auf das Wasser. Es war jetzt so dunkel, dass Millionen von Sternen zu sehen waren. Im Winter verdunkelte sich der Himmel binnen Minuten. Sie gingen immer weiter bis zum Becken hinein und ließen ihre Körper für den letzten Meter ins Wasser gleiten. Sie atmete schneller, es war wie ein Schock. Wieder schrie ihr Körper. Wieder beruhigte sie ihr Geist. Es ist okay, es ist okay. Paul hatte nichts mehr zu befürchten. Er war jetzt erwachsen. Er konnte die Todesnähe ertragen. Hier im Eisteich waren sie miteinander verbunden, dachte Jennifer. Hier wollte sie Paul, den kleinen Jungen, umarmen.

»Ich muss raus«, sagte sie, plötzlich nach Luft schnappend.

»Warte, ich gebe dir etwas Atem«, sagte Paul zu ihr.

Sie küssten sich. Seine Lippen fühlten sich ganz warm und weich an. Ihr wurde schwummrig. Langsam versank ihr Kopf unter der Oberfläche. Schwarzes Wasser drang in jede Öffnung ihres Körpers. Das war das Ende. Die Dunkelheit fiel wie ein Vorhang. Ende der Vorstellung.

Dann war der See hell erleuchtet. Mechanische Stimmen dröhnten aus Megafonen. Bugwellen eines Motorboots schlugen in die Höhe. Dunkles, wildes Wasser war um Jennifer herum. Ihr Kopf tauchte wieder auf und wieder unter. Ihre Füße berührten den schlammigen Boden des Teichs. Als sie Bernds Tochter herausrissen, ihre erschlafften Beine hinter sich herzogen, verletzte es ihren Bauch. Rettungsschwimmer waren darauf trainiert und routiniert darin, Ertrinkende bewusstlos zu schlagen, weil sie sich zu stark gegen ihre Rettung wehrten. Die Männer legten sie auf den Boden, diskutierten kurz und griffen dann um. Der eine nahm sie an den Schultern, der andere ihre Unterschenkel. In der Mitte hing sie durch wie eine Schaukel. Jennifer spürte, dass ihre Bauchhaut wie nach einem frischen Kaiserschnitt brannte. Sie dachte daran, dass sie damals den Fehler gemacht hatte, bei ihren drei Geburten hinzusehen. Sie wusste, dass einer Gebärenden die Eingeweide vom OP-Tisch hingen, zwei Meter Darm nass auf den Linoleumboden klatschten, wenn sie zu dritt mit grünen Handschuhen versuchten, das Neugeborene aus dem Körper zu reißen. Manchmal zerrten sie so heftig, dass eine Schulter auskugelte. Dann der erste Schrei, und ein nacktes, rotes Lebewesen landete auf der Brust. Du kannst es nicht halten, dachte Jennifer. Du kannst es nicht halten, weil deine Arme links und rechts fixiert sind. Der Säugling schrie und wand sich. In ihrer Verzweiflung versuchte sie, sein winziges Gesicht an ihres zu drücken. Ein dumpfes Zwicken, als sie sie wieder zunähten wie einen Weihnachtstruthahn mit Hackfleischfüllung. Den Hautlappen, den Wulst, der über der großen roten Narbe hing, war sie nie wieder losgeworden. Die Gynäkologie nimmt keine Rücksicht auf Frauenkörper, was zählt, ist nur das Babyleben. Die aufgeschlitzte Mutter bleibt blutend liegen, wird hektisch zusammengeflickt, denn schon Minuten nach der Schnittgeburt soll sie stillen. Blut und Milch. Schweiß und gelbes Kolostrum.

Jennifers eiskalter, nasser Körper landete auf einer Pritsche. Sie schaute angestrengt auf ihren Arm, von dem ein unaushaltbarer Schmerz ausging. Als sie sie hochgehoben hatten, hatte es kurz geknackt. Ihre Hand stand in einem schrecklichen Winkel ab. Sofort wurde sie bis zum Kinn mit Goldfolie bedeckt. Sie hörte die Sanitäter sprechen.

Blutdruck 90/60
Apgar-Wert 1'/5'/10': 8/9/10
Temperatur 35,2 Grad Celsius axillär
Atemfrequenz
Gelenkschwellungen
Pergamenthaut
Schleimhaut: blass
Auskultation: bronchiales Atemgeräusch

Da war eine Atemmaske auf ihrem Gesicht. Sie wurde müde. Gleichmäßig atmen. Sie schloss die Augen. Sie wurde festgeschnallt, verladen. Sie hörte Stimmen. Bernd, Melanie, sogar Marti. Sie redeten wild durcheinander. Bernd schrie den Rettungsarzt an. Es ging um Jennifers Hand. Sagte, dass das teuer wird. Und seine Anwälte schon eingeschaltet seien. Der Arzt antwortete Bernd, er solle sich verpissen. Dann knallten Türen zu. Der Rettungswagen fuhr los. Erst langsam über den Waldweg, dann schnell über die Landstraße und dann über die Autobahn. Sie bekam starken Schüttelfrost und fragte, wo Paul war. Keiner der Sanitäter antwortete ihr. Auch der Rettungsarzt ignorierte sie.

Als sie in der Klinik ankamen, banden die Sanitäter sie los, zogen ihr ein Klinikhemd über und setzten sie in einen Rollstuhl. Als sie zu ihnen sagte, dass sie allein laufen könne, antworteten sie ihr wieder nicht. Murmelten etwas von Vorschriften. Jennifer fühlte sich wie ein Kind, das keiner ernst nahm. Karge Krankenhausgänge, der graue PVC-Boden quietschte. Im Untersuchungszimmer war es kalt. Überall Geräte aus Metall, die sie wie gigantische Monster mit Krallen umzingelten. In der Mitte ein Schreibtisch, vor dem Bernd und Marti auf Stühlen saßen. Ihr Rollstuhl wurde zwischen die beiden geschoben. Marti nahm sofort ihre linke, nicht verbundene Hand. Jennifer bemerkte, dass sie die ihre komplett umschloss und ganz warm war. Bernds Blick war nach vorne gerichtet.

»Alles gut, alles gut«, sprach Marti langsam vor sich hin.

Eigentlich wollte er nur sich selbst beruhigen.

Professor Heinz Hasselröder war alt geworden. Seine Haare waren komplett weiß wie das Fell einer Albino-Katze. In seinem stets gut gebräunten Gesicht verliefen tiefe Furchen. Seine Dritten erinnerten an ein Vampirgebiss im Karneval und waren kloschüsselweiß. Mit seinem Montblanc-Kuli markierte er mehrere Stellen in einem Dokument. Er wirkte dabei entschlossen und unterkühlt. Auch kurz vor seiner Pensionierung hatte er seine Aufsehermentalität nicht verloren. Vor achtzig Jahren hätte Hasselröder in Deutschland zweifellos eine große Karriere gemacht. Hasselröder war Bernds Leibarzt, seitdem Jennifer klein war. Zu ihm kamen damals auch Bernds Sängerinnen mit Lampenfieber und Panikattacken. Für sie und auch für Bernd hatte Prof. H., ob bei echten oder eingebildeten Leiden, immer was auf Lager. Für reiche Leute wie ihr Vater war die nächste verschreibungspflichtige Medikamentendosis immer nur einen Anruf weit weg. Und das war nicht alles. Hasselröder, der natürlich immer auch um seine Lizenz als Arzt fürchtete, wurde über die Jahre sogar immer kreativer, neue

Präparate zu finden, um seine Kunden aus der Frankfurter Schickeria auf legalem Weg *high* zu kriegen. Letzteres brachte ihm seinen *nom de guerre* ein: Doc Hollywood.

Während Hasselröder mal wieder etwas zur Erläuterung (heute: Jennifers hintere Gehirnmembranen) zeichnete, erzählte er denselben Blödsinn, den er ihr schon seit ihrem achten Lebensjahr erzählte. Und sie wusste, wie gefährlich er war. Er sagte, dass es keine Medikamente gegen dissoziative Symptome und Störungen gebe. Allerdings Pharmazeutika, mit denen er Jennifer (er sprach in ihrer Anwesenheit von ihr in der dritten Person) Off-Label Use behandeln könnte.

»Liegen bei ihr wie damals auch Symptome einer Posttraumatischen Belastungsstörung vor, könnten diese auch zuerst mit Antidepressiva aus der Gruppe der selektiven Serotonin-Wiederaufnahme-Hemmer behandelt werden.«

Bernd nickte.

»Dann also Mirtazapin am Morgen und Trazodon am Abend. Dazu würde ich gerne Benzodiazepine zur Beruhigung und Angstminderung verordnen«, sagte Hasselröder.

Routiniert schrieb er etwas auf. Seine Lesebrille war voller Fettflecken. Jennifer wandte sich an ihren Bruder.

»Davon wird mir schlecht«, sagte sie zu Marti.

»Meiner Schwester wird davon schlecht«, sagte Marti in Richtung der beiden Herren.

Hasselröder schien genervt.

»Sie hätte die Benzodiazepine niemals absetzen dürfen. Das ist schon mal das Erste.«

Marti schaute irritiert.

»Meine Schwester hat drei Kinder bekommen. Die Medikamente haben keine Freigaben für Schwangere.«

Bernd drehte seinen fetten Leib im Stuhl zu Marti.

»Aber Jennifers jüngstes Kind ist ein Jahr alt. Sei doch vernünftig.«

»Papa, Jennifer stillt noch.«

»Das heißt aber nicht, dass sie ihre Medikamentierung nicht anpassen kann.«

Hasselröder schaute dem Schlagabtausch leidenschaftslos zu, während er sich mit dem Daumen seine Nase rieb. Auf seinem Schreibtisch blinkte ein lächerlicher kleiner Tannenbaum aus Plastik.

»Ich habe noch eine wichtige Ergänzung«, unterbrach er die beiden.

»Ich würde die Therapie gerne noch durch Neuroleptika ergänzen. Diese werden eingesetzt, um schwer beeinflussbare Flashbacks oder sich aufdrängende Erinnerungen zu dämpfen.«

Jennifer schaute Marti an und drückte seine Hand. Seine Knochen knackten. Sie sagte ihm ins Ohr, dass sie sie nicht nehmen könne. Dass sie sie bereits mit acht Jahren nehmen musste, dass sie alle ihre Erinnerungen über Jahre verloren habe. »Ich habe mich nicht mehr an Mama erinnert, ich wusste nicht mehr, wo ich genau gewohnt habe und warum sie nicht da ist. Ich hatte vergessen, dass sie in meinem Bett geschlafen hat in den Trennungsjahren von Bernd, dass wir zusammen einen Kressegarten gebastelt haben, dass sie mir immer Zöpfe geflochten hat, dass sie ein kleines U-Boot für mich auf einem Kellerbalken versteckt hatte. Und dass ich es aus Versehen, Wochen vor meinem fünften Geburtstag, gefunden habe.«

Jennifer hatte damals auch vergessen, dass Paul und sie immer sonntags fernschauten. Sie wusste nicht mehr, wer Friede war. Wenn sie in der Stadtbücherei als Teenager vor ihr stand und sie Jennifer an sich drückte, wusste sie nicht, warum die fremde Frau das tat. Sie erinnerte sich plötzlich auch, dass sie Paul erst Jahre später wieder auf der Straße erkannt hatte.

Jennifer redete so schnell sie konnte. Sie sagte Marti, dass ihre lebenswichtigen Erinnerungen erst wiedergekommen waren, als sie nach der Schule von zu Hause ausgezogen und zum Studium nach Berlin gegangen war. Als sie begann, unordentlich und frei zu werden und das Geld für die Medikamente für Partys auszugeben. Bernds Drogen hatten den Einfluss auf sie verloren. Als sie dann Max kennenlernte, sagte Bernd zu ihrem späteren Mann, dass Jennifer jetzt sein Problem sei. Dass Jennifer eine gute Geschäftsführerin nach außen sein würde. Der Alte tritt ab und gibt seiner einzigen Tochter die Macht. Das war eine gute Medienstory.

Marti nickte. Er hielt dabei die Luft an, um seine Schwester, die leise, aber ohne Pause redete, besser zu verstehen. Hasselröder schaute den Geschwistern mit halb offenem Mund zu, Bernd so genervt wie nie zuvor.

»Ich schreibe die Neuroleptika auf. Ich muss leider darauf bestehen.«

Dann drehte er sich im Stuhl zu Bernd.

»Aus medizinischer Sicht würde ich sie auch gerne wieder auf unsere geschlossene Station einweisen.«

Bernd und Hasselröder blickten sich für ein paar Sekunden an. Bernd schien sich zum ersten Mal seit Wochen unwohl zu fühlen.

»Danke, Peter, aber man sollte es erst einmal vernünftig zu Hause mit ihr versuchen. Wir haben ausgezeichnetes Hauspersonal.«

Hasselröder nickte. Er schaute Bernd von oben herab an.

Als Bernd nicht reagierte, schlug er geradezu gewalttätig den Finger auf die Enter-Taste seines Laptops und löste damit den Drucker aus. Die Rezepte waren in Arbeit. Jennifer sackte in sich zusammen. Sie wollte schreien, aber da kam kein Ton aus ihrer Kehle.

Zum Schluss wollte Hasselröder noch ihre Lunge abhören. Dafür zog sie ihr Krankenhaushemd hoch und gab dem Arzt den Blick auf ihre Brüste frei. Die langen, kalten Finger des Chefarztes bohrten sich in ihr Schulterblatt. Wie schon ihr achtjähriges Ich war ihr vierzigjähriger Körper für ihn nicht mehr als eine privatversicherte Versuchsperson.

»Sie bekommt weiter Schmerzmittel. Die Hand muss noch mal richtig gegipst werden. Dafür kommt gleich mein Kollege. Und am Bauch müssen wir vermutlich auch zwei Stiche an der Sectionarbe machen.«

Hasselröder stand auf und sagte »Bernd«. Er sagte das mit fester Stimme. Zeitgleich schlugen die beiden ein. Fester Händedruck mit Brustkontakt. Hasselröder klopfte Bernd auf die Schulter und sprach ihm gut zu, sagte ihm, dass er es nicht leicht habe, so als Leitwolf eines großen Familienclans. Dass er jetzt durchhalten müsse. Bernd antwortete, dass einer es ja tun müsse. Gerade an Weihnachten. Dass auch Jesus seinen Jüngern die Füße gewaschen habe. Dass er seine einzige Tochter niemals im Stich lassen werde.

»Du bist ein Guter, Bernd. Ein anständiger, feiner Mensch«, sagte Hasselröder. Er gab Marti die Hand. Er sagte ihm, dass sein Vater ein Besonderer sei.

»Vier Kinder alleine großzuziehen, und das in den Achtzigern, das war für damalige Zeiten sehr progressiv. Das hat der Bernd uns allen vorgemacht.«

Bernd winkte ab. Für die Show schob er den Rollstuhl

seiner Tochter aus dem Behandlungszimmer und den Gang hinunter. Marti telefonierte. Es musste Regina sein. Martis Stimme klang beschwichtigend.

»Dass die sich noch traut anzurufen«, sagte Bernd, wie zu sich selbst.

Kapitel 12

Es ist verrückt, wie schön du schweigst

»Bei der Besessenheitsform der Dissoziativen Identitätsstörung sind die verschiedenen Identitäten für Familienmitglieder und andere Außenstehende leicht zu erkennen. Die Betroffenen sprechen und handeln in einer auffällig anderen Art und Weise, als hätte jemand oder etwas anderes sie übernommen. Etwa 90 Prozent der Betroffenen wurden als Kinder schwer misshandelt (körperlich, sexuell oder emotional) oder vernachlässigt. Manche wurden nicht misshandelt, aber haben in der frühen Kindheit einen schweren Verlust erlitten (wie den Tod eines Elternteils oder Freundes), oder es kam zu einer anderen, sehr belastenden Erfahrung.«

David Spiegel, MD, Stanford University
School of Medicine, *MSD Manuals*

Auf der Rückfahrt fuhr Marti Bernds Land Rover. Ennio war nicht da. Die Sache mit Jennifer sollte offenbar familiärvertraulich behandelt werden. Und so war es an diesem 25. Dezember das erste Mal in seinen vierzig Dienstjahren, dass Ennio am ersten Weihnachtsfeiertag, wenn die Boyards ihre festlichen Besuche bei Nachbarn und Bekannten machten und gewöhnlich spätnachts betrunken oder sogar im Vollrausch nach Hause wollten, nicht arbeitete. Jennifer lag verdreht auf dem Rücksitz des Autos. Ihre halb offenen Augen waren zur Decke gerichtet. Die erste Medikamentengabe fühlte sich für sie immer wie kurz vor einer Narkose an. Als müsste sie gegen das Gefühl einzuschlafen ankämpfen. Gedanken wurden in ihrem Kopf auseinandergerissen, Erinnerungen zerfleischt und von Pillen-Säure zersetzt. Sie dachte nach und versuchte, ihr bisheriges Leben in eine Chronologie zu bringen. Doch sie schaffte es nicht einmal mehr, sich trennscharf an die Geburten ihrer drei Kinder zu erinnern. War es Laura, die still auf ihr lag und sie als warmes Neugeborenes mit großen Augen einfach nur ansah? War es Jonah, der so unzufrieden weinte, als sie ihn per Sectio aus ihr herausgerissen hatten? Jennifer rieb sich das Gesicht mit beiden Händen. Sie war so unendlich müde, so matt. Sie sah die Welt durch den winzigen offenen Spalt des verdunkelten Rückfensters. Laubbäume, Tannen und Fichten rasten im Stakkato an ihr vorbei. Ob sie schon wieder in Rosenberg waren? Sie bildete sich ein, das schlammige Wasser zu sehen. Der Rosenberger Teich war ein vor Jahrzehnten künstlich angelegter See mit einem Wasserzulauf an der Nordseite. Ob das Abwasser war, wusste keiner im Ort so recht. Ein paarmal war der Teich im Laufe der Jahre umgekippt. Der Zersetzungsprozess des Laubabfalls im Winter hatte dem Teich den Sauerstoff geraubt. Zurück blieb eine algenbesetzte, gammelnde Brühe. Aufgeblähte, bleiche Fischbäuche poolten sich wie dicke Blasen auf der Wasseroberfläche. Kinder holten die Tierkadaver mit Stöcken aus dem Wasser und warfen sie auf die Wege. Angler aus der Stadt fuhren schließlich mit kleinen Motorbooten auf den See und holten massenweise halb tote, stinkende Weißfische, Moderlieschen, Rotaugen, Rotfedern und Karpfen aus der sumpfigen Brühe. Spaziergänger hielten sich Taschentücher vor die Nase, als sie wie Schaulustige am Morast standen. »Wir wollen den Passanten den Anblick toter Fische ersparen«, sagte der Bürgermeister in der Zeitung. Für die Fische im Todeskampf ging es dann auf einen Transporter zur Müllkippe. Für Jennifer war es vom See aus immer in die Klapse gegangen. Damals nach Pauls Unfall, heute an Weihnachten des Jahres 2024.

Als sie länger darüber nachdachte, bekam sie immer schlechter Luft. Sie drückte ihre Nase ans Fenster, als wollte sie die Scheibe durchbrechen. Sie bekam Panik und drückte auf den Knopf des Fensterhebers. Er funktionierte nicht.

»Das Fenster bleibt geschlossen«, brüllte Bernd von vorne.

Sie nahm die Kotztüte aus der Tasche vor ihr und atmete hinein. Dann verlangte sie nach ihrem Handy. Marti gab es ihr von vorne. Lorelei hatte fünf Mal angerufen. Und eine Nachricht hinterlassen. Jennifer schaute auf Bernd und Martis Hinterköpfe. Sie musste einen ruhigen Moment finden, um Lorelei anzurufen, dachte sie. Und da war auch noch der verpasste Anruf von diesem Journalisten. Sie brauchte ein paar Minuten, bis ihr sein Name wieder einfiel. Genau, Florian Rust war es! Sie mussten voranschreiten, solange sie noch bei Verstand war, dachte sie. Siehe da, Bernd. Deine Tochter kann sich noch wehren. Zufrieden schloss Jennifer die Augen. Im Radio lief ein Beitrag über Vereinbarkeit im Hessischen Rundfunk. Die Radiostimme klang männlich und nasal. Eine Frau war zu Gast in der Sendung, vermutlich eine Autorin.

Er: Der Gender-Pay-Gap ist ein strukturelles, gesellschaftliches Phänomen. Frauen verdienen weniger als Männer. Das belegen zahlreiche Studien.

Sie: Frauen verhandeln schlechter, sind oft abkömmlich wegen der Erziehung der Kinder. Da müssen wir etwas ändern. Gerade ältere Männer der Nachkriegsgeneration, die Unternehmen gründeten, können den Frauen hier ein Vorbild sein.

Er: Ist #metoo heute noch ein Thema? Oder haben sich die alten Machtstrukturen längst überlebt?

Sie: Wenn ich als Frau heutzutage nicht »Nein« sagen kann und nicht auf gesunde Weise flirten kann, dann habe ich ein Problem. Wir müssen aufpassen, dass wir die Biografien unserer Väter, Vertrauten und Berater nicht für alle Zeiten zerstören. Es ist ein Jammer, was zum Beispiel gerade mit diesem Musikproduzenten Bernd Boyard passiert. So eine öffentliche Hinrichtung, die da versucht wird. Und das alles auf Basis von Gerüchten. Jede prominente Frau, die einen Vergewaltigungsvorwurf öffentlich macht, sollte sich gut überlegen, ob sie wirklich das Leben eines verdienten berühmten Mannes zunichtemachen will.

Bernd schaltete in aller Ruhe das Radio aus. Marti drehte den Motor ab. Er hatte sich wohl endgültig entschieden, das Thema mit seinem Vater nicht zu besprechen. Sie waren da. Der weiße Kies in der Einfahrt knirschte. Von Weitem hörte Jennifer Hundegebell, das Schlagen von Pferdehufen. In den Raunächten riefen dunkle Mächte zur wilden Jagd auf die Seelen der Lebenden und der Untoten im Zwischenreich. Ein Mensch starb, wenn er verstummte, dachte sie bei sich. Marti half seiner Schwester aus dem Auto. Bernd preschte vor ins Haus. Die Sonne schien hell auf die neue Schneeschicht. Der Wind trug die oberste Schicht ab, und die Verwehungen funkelten wie Kristalle im Sonnenlicht.

»Ich will meine Kinder sehen«, sagte Jennifer leise zu ihrem Bruder.

Marti umarmte sie.

»Wir stehen das durch. Überlass mir das Sprechen.«

Als die beiden reinkamen, traf Melanies Blick Jennifer zuerst. Ihr Satinkleid, das sie zur Feier des Tages trug, hing wie ein Tuch über ihrer mageren Gestalt. Ihr Schmuck lag direkt auf ihrem Schlüsselbein. Melanie verzog die Augenbrauen. Früher hätte sie Jennifer nur den Tod gewünscht, jetzt wohl die Pest und eine qualvolle mittelalterliche Hinrichtung im Namen Gottes. Die beiden Schwägerinnen Sybille und Inga standen wie Zofen neben ihr. Sie wichen Jennifers Blick aus.

»Jennifer, wir haben uns Sorgen gemacht«, brach es plötzlich doch aus Alexanders Frau Inga heraus. Die anderen beiden Frauen brachten sie mit ihren Blicken wieder zum Schweigen. Bernd, der gerade aus der Garderobe zurückkam, bat seine Tochter mit einem autoritären Unterton in den Salon. Jennifer und Marti folgten. Melanie und Bernd nahmen in den cremefarbenen Sesseln Platz. Marti schloss die Flügeltüren und blieb dann an Jennifers Seite. Wie schon als Kinder saßen die beiden Geschwister auf der langen petrolfarbenen Chaiselongue. Jennifer zitterte am ganzen Körper. Das ganze Haus war kalt wie eine Kirche.

»Du hast einen Kälteschock erlitten«, sagte Bernd nüchtern.

»Wo sind meine Kinder«, fragte Jennifer. Ihre Augen sahen dabei erschrocken aus.

Melanie machte sich nicht Mühe, sie beim Reden anzusehen. Sie legte die Hand zart auf Bernds Knie und signalisierte ihm, dass sie das hier übernehme.

»Deine drei Kinder haben den Heiligabend traurig bei Regina verbracht. Weil du im See warst und nicht gekommen bist, um sie abzuholen. Sie bringt sie jetzt mit dem Auto vorbei.«

Melanie hörte nicht mehr auf zu reden. Jedes Wort war hart und eine Anklage. Sie sagte, dass Laura und Jonah nichts von dem Unfall ihrer Mutter wüssten. Dass sie es nicht erfahren sollten. Dass Bernd dagegen war, dass Regina kommt, aber so könne Jennifer sich wenigstens von ihrer Mutter endgültig verabschieden. Und dass es sinnlos sei, jetzt noch zu diskutieren. Bernd schaute seine Tochter die ganze Zeit wie versteinert an. Sie wiederum suchte eine Spur Wärme, einen Hinweis auf Nachgiebigkeit in seinem Blick. Als sie nichts fand, erkannte sie ihren Vater aus Kindheitstagen wieder.

Sechs Jahre war sie damals alt gewesen und er ihr Held. Wie sie auf Tournee waren und durch Korridore von ländlichen Holiday-Inn-Hotels rannten. Wie er ihr einen Gummiring in Form eines Schwans aufblies und beide im Hotelpool planschen gingen. Bernd wie ein riesiges Walross, das seinen Schnauzer ins Wasser hängen ließ, sie wie ein wendiger kleiner Fisch. Wie sie danach auf dem Kingsize-Bett die *Sesamstraße* angeschaut und Clubsandwichs mit Chips gegessen hatten. Wie die beiden mit den großen schwarzen Tour-Sprintern abgeholt wurden und dann zur Halle fuhren. Wie eine der vielen Schlagersängerinnen Jennifer vor ihrem Auftritt noch eine Frisur steckte. Wie sie als kleines Mädchen backstage ausflippte, weil Santiago spielte und dann noch die Flippers. Und wie Bernd und sie sich nach den Auftritten mit Pommes und Zuckerwatte vollstopften, als hätte man nie auf der ganzen Welt jemals so viel Spaß und Konsum gehabt. Wie sie später abends glücklich ins Hotelbett fiel, weil niemand, den sie kannte, so ein aufregendes Leben hatte. Wie sie nachts mit Herzrasen aufwachte und nach Papa schrie, der nicht da war. Wie sie weinend mit ihrem Plüschtier im Nachthemd auf dem Hotelgang stand, weil sie ihren Vater suchte. Wie plötzlich eine Hotelzimmertür aufging und Bernd im Bademantel herauseilte. Wie er sie beruhigte, anlog und dann sagte, dass er die ganze Zeit da war und sie nichts Mama sagen solle. Dass sie lügen solle. Wie sie lernte, dass die Wahrheit das war, was Bernd sagte. Wie es mit der Zeit eine immer komplexere Sphärenbegehung wurde, die immer neue erste Version der väterlichen Wahrheit hervorzubringen. Wie einfach es war, Bernds Wahrheit zu akzeptieren. Wie auch jetzt. Bernd redete langsam und in einem beständigen Fluss.

»Es ist zu meinem größten Bedauern, meine liebe Tochter, aber dein Verhalten der vergangenen Tage wird drastische Konsequenzen haben müssen. Du kommst hier an mit deinen drei Kindern und haust ab. Den ersten Tag, die erste Nacht. Du besuchst deine Mutter, was ich nicht gutheiße. Du tust alles, um dich hier zu Hause schlecht zu benehmen. Du hast alles hier, aber du brauchst noch mehr. Du gehst feiern und halluzinierst wieder von Paul. Demütigst uns vor diesem ganzen Dorfpack da unten in Friedenheim. Demütigst deinen Mann. Du lässt deine Kinder bei Regina alleine, dein Baby, deine einjährige Tochter. Und dann sitze ich hier und versuche, Melanie, deine Brüder und mich selbst davon zu überzeugen, dass Jennifer diesmal nicht den Verstand verliert. Aber dann, dann erfahre ich über meine Anwälte, dass meine Tochter, die Geschäftsführerin meiner Firma, mit dieser Lorelei Hewer in Kontakt steht, dass Jennifer nicht mit ihr gesprochen hat, um sie zu beschwichtigen, sondern sie gegen ihren eigenen Vater anzustacheln. Dass da draußen, von Instagram bis Buxtehude, jetzt so eine Bewegung gegen mich tobt. Mitangestiftet also von meiner eigenen Tochter. Und dann, Jennifer, als wenn das noch nicht reicht, haust du noch mal ab. An Heiligabend. Nimmst deine Kinder wieder mit zu Regina. Und gehst in den Rosenberger Teich. Willst dich umbringen. Wenn du mich fragst, bist du keine Mutter.«

Bernd hob das Kinn.

»Ich war schwimmen, Papi.«

Bernd schaute seine Tochter fast angewidert an. Jetzt brüllte er.

»So, du warst also schwimmen. Bei minus fünf Grad in der Dämmerung. Ich sage dir was. Du hast Verantwortung. Jeder hat seine Verantwortung und seinen Platz. Keiner hier kann sich ohne mich sein eigenes Arschloch auswischen, verstehst du? Und deine Kinder können es ohne dich nicht. Ist das klar?«

Bernd stand auf und lief hektisch durch den Raum, als würde er etwas suchen. Dann wurde es hässlich. Marti stand auf und sagte, Bernd könne nicht so mit Jennifer reden. Bernd ging einen Schritt auf Marti zu. Melanie hielt ihn zurück. Darauf schrie Bernd Marti ins Gesicht.

»Und du machst auch, was ich sage, und das, wenn ich es sage. Ich habe Jennifer nur 49 Prozent überschrieben, vergiss das nie. Vergiss nicht, ohne die Zustimmung von einem von euch drei Idioten kann sie nicht verkaufen. Ich verlasse mich also auch auf dich.«

Marti wich zurück, damit sein Vater ihm nicht ins Gesicht spuckte. Melanie begann zu keifen, dass Jennifer krank sei. Dass Professor Hasselröder sie doch hätte dabehalten sollen. Marti schrie plötzlich auch, dass Melanie kein Mitspracherecht habe. Bernd krümmte sich auf einmal theatralisch, das konnte er gut, und sagte, dass seine einzige Tochter schwer krank sei. Und wie schwer er es all die Jahre hatte. Dieser Vortrag war seine Lieblingsplatte. Wie viel Geld er seiner Ex-Frau einst zahlen musste, wie viel Mühe und Aufopferung es gekostet hatte, ein Kind aufzuziehen, das Monate in der geschlossenen Psychiatrie verbringen musste. Und das im Alter von vierzehn Jahren. Dass Regina an allem schuld sei. Dass Friede da mit drinhinge, weil sie die Legende von Paul in ihr genährt habe. Mit Räucherritualen. In den Raunächten. Mit Briefen. Melanie pflichtete Bernd bei, richtete ihn wieder auf. Mittlerweile waren auch die Schwägerinnen und die Brüder im Raum. Sie waren von dem lauten Streit aufgescheucht worden. Die Schwägerinnen klammerten sich an ihre Männer und fragten, was jetzt passieren würde. Ob Jennifer das Sorgerecht verlieren würde, ob Selma, Laura und Jonah bei ihr noch sicher seien. Bernd würgte Sybille und Inga ab.

»Ob Jennifer noch so weit bei Verstand ist, um auf ihre Kinder aufpassen zu können, werden die nächsten Stunden und Tage zeigen.«

Jennifer bekam Schüttelfrost und einen Ausschlag am ganzen Körper. Sie blickte sich panisch um.

Es klingelte. Wieder und wieder.

»Macht denn hier keiner auf in diesem Irrenhaus«, schrie Bernd durch das Kaminzimmer. Von unten hörte man mehrere Angestellte gleichzeitig zur Tür rennen. Jennifer hörte die Stimmen ihrer Kinder, die Stimmen von Regina und Friede. Stimmen, die immer näher kamen, stampfende Schritte auf der Treppe. Jonah und Laura rannten auf ihre Mutter zu und umarmten sie. Selma saß auf Reginas Arm und protestierte.

Und da waren sie wieder, die ausgestreckten Arme, Beine, Füße und Hände und kleinen Köpfe, die so gut rochen und Jennifer alles vergessen ließen, was sie jemals für sich selbst gewollt hatte. Drei Kinder sind zu viele, sie alle gleichzeitig zu umarmen, dachte Jennifer – und wenn doch, war es ein einziger Kampf, wer sich enger an Mamas Herz drücken durfte. Bernd, ach Bernd, dachte sie. Dieses Leben war doch so lächerlich. Lass mich doch mit ihnen sein, mit meinen dreien, und mach doch, was du willst.

»Mama wieder da«, rief Jonah. Und Selma heulte vor Erleichterung laut auf.

»Wo warst du an Weihnachten, du hast alles verpasst, Mama, bei Oma. Es war der Knaller. Wir haben gebacken. Und Bescherung gemacht«, rief Laura.

Jennifer drückte ihre Große fest an sich.

»Ich war nur kurz schwimmen mit Paul«, antwortete Jennifer und lachte. Bernds schneidender Blick traf sie wie ein Blitz. Jennifer spürte einen warmen Schauder der Scham. Dieselbe Scham, die sie gefühlt hatte, als sie früher in der Schule beim Reden ertappt wurde. Sie umarmte Regina und sagte Marti, dass sie mit ihrer Mutter und Friede alleine sprechen wollte. Sie schaute zu Bernd. Bernd schüttelte den Kopf. Marti flüsterte Bernd etwas zu. Bernd blickte an Regina vorbei und machte nur eine Handbewegung. Ihre Eltern würden vermutlich nie wieder miteinander reden, dachte Jennifer. So viele Jahre ohne ein Wort. Wie war das überhaupt möglich? Marti gab Jennifer ein Zeichen. Sie verschwand mit Regina und Friede im Kaminzimmer. Als sie die Tür schließen wollte, griff Marti nach dem Arm seiner Schwester.

»Du hast dreißig Minuten mit Mama, danach muss sie gehen.«

Jennifer nickte. Sie spürte, wie das weiße Rauschen von früher ihr Gehirn langsam flutete. Bald würde sie alles vergessen haben. Die Medikamente entfachten ihre Wirkung. Es musste jetzt schnell gehen. Jennifer holte ein Blatt Papier vom Schreibtisch. Sie wollte eine letzte Liste mit Dingen machen, die sie auch in Zukunft wissen musste, wenn sie sich wieder an nichts mehr erinnern konnte. Friede knetete nervös an ihrem Seidenschal. Sie setzten sich zu dritt im Kreis auf den großen Perserteppich. Jennifer diktierte.

Mama
Paul
Friede
Wasser
Eis
Brombeeren im Garten
Reginas Apfelkuchen mit Mandeln
Pyjamas von der *Sesamstraße*
Kalte Füße auf dem Küchenboden
Meine Mutter, die Kirschen wäscht
Hart gekochte Eier zum Frühstück
Uno
Mamas blonde lange Haare
Sand im Gras

Jennifer unterbrach Friede beim Aufschreiben.

»Ich kann das so nicht.«

Regina weinte leise. Friede verstand. Sie nahm ihr Handy und startete eine Aufnahme. Unsicher nahm Jennifer das Gerät.

Es ist der 25. Dezember 2024, und wir sitzen hier mit dir, Jennifer. Wir haben die vergangenen zwei Tage die schönste Zeit mit dir seit Langem gehabt. Mit deinen wunderschönen Kindern. Wir lieben dich. Wir, das sind Paul, Friede und deine Mutter Regina.

Friede brach ab. Regina und Friede schauten sich lange an. Dann begann Regina, aus einem Dokument vorzulesen, das sie aus ihrer Tasche geholt hatte. Sie nahm die Hand ihrer Tochter. Regina sagte ihr, dass sie vieles verstehen würde, wenn sie ihr aus ihrer Scheidungsurkunde vorläse, und dass sie ihr Fragen stellen könne. Dass sie wollte, dass Jennifer verstand, warum sie damals so gehandelt hatte. Warum die beiden, Mutter und Tochter, nicht zusammen sein konnten. Sie sagte, dass es ihr schwerfiele – und da brach ihre Stimme –, dass sie nie darüber sprechen wollte, aber dass Jennifer sie bei ihrem Besuch an Heiligabend überzeugt habe, dass sie Antworten verdiene. Jennifer hielt kurz Luft an. Regina las langsam vor. Als würde sie nicht verstehen, was da stand. Als müsste sie sich konzentrieren. Als würde sie den Beipackzettel eines Medikaments lesen.

17. Mai 1986, Amtsgericht Friedenheim. Die Ehe ist grundsätzlich auf Lebenszeit angelegt. Ehe und Familie stehen unter dem besonderen Schutz der staatlichen Ordnung. Nach Auffassung des Richters darf es nicht einfacher sein, seinen Ehepartner durch Scheidung loszuwerden, als einem unliebsamen Mieter wirksam zu kündigen. Frau Boyard möchte sich nach elf gemeinsamen Ehejahren und vier Kindern hier in Rosenberg scheiden lassen. Sie hat Ehebruch begangen.

»Hast du das, Mama«, fragte Jennifer.

»Ja. Ich habe Rainer im Chor kennengelernt, deinen Stiefvater. Wir haben es Bernd sehr schnell gesagt. Bernds Ehebruch, alles, was vorher war, zählte dadurch nicht mehr. Ich habe das Mädchen, mit dem Bernd seine letzte Affäre hatte, auch noch getroffen. Sie kam zu uns nach Hause. Ich habe für sie gekocht. Und wir sind dann spazieren gegangen. Sie hat mich angefleht, dass ich mich nicht scheiden lassen solle. Dann wurde sie wütend. Plötzlich sagte sie mir, dass es das Allerletzte sei, sich scheiden zu lassen. Wie ich auf so etwas Unerhörtes kommen würde. Was mir einfiele. Sie hat mir gesagt, sie sei nicht der Grund. Ich konnte aber nichts für sie tun. Meine Entscheidung, mich zumindest zu trennen, war gefallen. Das Mädchen, mein Gott, sie war siebzehn. Wie ich, als ich das erste Mal schwanger wurde. Sie hatte Angst, dass sie der Grund für meine Scheidung sein könnte und sie die Leute dann genauso im Ort schneiden würden wie mich. Sie hat es dann allen erzählt. Wie schrecklich ich sei. Dass ich mich scheiden lasse. Sie hat sich bei unseren Nachbarn darüber beschwert, ja, sogar bei deinen Brüdern. Ich hatte irgendwann das Gefühl, dass es das Einzige war, was ihr blieb, um ihren öffentlichen Ruf wiederherzustellen. Mich zu verteufeln und sich auf Bernds Seite zu stellen. Immer wieder zu sagen, dass man so was nicht tut. Bernd sagte dem Richter später, seine Affäre sei beendet. Und dass seine Frau das akzeptieren sollte. Aber ich wollte nicht mehr verheiratet sein, Jenni. Bernd hat mich zu Hause nur noch beschimpft. Ich hatte keine zehn Minuten Ruhe.«

»Warum habt ihr angefangen zu streiten?«

»Bernd wollte nicht, dass ich arbeiten gehe. Er sagte, dass ich doch alles habe. Und dass ich mich um die Familie kümmern muss.«

Nach Auffassung des Richters darf sich der scheidungswillige Ehepartner nicht auf sein eigenes, die Ehe zerrüttendes Verhalten berufen. Frau Boyard will sich scheiden lassen. Sie begeht Ehebruch und zerrüttet dadurch mutwillig die Ehe. Die Zerrüttung beweist das Scheitern der Ehe, ihre Ehe soll geschieden werden. Mutwilliges Zerstören der Ehe durch bewusstes Herbeiführen der Zerrüttung und des Scheiterns darf nicht noch damit belohnt werden, dass die so handelnde Regina Boyard aus ihrem eigenen missbilligenswerten Verhalten Rechtsansprüche herleiten kann. Durch eine solche Regelung würde ein Grundprinzip unserer Rechtsordnung durchbrochen.

»Hast du dich nicht gewehrt? Gegen diese Behauptung?«

»Meine Mutter, du weißt, deine Großmutter Alice, hatte mir einen Anwalt besorgt. Der war ganz verzweifelt. Ich habe immer nur gesagt, dass alles so geschehen sollte, wie Bernd es wollte. Wer schuld war, hatte der Richter ja benannt. Ich wollte einfach nur noch meine Ruhe. Ich habe den Pflichtteil des Versorgungsausgleichs bekommen.«

»Und wir, eure Kinder?«

Regina kämpfte mit den Tränen.

»Ich war Bernd dankbar, dass ich dich sehen durfte. Ich habe mich bei ihm bedankt, dass du mich besuchen durftest. Ich kannte meine Rechte nicht.«

Sie las weiter.

Jennifer, ein seelisch labiles Kind, hängt gleichermaßen stark an der Mutter und am Vater. Nach der Scheidung wäre Jennifer hin- und hergerissen zwischen den beiden. Selbst die groß-

zügigste Besuchsregelung ist nicht in der Lage, die Seelenqualen der kleinen Jennifer zu mildern, vor allem da die Gründe der Mutter, die die Zerrüttung der Ehe verursacht haben, für das Mädchen aufgrund ihres jungen Alters nicht ersichtlich sind. Hier wäre es im Interesse des Kindes, wenn es beim Vater seinen festen Wohnort behalten könnte. Und seine Mutter nur an ausgewählten Wochenenden besuchen würde.

»Und warum durfte ich dich dann gar nicht mehr sehen?«

Friede nahm Jennifers Hand.

»Das hatte mit Pauls Unfall zu tun. Dein Vater sagte, der Umgang mit deiner Mutter schüre deine Schizophrenie, deine Psychose. Ich habe das nie wirklich geglaubt. Du warst nie krank.«

Jennifer spürte einen Kloß im Hals.

»Was war nach Pauls Unfall, Friede?«

Regina und Friede schauten sich wieder an. Jennifer ahnte, was sie sagen wollten.

»An dem Tag, als Paul in den Teich gefallen ist, ging es ihm nicht gut danach. Er kam in das Krankenhaus in Friedenheim. Er hatte Schwierigkeiten zu atmen.«

»Okay, ich verstehe schon«, sagte Jennifer schnell.

Sie fühlte einen tiefen Stich. Alles Blut rauschte in ihr Herz. Friede sagte Dinge, die ich einmal wusste. Es dauerte eine Weile, bis Jennifer ihren eigenen Herzschlag wieder ertasten konnte. Nach einer Weile konnte sie wieder nachdenken. Auf einmal wusste sie für einen kurzen Moment wieder, warum Regina bei ihr schlief, warum Marti sie nachts trösten musste, als Regina gegangen war. Sie zog ihre Nase hoch und wischte sich die Tränen ab.

»Was ändert es, wenn ich ihn eh nicht vergessen kann. Er wird sowieso immer da sein.«

Friede lächelte.

»So ist es richtig, Jennifer.«

Noch eine Weile konnte sie in die Vergangenheit blicken. Der Nebel war weg, und sie war völlig klar. Sie sah sich selbst in einem schwarzen Samtkleid und Lackschuhen auf Pauls Beerdigung. Sie sollte damals mit einer Rose in der Hand »Der Knabe im Moor« rezitieren. Es war lächerlich. Die ganze Kirche heulte Rotz und Wasser, und ihr war, als würde Paul neben ihr stehen. Ihr war, als würden sie beide alle auslachen, diese frommen, verlogenen Erwachsenen. Sie erinnerte sich, wie Bernd über viele Ärzte zuvor dann Professor Hasselröder fand. Der ihr zu viele Fragen stellte. Immer wieder. Über Paul. Über Regina. Über Friede. Mehrere Monate verbrachte sie in einer Klinik mit weißen Stäben an den Fenstern. Dipiperon und Pipamperon sollten ihre Nerven beruhigen. Morgens und abends. Sie sah ihre Kindheit nur noch durch einen Milchglasfilter. Und vermisste ihre Mutter Tag und Nacht. Die Erinnerung an Paul blieb. Paul half ihr jeden Tag, sich an Mama zu erinnern. Er nervte sie in ihren Träumen, er kam immer dann, wenn sie nicht weiterwusste. Er zwang sie, an Mama zu denken. Nicht an Regina, die schlechte Mutter. Mama, die Ehebrecherin. Mama, die Verräterin.

»Warum hast du mir nie alles erzählt«, fragte Jennifer nach einer Weile.

Regina schaute sie ernst an.

»Weil du mit Bernd leben musstest. Und hätte ich dir die Wahrheit erzählt, dann hättest du trotzdem Bernd geglaubt.

Er hat nur schlecht über mich geredet vor euch Kindern. Es hätte nichts geändert. Du hättest mir nicht geglaubt. Du hättest mir nicht geglaubt, weil du Bernd glauben musstest, um mit ihm leben zu können. Es ist so einfach, Bernd zu glauben. Es macht die Dinge so leicht. Das weiß ich genauso gut wie du.«

Jennifer schwieg für einen Moment und schaute aus dem Fenster. Es dämmerte. Der Schnee auf den Tannen leuchtete rosa im Abendlicht. Bevor Jennifers Augen noch schwerer wurden, umarmten Regina, Friede und sie sich ein letztes Mal. Eine Ewigkeit blieben sie so eng verschlungen stehen. Dann verließen sie zu dritt das Kaminzimmer. Bernd, Melanie, Jennifers Brüder standen schon unten an der Eingangstür. Ihr leises Gespräch verstummte, als die drei Frauen die breite Treppe mit dem braunen Sisalteppich hinunterschritten. Bernd würdigte Regina keines Blickes. Laura rannte auf ihre Mutter zu.

»Mama, Mama, warum muss Oma denn jetzt gehen? Es ist doch Weihnachten.«

Alle schauten betreten zu Boden.

Laura warf sich Regina in den Arm.

»Oma, du bleibst hier, ja?«

Friede griff nach Reginas Arm.

Alle standen wie versteinert da.

»Wir sehen uns ein andermal«, sagte Regina und strich Laura über den Kopf.

»Nein, Oma, du kannst doch nicht an Weihnachten gehen.«

Bevor Laura endgültig ausflippte, nahm Jennifer sie an den Schultern.

»Wir müssen jetzt vernünftig sein, hörst du?«

Regina und Friede umarmten die Brüder und die Schwägerinnen kurz. Sie redeten noch über das warme Wetter, den Schnee, wie wichtig gute Winterreifen sind. Dann gingen Friede und Regina langsam hinaus. Jennifer versuchte, den Gedanken wegzuschieben, dass sie die beiden wahrscheinlich nicht mehr sehen würde. Bernd, Melanie und ihre Brüder verschwanden in Richtung Küche und Wohnzimmer. Jennifer ging ihnen langsam hinterher. Laura blieb noch eine Weile in der Empfangshalle stehen und starrte die Eingangstür an. Sie schaute auf den Punkt, aus dem ihre Oma und deren Freundin gerade wie durch eine Zeitfalte in ein schwarzes Loch verschwunden waren.

Kapitel 13

Sag' mir die Wahrheit

»This world could use a few more wild cards.«

Dracule Mihawk in *One Piece*

In der Nacht schlief Jennifer unruhig mit allen drei Kindern im Kingsize-Bett. Draußen krächzte einsam ein Rabe. Ihr Herz raste. Sie war nass geschwitzt von den Medikamenten. Selma weinte, sie drückte ihr den Gummisauger der Flasche in den Mund. Jennifer träumte von Paul, dass sie Kinder waren und ins Freibad gingen. Als Paul sie an sich drückte, liefen ihr im Schlaf Tränen herunter.

»Warum bleibst du nicht? Warum verlässt du mich«, fragte sie Paul. »Wir haben uns doch gerade erst wiedergefunden.«

»Ich werde warten, bis wieder Zeit ist. Jetzt hast du viel zu tun.«

Jennifer schreckte auf. Mit einem langen Seufzer stand sie auf und schlich sich aus dem Zimmer. Im alten Ohrensessel im Nebenzimmer aktivierte sie ihr Handy und rief Lorelei an. Lorelei ging dran. Jennifer redete ohne Punkt und Komma. Sagte ihr, dass sie jetzt wieder da sei. Dass sie es jetzt zusammen packen müssten, weil es darum gehe, dass ihr Vater seine gerechte Strafe erhalte. Dass es ihr leidtue, so lange nicht angerufen zu haben. Lorelei schien ihr geduldig zuzuhören. Und sagte weiter nichts. Eine Weile schwiegen die beiden Frauen sich an. Jennifer wartete ab, aber dann war das Schweigen zu lang für die Regeln eines normalen Gesprächs. Lorelei räusperte sich. Und dann begann sie zu reden.

»Was ich dir sagen muss, wird dir nicht gefallen. Aber ich habe einfach nicht mehr die Kraft, mich gegen diese Welt, wie sie ist, zu wehren. Ich habe zu stark das Gefühl, dass ich damals von der Schlagerbranche zum Objekt gemacht wurde, benutzt und vergewaltigt wurde. Und dass die Objektifizierung meiner Person jetzt weitergeht, durch euch Aktivistinnen und durch dich als Bernds Tochter, die es nicht schafft, sich selbst gegen ihren Vater aufzulehnen.«

Jennifer schnappte nach Luft. Loreleis Worte rasten an ihr vorbei. Sie befand sich im freien Fall. Alles war umsonst gewesen. Die Frau, die jedem noch so dummen Mann in ihrem Leben geglaubt hat, machte ausgerechnet dann einen Rückzieher, wenn es um Gerechtigkeit für sie ging? Lorelei sagte ein paarmal mit unterschiedlichen Worten, dass es ihr leidtue. Für Valerie, für sie. Jennifer schnitt ihr das Wort ab.

»Wie viel hat Bernd dir denn bezahlt?«

Lorelei setzte mehrere Male an. Jennifer bewegte langsam den Kopf.

»Weißt du was, ich will es gar nicht wissen.«

Sie legte auf. Alles in ihr schrie *Scheiße*. Doch so konnte die Sache nicht enden. Nein, niemals sollte Bernd noch einmal recht bekommen. Nicht nach allem, was er verbrochen hatte. Jennifer wählte eine Nummer. Sie rief Florian Rust an. Den

Journalisten. Ein merkwürdiger Fatalismus trieb sie an. Als er dranging, begann Jennifer zu erzählen.

Von ihrer Kindheit im Taunus, den Wochenenden bei den Konzerten oder beim Golfen von ihrer Mutter, Bernd, dem gefälligen Sprech in der Branche, den Gerüchten, Liebschaften, dem Missbrauch, dem Blut auf der Bettwäsche, das die Reinigungskraft am nächsten Morgen wortlos abgezogen hatte, den Brunch-Einladungen, den Goldenen Schallplatten, den ausverkauften Shows, den abgesagten Shows, den Bemerkungen, wenn die Newcomerin den Raum verlassen hatte, den Promostrategien und warum Sängerinnen Hotpants trugen, dem Grund, warum die Künstlerinnen auch ihre Bikinizone vor Auftritten rasierten (männliche Fans konnten vom Bühnenrand unter ihre Röcke sehen), den mit Frühstück beladenen Etageren in den Suiten, den Diskotheken-Besuchen, dem Fehlen ihrer Mutter, dem Fehlen der Geschwister, Bernds Verschwinden mitten in der Nacht in Bars, dem unbedingten Wunsch, selbst mal etwas zu singen, der Angst vor dem Vater, der Angst, ihn zu lieben, der Angst, ihm zu missfallen.

Florian Rust hörte zu. Manchmal stellte er Nachfragen zu Nichtigkeiten, dann hörte er weiter zu.

»War das im Jahr 1989 oder 2001?«

»War das an der Ausfahrt der 57b zum Europapark?«

Jennifer versuchte, sich zu erinnern, aber die Nachfragen wirkten kleinlich und brachten sie aus dem Konzept. Sie erzählte weiter von Lorelei, die keine Klage gegen Bernd erheben wollte, weil sie Geld bekommen hatte, von Valerie und ihrem Netzwerk, das Lorelei helfen sollte.

Florian Rust hörte weiter zu, aber auch irgendwie nicht. Er wirkte mehr und mehr wie abwesend. Jennifer erzählte ihm von der Nacht der Vergewaltigung, an die sie sich dunkel erinnerte, es musste ja auf einem Sommerfest in Bernds Haus in Potsdam gewesen sein. Florian Rust sagte jetzt nichts mehr.

»Reicht Ihnen das«, fragte Jennifer ihn etwas hilflos.

»Ja, erst mal: ja.«

Florian Rusts Passivität enttäuschte sie. Sie hatte sich den Moment, wo sie mit der Presse redete, immer spektakulär vorgestellt. Sie hatte eigentlich immer geglaubt, dass ein Journalist auf eine wahre Geschichte um mächtige, kriminelle Leute so reagierte wie ein Arzt auf ein schwer verletztes Unfallopfer. Florian Rust räusperte sich. Er schien in Gedanken. Und Jennifer wurde ernsthaft müde.

»Und was werden Sie jetzt tun?«

»Nun, das müssen wir erst einmal alles sehr gut nachrecherchieren. Wir können ja niemanden einfach so belasten.«

Jennifer nickte.

»Kann ich Sie bei Fragen zurückrufen?«

»Ja«, sagte sie. »Machen Sie ruhig.«

Kapitel 14

Du sollst nicht weinen

»Die Frau genügt ihren ehelichen Pflichten nicht schon damit, dass sie die Beiwohnung teilnahmslos geschehen lässt. Wenn es ihr versagt bleibt, im ehelichen Verkehr Befriedigung zu finden, so fordert die Ehe von ihr doch eine Gewährung in ehelicher Zuneigung und Opferbereitschaft und verbietet es, Gleichgültigkeit oder Widerwillen zur Schau zu tragen.«

Aus einem Urteil des
Bundesgerichtshofs aus dem Jahre 1963

Am Morgen lagen Jennifers Pillen auf einer weißen, gestärkten Stoffserviette. Eine leuchtend rote, eine winzige blaue, eine kleinere weiße Tablette. Es war der zweite Weihnachtsfeiertag. Ihr Smartphone zeigte es korrekt an. Ohne Technik hätte sie längst jedes Zeitgefühl verloren. Wie eine junge Mutter nach der Geburt. Wenn Tage, Nächte, Wach- und Schlafphasen sich zu einer großen Masse zusammenmorphen, wenn das Blockuniversum seine Berechtigung bekam und alles zur selben Zeit passierte, immer und an jedem Ort.

Jennifer stand auf. Sie hatte sich nur einen Bademantel übergeworfen. Ihre Füße fühlten sich schlapp an wie nach Wochen in einem Krankenhausbett. Die Sensorik ihrer Zehenspitzen musste sich erst langsam wieder an das Auftreten gewöhnen. Ihre nackten Zehen tasteten verzweifelt auf dem Teppich nach Hausschuhen. Am Ende stand sie barfuß auf. Ihre Kinder waren weg, schon unten, vermutlich von Hausangestellten weggeschafft. Die straff getimten Medikamentengaben ließen sie morgens so spät aufwachen. Die großen Balkontüren im Schlafzimmer waren weit offen, Schneewind rauschte durch den Master Bedroom. Eine von Bernds Zofen befürchtete offenbar Schneeverwehungen auf dem Seiden-Perserteppich, kam in das Zimmer gerannt, wo Jennifer noch wie ein Geist auf der Bettkante saß, und schloss die Fenster hektisch wieder. Jennifer stand auf, ging Richtung Tür und torkelte dann die Treppe runter.

Sie durchschritt die Küche, in der schon wieder für den Abend gekocht und vorbereitet wurde, und ging in das Esszimmer. Bernd und Melanie schauten ihr zu. Alexander und Frank lachten hysterisch im Nebenzimmer. Sie hatten bestimmt wieder gekokst und dafür die Jubiläumsausgabe von *Faust* benutzt. Sie trugen immer noch oder wieder diese albernen Ralph-Lauren-Weihnachtspullover in Moosgrün mit großen Bären darauf. Sie hatten es gut. Sie mussten über nichts nachdenken, dachte Jennifer.

»Erst rot, dann blau, dann weiß«, befahl Bernd, so freundlich es ihm möglich war.

Die Haushaltshilfe musste Jennifer ein weiteres Glas Wasser holen, damit sie alle Pillen nacheinander herunterspülen konnte. Widerstand war zwecklos. Bernd sagte, dass Maximilian auf dem Weg nach Kronberg sei. Dass er sie und die Kinder am Nachmittag nach Berlin zurückfahren würde. Dass sie vorher reden müssten, weil es eine Ankündigung für Jennifer geben werde. Etwas, das er schon mit ihrem Mann besprochen habe. Melanie nickte zu all dem zustimmend. Jennifer fragte nach ihren Kindern und bekam die Antwort, dass sie mit Marti draußen seien. Einen Spaziergang im Taunus machen. An der frischen Luft. Jennifer konnte den Ausdruck frische Luft nicht mehr hören. Deutsche Eltern waren besessen von frischer Luft. Entweder, weil es sie an ihre eigene Zeit bei den Pfadfindern, in der Ferienfreizeit oder in der Luftkur erinnerte, wo wenig gelernt und viel Sport gemacht werden sollte. Die Älteren, weil sie als Kinder im Luftschutzkeller saßen, die Jüngeren, weil sie diesen Rausgehzwang von ihren Großeltern und Eltern aufgedrückt bekommen hatten. Selbst die Eltern in Berlin-Mitte predigten in ihrem Drei-Straßen-Kiez mit vollgeschissenem Sandkasten auf dem öffentlichen Spielplatz und Smog die Wichtigkeit des Rausgehens. An die frische Luft. Jeden Tag. Mindestens zweimal. Wie viele Gewaltmärsche mit dem Kinderwagen durch Graupelschauer hatte Jennifer in den Babyjahren schon hinter sich bringen müssen. Um den anderen zu genügen. Um den anderen Eltern zu zeigen: Seht her, wir sind gesünder und stärker als ihr. Wir werden nie krank. Wir sind voller Sauerstoff! Voller Kraft! Voller Lebensfreude! So stampfte sie über die Jahre in Gummistiefeln, die eigentlich zur Entenjagd in walisischen Mooren bestimmt waren, durch den Regen. Für den Traum von Bullerbü.

Jennifer würgte die letzte Pille herunter. Langsam wurde es vor ihren Augen milchiger. Bernd lächelte sie verzerrt an. Seine Zähne waren gelb und voller Zahnstein. Melanie pulte das Eigelb aus einem hart gekochten Ei. Wie sie da so herumstach mit ihrer French Manicure an ihren Gelnägeln, fiel Jennifer auf, dass sie noch nie so etwas Hässliches gesehen hatte. Sie glaubte, Bernd und Melanie und auch ihre Brüder waren froh, dass Jennifer jetzt müder und passiver wurde, denn heute hatten sich Bernds Bekannte traditionell zum Festtagsbesuch angekündigt. Jennifer sollte sich ein Kleid anziehen, Melanie begleitete sie nach oben in ihr Zimmer. Sie fühlte sich dabei wie eine Oma im Rollstuhl, die zur Feier des Tages mit Rouge-Puder, Broschen, Haarklammern dekoriert werden sollte. Damit sie allen ein bisschen weniger peinlich war. Damit es nicht auf die Familie zurückfiel. Die behinderte Schwester mit der psychiatrischen Diagnose. Der Enkel mit der Lungenfunktionsstörung. Das Baby mit der Autoimmunerkrankung. Die Tochter mit Down-Syndrom. In Melanies Augen sollte alles verdeckt oder zumindest appetitlicher präsentiert werden.

Hektisch zog Melanie Jennifer an. Dann kämmte sie ihr die Haare mit einer grobzinkigen Bürste. Jennifer ließ diese Hysterie über sich ergehen wie ein Kind, das von seiner Mutter mit einem rauen Waschlappen abgeschrubbt wird.

»Du weißt gar nicht, wie viele Telefonate Bernd heute früh machen musste. Es war sogar ein Team vom Fernsehen da. Alles wegen dieser Aktivistinnen. Alles wegen dir, Jennifer. Diese Aktivistinnen und diese Valerie haben deine Krankheit ausgenutzt. Dein armer Vater.«

Während sie redete, stach Melanie Jennifer Haarnadeln in die Kopfhaut. Das Fernsehteam war vom Hessischen Rundfunk gewesen. Bernd hatte einen alten Duzkumpel im Golfclub Weilrod, der zufällig auch der Landesdirektor des Senders war. Bernd, sagte Melanie, habe seine Version der Ereignisse erzählen wollen. Er sei schließlich ein Förderer der Frauen gewesen, und das schon immer. 345 Schlagersängerinnen habe er in den vergangenen dreißig Jahren bekannt gemacht. 345, das müsse man sich mal vorstellen. Jennifer konnte es sich tatsächlich vorstellen, weil sie ja jede einzelne kannte. Wie viele von ihnen nur Schwenkfutter waren, sexistisch beleidigt, belästigt oder einfach mit falschen Versprechen gefüttert, einfach gebumst worden waren, erzählte Bernd natürlich nicht. Wie viele von ihnen inzwischen insolvent waren, auch nicht. Die letzte, der Jennifer vor ein paar Wochen am Telefon zugehört hatte, musste hundertachtzigtausend Euro für Studioaufnahmen nachzahlen. Dazu hatte sie eine Blasenentzündung, eine Privatangelegenheit, die allerdings mit dem Produzenten ihrer CD zu tun hatte.

Als Melanie mit Jennifers Haaren fertig war, brannte ihre Kopfhaut wie Feuer.

»Sie wissen nicht, wo ihr Platz in der Gesellschaft ist. Wann es gut ist und es nur noch um sie selbst geht. Ich habe Bernd nie so erlebt. So ratlos. Und dabei muss sich diese Lorelei das ja auch selbst zuschreiben. Es kostet einiges, sich so behandeln zu lassen. Das muss man ja auch wollen.«

Melanie sprühte Jennifer mit Opium von Yves Saint Laurent ein. Der Moschus verklebte ihr die Nasenschleimhaut. Es war genug. Jennifer drehte sich zu Melanie um.

»Kannst du bitte einfach gehen?«

Melanie stutzte.

»Natürlich.«

Jennifer hielt sie zurück.

»Nein, ich meine, kannst du meinen Vater in Ruhe lassen. Es ist auch zu deinem Besten.«

Melanie starrte Jennifer an. Wortlos und langsam verließ sie das Zimmer. Jennifer schaute ihr hinterher. Irgendwann stand sie dann mit einem Ruck auf und ging zügig die Treppe hinunter. Unten waren schon die ersten Freunde von Bernd eingetroffen. Jennifer lächelte in die Runde, aber ihre eine Gesichtsseite schien wie betäubt herunterzuhängen. Einige der Herren nickten geniert und prosteten Jennifer zu. Andere schauten einfach weg.

Da war zum Beispiel Carl-Theodor, ein Großneffe des Fürstentums von Hannover, der dort allerdings als der schwierige Trottel der Familie galt, weil er mit seiner verheimlichten Homosexualität und seiner Nähe zum Reichsbürgertum seit Jahren die Anwaltskanzlei seines uralten Vaters beschäftigte. Und dann war da noch Jennifers Schwiegervater Rudolph Rochlitzer, ein von der Fasanen- und Hasenjagd besessener heimlicher Pädophiler, der seit fünfzig Jahren verheiratet war, aber der sechzehnjährigen Freundin seiner Tochter damals eine Affäre aufgezwungen hatte. Rudolph wohnte seit Jahren in der sogenannten Hundehütte des Immobilienbesitzes, einer Art Pavillon, in den ihn seine Frau Adelheid entsorgt hatte und wo er einigermaßen in Ruhe seinen Fantasien in Form von Malerei frönen konnte. Der Erträglichste von allen in diesem *triangle of sadness* war Dirk, auch Dickie genannt, der in den Achtzigern ein Millionenvermögen mit einem Schneeballsystem von Lebensversicherungen auf dem Rücken von Tausenden geprellten Rentnern aufgebaut hatte und nun bei einem Major-Pharmakonzern Glyphosat nach Bolivien und Indien verkaufte. Über die Jahre war er mit Bernd und Jennifer oft auch auf Tournee gewesen. *Just for fun*, pflegte er zu sagen. *Just for fucking* hätte allerdings besser gepasst. Dickies Frau Marlene hatte wie immer ein Körbchen mit Marmeladengläsern mitgebracht. Eigene Herstellung aus dem Garten in der Uckermark, den Hamptons von Berlin. Seine eigenen Pfirsiche behandelte Dickie übrigens nicht mit Glyphosat.

Bernd nickte seiner Tochter jovial zu. Um sie herum zirkulierten Kellnerinnen mit Schnittchenplatten. Jennifer fiel auf, dass Bernd wieder ganz der Alte zu sein schien. Er nahm seine Tochter neben sich zu seiner Rechten und begrüßte mit ihr die Ehefrauen der alten Freunde.

»Ich habe die neue CD von Helene Fischer geliebt«, rief eine Bernd zu.

»Es ist eine Schande, womit du dich rumschlagen musst, aber ich höre, du bist im Kampfmodus«, sagte eine andere.

Bernd lächelte in die Runde.

»Ich werde für mein Recht und meine Ehre kämpfen. So viel ist sicher.«

Dickie und die anderen Herren lachten laut auf.

Jennifer musste an Lorelei denken. Wieder und wieder. Sie hatte keineswegs die Phase des Bewusstseins erreicht, in der sie verstehen würde, was in der Nacht davor passiert war. Sie glaubte noch, dass Lorelei zurückkommen würde. In Gedanken flehte sie Gott und das Universum, oder wer auch immer zuständig war, an, dieses Telefonat ungeschehen zu machen. Sie zitterte und betete innerlich, dass es nicht Loreleis letztes Wort gewesen war. Jennifer hatte den Unfallbericht der damals siebzehnjährigen Lorelei vom Abend der Vergewaltigung einige Male gelesen. Darin standen Worte wie Hämatome, gerissene Schleimhäute, Prellungen, Blutungen an den inneren Organen und die Pille danach. Wenn man klug war, brauchte es nur diesen einen Bericht, um zu verstehen, was dem Körper durch Gewalt und Machtspiele anderer angetan werden konnte.

Und als solche Person konnte man nicht einfach erdulden, dass es nichts brachte, Anzeige zu erstatten, wenn man wirklich verstanden hatte – was gescheite Menschen ja tun –, welche lebenszerstörerischen Konsequenzen eine solche Vergewaltigung hatte. Und wie sollte man nicht den Verstand verlieren, wenn man als kluge Person plötzlich kristallklar erkannte, dass es nicht nur die Psychos, die Kriminellen und Triebtäter aus der Zeitung und der *Tagesschau* waren, die da mordeten, vergewaltigten, missbrauchten, sondern die eigenen Väter.

Jennifer wusste gar nichts mehr. Am wenigsten wusste sie, was Schlagermusik ihr jemals bedeutet hatte, außer merkwürdige Kindheitserinnerungen. Schlagermusik war Baldrian auf einem Salatbett aus stinkenden, schlecht konservierten Werten, und das im Grunde schon seit den Sechzigerjahren. »Mach mit mir Holi-Holiday«, sang die Hausfrau mit, wenn der Song beim Badputzen im Radio lief. Und der Song klang schon damals wie eine sexuelle Sehnsucht der schlecht gevögelten Hausfrau, genau wie sich Helene Fischers »Atemlos« nach der unterdrückten weiblichen Lust von heute anhörte. »Zweimal Nein heißt einmal Ja«, hatte Lorelei in einem ihrer Songs gesungen. Jennifer wollte sich nicht ernsthaft vorstellen, was ihr Vater wirklich von Lorelei hielt. Sie hatte das Gefühl, dass sie, wenn sie mehr darüber nachdachte, spontane Hirnblutungen bekommen würde.

Valerie rief an. Jennifer ging in das Gäste-WC im Erdgeschoss, um in Ruhe zu telefonieren. Valerie hatte auch von Lorelei gehört, sie wirkte durcheinander und müde.

»Dann müssen wir die Sache erst mal auf Eis legen«, sagte sie.

»Ich befürchte es«, antwortete Jennifer.

Valerie und sie fanden keine Worte füreinander, weil es auch einfach nichts mehr zu sagen gab. Also legten sie wieder auf. Jennifer ging auf ihr Zimmer und begann, ein weiteres Mal manisch Loreleis Akte zu lesen. Dann nahm sie den Bericht und legte ihn Marti auf sein Bett im Gästezimmer. Marti würde eines Tages wissen, was zu tun war. Er war wesentlich rationaler als sie, dachte Jennifer. Sie hatte ihm einen Zettel geschrieben, auf dem stand, dass er den Bericht auch Friede und Regina geben sollte. Dass Letztere die Akte verwahren sollte, denn bei ihr würde Bernd niemals danach suchen.

Jennifer fürchtete sich davor, eines Tages einzusehen, dass ihre Familie aus trivialen, dummen, vielleicht auch kriminellen Leuten bestand. So kriminell, verbrecherisch und heuchlerisch wie jede deutsche Familie, die sich einmal ernsthaft mit der Frage auseinandergesetzt hatte, was die vergangenen fünfzig Jahre geschehen war. In welchen Häusern sie wohnten. Woher ihr Geld stammte. Nicht nur das ihrer Eltern, sondern auch das ihrer Großeltern und Urgroßeltern. Sie waren alle schuldig, und jeder Backlash, bei dem es um Traditionen ging, war von ihnen zumindest in Kauf genommen worden, ungeachtet dessen, was sie einmal in besseren Zeiten gewollt hatten. Sie hatten es probiert, sich aufgelehnt, etwas aufgedeckt und sogar noch gelacht, als sie dafür als irre bezeichnet wurden. Aber am Ende war niemand von ihnen irre genug gewesen, die Verhältnisse, unter denen sie litten, zu ändern.

Und auch Lorelei hatte es versucht. Hatte sich bemüht. Und gedacht, sie könnte es anders machen und ihr individuelles Glück einem höheren Ziel opfern, sodass Millionen nach ihr aufstehen würden, zumindest die paar Dutzend in der Schlagerbranche, und ihr als Königsmörderin danken würden. Jennifer würde vermutlich nie so richtig verstehen, was Lorelei bewogen hatte, sich anders zu entscheiden. Das Geld von Bernds Anwälten, die Angst, schon wieder Spielball von den Interessen anderer, diesmal der Frauen, zu werden, oder die bleierne Müdigkeit, die sich bei einer Frau in den Vierzigern nach unzähligen gescheiterten Versuchen einstellt, die man wieder und wieder mit Optimismus unternommen hatte, als wäre da keine gläserne Decke, an der man sich bis zum Wahnsinn das Hirn ausschlagen könnte. Ihre Mütter hatten keine Biografien, die Frauen ihrer Zeit schwiegen weiter, passten sich an, duckten sich weg, fanden für sich personalisierte Erklärungen, warum sie an der Unterdrückung und an dem mittelmäßigen Trott, den man dann eben konsequenterweise lebte, nichts ändern wollten. All die ungelebten Leben, all die Ungelebten.

Jennifer wusste, dass nichts stimmte. Sie waren nicht weiter. Sie bildeten es sich nur ein. Sie fühlten sich frei, bis sie vergewaltigt wurden und ihnen das Gericht die Schuld dafür gab. Sie fühlten sich finanziell unabhängig, bis sie heirateten und blitzschnell wie bei einem schweren Unfall in den Sexismus unter Ehepartnern verfielen, bei dem sie am Ende zu Hause mit dem Baby saßen. Sie fühlten sich unabhängig, weil sie sonntags die #FEMINISMUS-Storys ihrer Töchter bei TikTok likten, die überhaupt nur aus einem einzigen Grund überhaupt die sozialen Medien überfluteten. Nämlich weil die ganze Welt wusste, dass all diese »We should all be feminists«-Slogans gelogen waren, dass es den Müttern aber hilft, die echte Benachteiligung kleinzureden und die Vorstellung erträglich zu machen, dass die eigenen Töchter genau wie die Mütter eines Tages aufgeben würden.

Marti kam rein und setzte sich zu seiner Schwester auf den Fußboden ihres Schlafzimmers, und sie fingen an, den Koffer der Kinder in Zeitlupe zu packen. Marti hörte seiner Schwester zu, wie sie von Lorelei sprach. Er verstand es. Er verstand es, sosehr das ein alleinstehender, beruflich sehr erfolgreicher Mann, der sich nach Sex und Anerkennung von einer oder mehreren Frauen sehnte und in der Mitte seiner Vierziger angekommen war, eben konnte. Er verstand nicht, warum Jennifer nicht einfach ging. Und dann verstand er es doch, weil auch er der Sohn ihrer gemeinsamen Mutter war.

»Du kannst nicht gehen«, sagte er dann auch, als wäre es sein Gedanke gewesen.

Die Tür des Gästezimmers öffnete sich. Marti und sie blickten auf. Bernd und Maximilian traten ein. Bernd schien für seine Verhältnisse ernster als sonst. Jennifer versuchte, Augenkontakt zu ihrem Mann aufzunehmen, doch Max wich ihr aus und blickte zu Boden. Er war so ein Feigling, dachte Jennifer. Da war er also wohl, der große Moment. Sie merkte, wie die Medikamente wirkten. Wie sie langsam ihrem Leben wieder wie eine Zuschauerin zusah. Bernd sagte, dass er etwas bekannt geben wolle. Dass Jennifer es ihm nicht leicht gemacht habe. Eigentlich noch nie. Dass ihre ganze Kindheit ein Desaster gewesen sei und er nicht fassen könnte, dass ausgerechnet seine einzige Tochter ein so schweres Schicksal hatte. Dass Professor Hasselröder noch mal angerufen habe und den Weg frei machen wollte, sie zu entmündigen. Dass er bereit sei, die medizinische Grundlage dafür zu schaffen. Zum Wohle ihrer

Kinder. Entmündigung. Das Wort schickte einen elektrischen Schlag durch Jennifers Glieder.

»Das kannst du nicht machen«, flehte Jennifer ihren Vater an.

Sie hyperventilierte. Sie bekam Atemnot, Sehstörungen. Marti nahm ihren Kopf in seine Hände. Sagte: »Langsam, langsam.«

»So weit muss es nicht kommen«, erwiderte Bernd. »Ich liebe dich, Jenni. Ich habe dich dein ganzes Leben beschützt. Aber du hast versucht, mein Geschäft zu ruinieren. Mich zu ruinieren. Und du bist schwer krank.«

Bernd schüttelte nachsichtig den Kopf. Marti umarmte seine Schwester und hielt sie fest. Sie atmete wieder langsamer.

»Jennifer ist nicht verrückt, auch nicht psychisch krank. Sie ist durcheinander. Meine Schwester hat jedes Zeitgefühl verloren, sie braucht Ruhe und Verantwortung für ihr Leben«, erwiderte Marti.

Bernd schaute seinen jüngsten Sohn, der mit seiner kleinen Schwester auf dem Boden saß, von oben herab an. Er kannte das Bild von früher, wenn Jennifer etwas ausgefressen und Marti sich auf sie geworfen hatte, damit nicht mit ihr geschimpft wurde. Marti und Jennifer musterten ihren Vater, wie er dastand. Maximilian als Bernds williger Vollstrecker daneben. Bernd räusperte sich kurz und sagte dann, dass er Max die Geschäftsführung des Labels übergeben hatte. Mit sofortiger Wirkung. Dass Jennifer im Gegenzug nicht entmündigt werden würde und das Sorgerecht für die drei Kinder mit Max zusammen behalten könnte. Dass er aber verlangte, dass sie ihre Medikamente wieder nehme. Und dass Max das kontrollieren sollte.

»Und dann wäre da noch eine Sache.«

Bernd holte aus. Jennifer wusste, was jetzt kam.

»Ich verlange, dass Paul nicht wiederkommt, Jenni. Ich will nie wieder seinen Namen hören.«

Bernd schaute seine Tochter fest an. Sie schloss die Augen. Dann legte sie die Hände vors Gesicht und begann leise zu schluchzen.

Sie weinte für Friede, die ihr einziges Kind an diesem einen Wintertag im Jahr 1996 durch einen sinnlosen, belanglosen Unfall im Rosenberger Teich verloren hatte.

Sie weinte für Regina, die ihre vier Kinder an den guten deutschen Unternehmer Bernd Boyard verloren hatte und damit den höchsten Preis, aber auch den marktüblichen Preis einer Hausfrau für ein kleines bisschen Freiheit bezahlt hatte.

Sie weinte für Lorelei, die ihr ganzes Leben jetzt im Home-Office ihrer Vierzig-Quadratmeter-Wohnung Versicherungen verkaufte oder auf Hochzeiten singen würde, weil die Entscheidungsträger bei den Labels und Fernsehshows sie nicht mehr auftreten ließen, nachdem sie alle ihren Spaß mit ihr gehabt hatten.

Sie weinte für Maria, für Lena, für alle Schlagersängerinnen, die von einer Branche verarscht und um ihren Lebenstraum gebracht worden waren.

Sie weinte für ihre Töchter Laura und Selma, die noch nicht wussten, dass die Leute sie zu Müttern wie sie machen wollten. Die reich geboren waren und trotzdem irgendwann für sich erkennen würden, dass der soziale Status bei der Marginalisierung von Frauen und Menschen, die sich trotz der eindeutigen Nachteile ernsthaft noch als Frauen sehen wollten, kaum von Bedeutung war.

Sie weinte für sich selbst und für jene, die trotz ihres Unglücks noch glücklich tun mussten. Die davon träumen, wieder Möglichkeiten haben zu dürfen, jene, die ihre Liebe verloren hatten. Die einzige Liebe in ihrem Leben, die ihnen gezeigt hatte, wer sie wirklich waren.

Und sie weinte, weil es so endgültig war, weil die Einsicht plötzlich da war, dass Weinen nichts ändern würde. Sie weinte, weil man das Wort Weinen auch einfach durch das Wort Schweigen ersetzen konnte. Sie weinte und schrie, weil sie keiner hören würde.

Kapitel 15

Ich liebe das Leben

»Niemand wird mir glauben.«

Elisabeth Fritzl

Auf der Rückfahrt nach Berlin schwiegen sich Max und Jennifer die zweieinhalb Stunden bis kurz vor Erfurt an. Er fuhr ihren SUV, der jetzt offiziell (wie alles andere auch) wohl seiner war. Selma verschlief die Fahrt, Jonah und Laura starrten mit Kopfhörern wie hypnotisiert auf ihre iPads. Die Weihnachtstage vergingen. Max steuerte mit ernstem Blick. Es gab nichts mehr zu sagen. Max war einer dieser Ehemänner, die im Ernstfall – zumindest dachte Max jetzt, es sei ein solcher GAU – programmiert wie Maschinen reagierten und dann den deutschen Pragmatismus, bestehend aus Ruhe und Entschlossenheit, abspulen konnten. Der Modus Betriebsstörung war nun aktiviert. Die Emotionen wurden automatisch ausgeschaltet. Blockaden installierten sich wie blickdichte Fensterblenden über dem Temporallappen im Gehirn, der mit Emotionen in Verbindung gebracht wurde. Auch Jennifer empfand jetzt nichts mehr. Und wenn doch, dann weinte sie nach innen. Beide dienten einem höheren Zweck. Es ging um das Überleben der Familie, die Instandhaltung der Werte Harmonie, Beständigkeit und Ordnung, die sich über Jahrhunderte wie Baumringe in ihre Stammbäume eingefräst hatten und der Vermögenssicherung dienten.

Max gehörte noch der Generation und Klasse Männer an, denen als kleiner Junge gesagt worden war, dass sie nicht wie ein Mädchen weinen und das Kleid ihrer Schwester ausziehen sollten, weil gleich ihr Vater nach Hause kommen würde. Jenen, denen gesagt wurde, dass sie eines Tages einen Job haben müssten, der eine Familie versorgen konnte. Dass ihre Väter und Onkel sie mit Praktika und Vitamin B versorgen würden und sie sich keine Sorgen machen müssten. Und dass sie sich vor oder nach dem Jurastudium eine normale, nette Frau innerhalb ihrer Klasse suchen sollten. Zur Brautwahl kamen idealerweise alle Mädchen infrage, mit denen Max das Internat Schloss Salem von seinem elften bis zu seinem achtzehnten Lebensjahr besucht hatte. Auch jede Frau der juristischen Fakultät in Passau wäre seinen Eltern, vor allem seiner Mutter (Vater Rudolph hatte bereits damals ein Verfahren wegen Verführung einer Minderjährigen am Hals und durfte nicht mitreden) genehm gewesen.

Jennifer, die Tochter des Musikproduzenten Bernd Boyard, dem nachgesagt wurde, dass er durch clevere Unternehmensbeteiligungen mittlerweile Milliardär sei, war sogar eine so gute Partie gewesen, dass sie weit über dem Ziel von Max' Familie gelegen hatte. Für seine Mutter war Jennifer Boyard die Erfüllung ihres größten Traums im Sinne der Klassenmobilität – die Chance vom Aufstieg in die obersten Tausend. Dass die Schwiegertochter eine psychiatrische Vorgeschichte hatte, kaufte man in solchen Kreisen quasi billigend mit ein.

Wie oft auch im Hochadel hielt man eine mentale Störung für eine fast unvermeidbare Begleiterscheinung, die man wie Inzest über mehrere Generationen oder ein gelegentliches Auftauchen der eigenen Fotos in den Boulevardmedien nie vollständig verhindern konnte. Meistens ging es dabei um Kokainrausch, Puffbesuche, Erbstreitigkeiten. Kein Problem: Die Anwälte würden es regeln. Max und Jennifer hatten im *Grand Hotel* auf dem Petersberg am Rhein geheiratet, weil das Gebäude wegen seiner Lage oben auf dem Berg besonders gut vor Fotografen abzuschirmen gewesen war und einen Hubschrauberlandeplatz besaß. »Wir wollen unter uns bleiben«, hatte Bernd damals gesagt. Was für ihn ein Privatkonzert mit Howard Carpendale bedeutet hatte, zweihundert VIPs aus der Branche, die Crème de la Crème der Schlagerszene, die nur darauf warteten, dass mal wieder was passierte – außer dem täglichen Trinken bis zur Synästhesie noch vor zwölf Uhr mittags. Max und Jennifer hatten die unangenehm neureichen Gäste aus der Schlagerwelt auf ihrer Feier mit Humor genommen. Das hieß eigentlich: er mit seinem, sie mit ihrem. Sie verstanden sich zum Zeitpunkt der Trauung rückblickend schon nicht mehr. Nach einem knappen Jahr Beziehung, die aus Jetset-Wochenendtrips in europäische Hauptstädte bestand, Gartenpartys bei Freunden, der Anschaffung einer Penthouse-Eigentumswohnung in Prenzlauer Berg und eines Labradors waren die gemeinsamen Gespräche, das Bedürfnis, dem anderen alles anvertrauen zu müssen, zu einem natürlichen Ende gekommen. So endgültig, dass nur eine Trennung, eine Hochzeit oder eine Schwangerschaft diese Konversationspause zwischen zwei Menschen wieder beenden konnte.

Max hatte sich vor der Feier damit begnügt, sich mit seinem Bruder zu betrinken und am Hang des Südhügels Tontauben zu schießen. Jennifer war in einem von Mimosa angeheiterten Zustand verharrt, während ihre Schwägerinnen sie durch die Anproben zerrten (die Chefin des Dior-Ateliers aus Paris kam per Privatjet mit dem Kleid am Morgen) und ihr »Going to the Chapel« in Endlosschleife vorspielten. Sie weinte sich bei jeder der Zigarettenpausen auf der Toilette die Augen aus, nach dem Mann, dessen Name sie heute nicht mehr nennen durfte. Jennifer hatte Paul durch das Telefon angeschrien, dass er sie abholen sollte, dass sie sich fühlte wie in einem schlechten Film, mit noch schlechteren Statisten und einem gruseligen Hauptdarsteller.

»Alles okay da drin, Jennifer«, hatten ihre Schwägerinnen durch die geschlossene Tür gerufen. Und sie hatte »Ja« gesagt.

Dann hatte die Feier begonnen, ein Ablauf von kurzen Glücksmomenten, die sich unweigerlich einstellten, wenn sich alles um einen selbst dreht.

In der Nacht der Hochzeit, in den frühen Morgenstunden, hatte sich Max dann schwer betrunken auf sie draufgelegt. Er tat es, weil sie ihm davor einen geblasen hatte. Und das hatte sie wiederum nur getan, weil sie so verzweifelt sicher sein wollte, dass diese Ehe richtig gewesen war. Dass es einen wichtigen Grund gegeben hatte, warum sie zusammen sein sollten. Dass der Grund eine Form von merkwürdiger, aber intensiver Begierde war – wenigstens das. Als er seine Hose wieder angezogen hatte, hatte Jennifer ihm einen nächtlichen Spaziergang vorgeschlagen. Er hatte die Bar bevorzugt. Sein Bruder sei schließlich nicht so oft zu Besuch.

Jennifer hatte mal einen selbst gedrehten Porno bei YouPorn gesehen, da hatte sich ein frisch verheiratetes Paar in der Hochzeitsnacht selbst gefilmt. Während der Bräutigam seine Braut im weißen Sahnebaiserkleid vögelte, mal in den Hintern, mal der Fortpflanzung zweckdienlich, hatte er ihr eine Frikadelle ans Ohr gequatscht.

Er: So, jetzt bekommst du es noch hinten rein. Davon können andere Ehefrauen nur träumen.

Sie: Die bekommen vielleicht höchstens einmal die Woche Blümchensex.

Er (schwer angestrengt): Wenn überhaupt …

Das Video hatte Jennifer immer an ihre Hochzeitsnacht erinnert. Der Gatte, der sich nach der Hochzeit so sicher sein wollte, dass er performte, dass er ein guter Mann war, der die Regeln der Eheschließung korrekt umsetzte. Nach seinem Höhepunkt hatte Max damals zu ihr gesagt: »So, jetzt ist die Ehe aber wirklich vollzogen.« Auf eine ungute Art hatte Jennifer lange über diesen Satz nachgedacht, weil er wie eine schreckliche Verheißung geklungen hatte, mit der sie so noch gar nicht vertraut gewesen war. Die Ehe als Pflichterfüllung, die Ehe als bevorzugte Normalität. Die Ehe als moralische Absicherung gegenüber dem Staat und den eigenen Vorfahren.

Der unpersönliche Sex blieb über die Jahre bestehen. Laura war im zweiten Ehejahr aus Zufall entstanden, weil Max mal wieder lustlos, aber besoffen gewesen war. Für Jonah und Selma war Jennifer dann gleich zur Insemination gegangen. Max war es recht gewesen. Er hatte seiner Frau sogar noch ein Handyfoto von den eingeschweißten Fernbedienungen im

Zimmer der Kinderwunschklinik geschickt. Sie hatte mit einem Lach-Emoji geantwortet. Am ersten Tag nach jeder der drei Geburten ihrer gemeinsamen Kinder war Max dann schon wieder in seiner Anwaltskanzlei. Sie hatte Kaiserschnitte gehabt und war über Wochen gekrümmt durch das Haus gegangen. Sie hatte sich in dieser Zeit öfter gefragt, ob ihr Beckenboden wirklich so tief hängen sollte, warum die Narbe jedes Mal so schmerzte wie der Schnitt einer Rasierklinge. Ob ihre Blase bei der Operation beschädigt worden war und sie für immer wie ein Rasensprenger pinkeln würde. Sie hatte damals schon geahnt, dass Max Ausschau nach einer jüngeren, festeren Scheide hielt, während ihre noch verletzt war und ihre Gebärmutter noch blutete. Gingen diese Hämorrhoiden eigentlich auch von alleine weg? Würde sie je wieder ein aufrichtiges Gespräch mit Max haben, in dem es um den Rest ihres Lebens oder wenigstens um das kommende Wochenende ging?

Sie diskutierten und kämpften damals immer häufiger. Streit war eines ihrer liebsten Hobbys geworden. Selten blieben ihre Wortgefechte mehr als zehn Minuten sachlich, sie endeten immer in Beschimpfungen und Verletzungen. Mal ging es um ihre Familien, um seine fehlende Zeit mit den Kindern, um fehlende Intimität, um seine ausgedehnten Dienstzeiten, die aus ihr eine Hausfrau und aus ihm einen Ehemann der Fünfzigerjahre machten. Sie beleidigte seine Mutter und er ihre.

Sie erinnerte die eine Stelle auf der Treppe in ihrem Haus, auf der sie am häufigsten geweint hatte. An der sie oft nicht hatte aufhören können zu schluchzen, sodass ihr ganzer Körper bebte. Sie weinte damals aus Selbstmitleid, aus Wut, es Bernd erlaubt zu haben, diese Richtung für ihr Leben ausgesucht zu haben. Hätte sie doch genug Geld und Verstand gehabt, ein Risiko einzugehen. Sie hätte mit Paul durchbrennen können, wäre sie nur mutig genug gewesen. Sie hatte alle Möglichkeiten gehabt und hatte sie kampflos an Max übergeben. Jetzt konnte er sie verzocken. Und jetzt, um des lieben Friedens willen, um der Kinder willen, war sie eine Gefangene der Umstände. Sie sagte es sich immer wieder vor. Es waren immer die Kinder, die ihre Eltern, um das Mindeste zu sagen, zu Lemmingen des Zeitgeistes machten. Der Unwillen einer Mutter, ihre eigenen Kinder zu verlassen. Ohne sie dazustehen wie eine Rabenmutter, wie eine arme verwirrte Frau, die die Kontrolle über ihr Leben verloren hatte, zu wirken. Dann eben noch zehn schlimme Jahre mit dem Vater, mit dem Mann, der pisste, ohne nachzuwischen, der seine Tasse wie ein Asi in die Spüle stellte, der nachts nicht nach Hause kam oder sich still verabschiedete und jede Intimität verweigerte, dem Typen, der jeden Respekt vor seiner Partnerin längst verloren hatte. Der größte Etikettenschwindel für Jennifer und Max war die Ehe selbst gewesen. Die Ehe und damit zwei Leute, die alles aushalten und tragen mussten: finanzielle Sicherheit, Freundschaft, ein befriedigendes Sexualleben zwischen zwei Erwachsenen. Und dann musste auch noch die Vorstellung von einem gemeinsamen Leben übereinstimmen. Wie viel Spießigkeit durfte es sein? Wie viel Verweigerung, wie viel Eskapismus des einen ertrug der andere?

Als Jonah gerade geboren war, hatte Max unbedingt ein Ferienhaus in der Uckermark mit seinen Freunden Marc, Florian und dessen Frauen dauerhaft mieten wollen. Die Männer,

Kumpels aus Internatszeiten, hatten Jennifer an einem Nachmittag bei Milchkaffee und Zimtschnecken mit einer cheesy PowerPoint-Präsentation von diesem Wochenendprojekt überzeugt. Ab da verbrachten sie fast jeden Samstag und Sonntag in der Pampa mit Max' Freunden, deren Frauen die Zeit auf dem Gelände mit Seeanschluss mit Grillvorbereitungen und Gartenarbeiten totschlugen. Die Kinder tollten zwischen den hohen Grashalmen herum und sprangen vom Steg in den See. Es war ein Ort, an dem Daddys mit halb kahlen Köpfen und leichten Bierbäuchen auf aufblasbaren Matratzen neben Einhörnern auf dem Wasser trieben.

Jennifer fühlte sich damals vor lauter Langeweile wie lebendig begraben. Marc, der immer für einen Pimmelwitz zu haben war und abends an der Feuerschale Gitarre spielte, musterte Max' mürrische Ehefrau mit Argwohn.

»Kannst du denn nicht einmal positiv sein?«, blaffte er Jennifer eines Tages an.

Marcs Hauptproblem war, dass sie nicht über seine Witze lachen konnte. In ihrer Abneigung gegen Max' Freunde und ihre bräsigen Frauen, die nur fürs Kinderkriegen und Kuchenbacken gemacht waren, spiegelte sich ihr ganzes Unglück.

»Ich weiß nicht, was mit dir los ist«, schnauzte Max seine Frau in der Garage des Ferienhauses an. Sie waren gerade dabei, eine Pumpe für das Gummiboot zu suchen. Lustlos streifte sie durch den klammen, stinkenden Raum. Max ließ an diesem Tag nicht locker.

»Weißt du, ich bin glücklich. Wir haben Freunde. Die Kinder lieben es hier.«

Sie verdrehte die Augen.

»Das sind nicht unsere Freunde. Sie wollen das Haus mit uns teilen. Die Frauen reden kaum mit mir. Und wenn sie es tun, dann über Sonnencreme-Lichtfaktoren oder das Sommerfest im Kindergarten. Die und ich haben nichts gemeinsam.«

»Wenn du diesen Familien nur eine Chance geben würdest, dann wüsstest du, dass sie mit denselben Ambivalenzen leben wie du.«

Jennifer fand das lächerlich.

»O nein, Max, das tun sie nicht. Die finden es doch geil hier. Die finden es super, sich den ganzen Tag über Fußball und ihre hochbegabten Kinder zu unterhalten.«

Max schnaufte. Er fand die Pumpe und wedelte damit vor ihrem Gesicht herum.

»Ich verstehe dich nicht, Jennifer. Wir haben gesunde Kinder, wir haben unermesslichen Wohlstand, gesellschaftliche Anerkennung, wir bekommen Einladungen, wir haben unsere kleinen Fluchten, wir sind Teil einer traditionsreichen Familie. Was zur Hölle kann man mehr vom Leben wollen?«

Die Wahrheit war, Jennifer wusste es nicht. Was sie allerdings wusste, war, dass sie noch vor ein paar Jahren gewusst hatte, wer sie war. Dass sie dieses Leben nicht gewählt hatte, sondern in diese unerträgliche geistlose Monotonie hineingeraten war. Dass dieses zufriedene, satte Dasein sie fertigmachte. Dass sie bereit war, diesen Umstand still und unglücklich zu ertragen, ihr aber sogar das durch die Diktatur der guten Laune dort im Haus am See verwehrt blieb. Eine Mutter liebte ihre Kinder. Eine Mutter backte Muffins und half bei den Hausaufgaben. Eine gute Mutter packte Lunchboxen, auch wenn sie vor Antidepressiva morgens um sieben Uhr kaum aus dem Bett kam. Eine gute Mutter las Montessori-Ratgeber und strich das Kinderzimmer beigefarben. Eine gute Mutter hielt Kontakt mit anderen Müttern, besuchte Babykurse und schaffte es über Connections, den richtigen Schulplatz an der Metropolitan School in Mitte für ihre Kinder zu ergattern. Eine gute Mutter sprach über die Anstrengungen der Mutterschaft, aber nur, solange sie es ironisch tat und danach mit den anderen Müttern ein Glas Weißwein trank und lachte. Wie hasste sie die Monologe der Mütter. Sie redeten einfach, ohne dass es Sinn machte.

»Wir haben es doch alle schwer. Wir haben es doch alle erlebt. Wir jonglieren doch alle. Es ist schon der Wahnsinn. Ich weiß nicht, wie du es auch noch schaffst zu arbeiten. Zwei Kinder, ich weiß nicht, wie du das machst. Und dann noch eins? Und wo sind deine Kinder jetzt? Ich hoffe, deinen Kindern geht es gut. Dein Sohn hat Fieber, fühl mal, er ist ganz warm. Schaffst du es zur Session am Sonntag? Paula macht eine Yoga-Empowerment-Stunde für Mamis und Töchter. Das würde dir mal wirklich guttun. Du arbeitest zu viel.«

Bernd hatte Jennifers Unruhe im vierten Jahr ihrer Ehe schließlich bemerkt. Er reiste damals sogar eigens nach Berlin, weil er sich Sorgen machte. Eines Abends betranken seine Tochter und er sich dann in der *Paris Bar*. Lange war es nicht so schön mit ihrem Vater gewesen, fand Jennifer. Es war Frühling. Sie torkelten wie ein frisch verliebtes Paar durch die Stadt – Vater und Tochter. Tochter und Vater. Zuvor, in der Bar, hatte er ihr auf der Papierserviette aus dem Brotkorb die Firma überschrieben. Halt, langsam. Nicht die ganze Firma. Nur das Label, das sozusagen das Bindeglied zwischen Bernds Tourneegeschäft und dem Musikvertrieb war. Aber damit war sie als Erbin seiner Firma gesetzt gewesen. Als Geschäftsführerin. In einem Job, in dem sie eigentlich wenig falsch machen konnte, ohne dass Bernds Buchhaltung es nicht schon nach Wochen bemerken würde. Auf einmal hatte Jennifer wieder Lust auf ihr Leben. Ein Versorgungsposten, aber wer weiß, wie lange, bis ihr alles gehören könnte. Sie war voller frischem Sauerstoff. Max arbeitete immer noch als Juniorpartner in seiner Law Firm, einem besseren Bürojob, und leckte seine Wunden. In keinem Moment hatte er klarer gespürt, dass er kein echter Boyard war, sondern nur der angeheiratete Schwiegersohn. Blut war dicker als Wasser und so. Auch spürte Max Bernds Klatsche im Nacken noch sehr deutlich. Als wollte er ihm sagen: Du kannst deine Frau nicht ruhigstellen, dann mache ich es eben. Es war der Moment, in dem der alte Patriarch verstanden hatte, dass er die Kontrolle zu früh abgegeben hatte. Dass sich sein Business und seine Beziehungen ohne seine Zentrifugalkraft noch nicht in den richtigen Bahnen weiterdrehten.

Jennifer setzte alles daran, es hinzukriegen. Eine, die arbeiten ging und auf dem Rückweg noch Sushi (Dashi und Gurken-Maki für die Kinder, Surf'n'Turf für Max) mitbrachte. Die nur halbe Tage arbeitete, um zur Feier im Kindergarten noch die Kostüme mitzubringen, oder zum Elternabend in der Schule ging. Eine, die auch am Wochenende als Erste aufstand, eine, die beim Spaziergang um den See ihrem Mann aufrichtig zuhörte, wie es in der Kanzlei lief und ob sie etwas zu seiner Entlastung beitragen könnte.

Je mehr Zeit verging, desto mehr machte ihr die Arbeit beim Label Spaß. Schlager war eine Welt für sich, aber eine dankbare. Sie war jeden Tag wieder erstaunt, mit welch positiver Einstellung und mit wie viel professionellem Elan junge Frauen von siebzehn bis fünfundzwanzig Jahren es seriös in diese Fernsehshows schaffen wollten. Das, obwohl sie ahnten, dass ihre Verträge Himmelfahrtskommandos waren, die andere reich machten. Ein Win-win nur für die Geldbeutel weniger reicher alter Säcke in dieser Branche. Diese Frauen sangen von Feuerwerken und glühenden Romanzen, froren nachts im Nightliner und im Minikleid, fuhren mit vierzehn Männern alleine auf Tour, wurden mit Penisbildern aus dem Tourchat belästigt und nach den Auftritten mit aufs Hotelzimmer genommen, wo die Tänzer und Sänger ihnen Schnaps und Kokain anboten. Trotzdem sagten sie am nächsten Tag gut gelaunt in das Mikro des lokalen Radiosenders, dass sie ihre Fans liebten, dass es nicht nur ihr Erfolg war, sondern »unser aller Erfolg«, und dass sie dankbar seien. Für die Shows, für die verkauften CDs, für das Vertrauen. Und auch ganz allgemein: dankbar.

Eine von ihnen, Lucy Lazar, war Jennifer besonders ans Herz gewachsen, weil sie ehrlich und unerschrocken war. Eine junge Frau mit einer Banklehre und vielen Gesangsstunden, die nicht so komplett naiv war wie die anderen. Sie wagte es allerdings, ihre Songs mitkomponieren zu wollen, woraufhin sie bald unter den Produzenten und Show-Machern der Öffentlich-rechtlichen-Shows als schwierig verschrien war. Eines Tages kam Lucy zu ihr, weil ihr Co-Star ihr angeboten hatte, sie möge sich doch nach der Show auf sein Gesicht setzen. Lucy weinte, und Jennifer hielt ihren Kopf, aber sagte ihr, dass sie innerhalb der Branche – in der jeder dem anderen etwas zusteckt und Gefallen einforderte – nichts für sie tun konnte. Wenige Monate später kündigte Jennifer Lucy dann ihren Labelvertrag – ganz offiziell, weil sie nicht genug Geld mit Engagements und Konzerten einbrachte.

Doch in diesem einen Moment, als Lucy vor ihr geweint hatte, da war Jennifer zum ersten Mal klar geworden, dass jede Frau das große Los bereits bei ihrer Zeugung verloren hatte und schauen musste, dass sie nicht allzu viele Kompromisse einging, für die sie ihren Körper und ihre Seele verkaufen musste. Und am Ende war es auch egal, wogegen sie sich wehrte, wann auflehnte, weil das Leben eben nicht fair war. Weil es noch nie fair gewesen war. Und weil man das auch gar nicht erwarten konnte.

Max dagegen war von dem Fairness-Narrativ geradezu besessen. Es war für ihn nicht fair, dass Jennifer ohne abgeschlossenes Studium zu dieser ganzen Verantwortung gekommen war. Es war auch nicht fair, dass er zurückstecken musste. Dass er jetzt mehr für die Kinder da war als sie. Dass die beiden so viel Personal hatten, das sich kümmerte. Dass ihre gemeinsamen Kinder dennoch ausschließlich in Fremdbetreuung aufwuchsen. Er war doch der Mann, und die Gesellschaft hatte ihm etwas anderes versprochen. Nämlich, dass er der Erfolgreiche, der Vermögende sein würde. Max fing an, sich zu beklagen. Er beschwerte sich so subtil bei Bernd, wie er es nur konnte. Er machte Werbung für sich, rauchte mit Bernd Zigarren und erzählte seinem Schwiegervater von seiner Anwaltskanzlei. Von den Mandaten aus der Unterhaltungsbranche. Er verklickerte Bernd mit nichts Geringerem als mithilfe eines Zaunpfahls, dass er nun wirklich viel mehr Ahnung hatte als Jennifer. Und dass er sich eine nettere Frau gewünscht hätte. Eine, die auf Zehenspitzen um sein Ego herumschlich und den Weg für ihn frei machte. Denn es war doch sie gewesen, die sich um die gemeinsamen Kinder hatte kümmern wollen. Bernd handelte auch schon damals gewohnt nach opportunistischen Kriterien. Er wartete einfach, bis vielleicht etwas passierte, das für einen Führungswechsel sprach. Und Max war geduldig. Welche Frau würde denn nicht irgendwann unter dieser vielen Arbeit zusammenbrechen?

Als Max und Jennifer an diesem Morgen, dem zweiten Weihnachtsfeiertag, abgereist waren, hatte Bernd seiner Tochter nicht in die Augen blicken können. Er hatte sich im Kopf immer wieder vorgesagt, dass alles richtig so war. Dass er das Richtige getan hatte. Weil es immer richtig war, das Richtige zu tun. Jennifer musste gesund werden. Davon war Bernd überzeugt. Max würde seine Geschäfte stabil halten. Jennifer wusste doch schließlich, dass es zum Erwachsensein dazugehörte, zu wissen, dass Handlungen Konsequenzen nach sich zogen. Sie hatte sich mit ihm, ihrem Vater, der sie großgezogen hatte, anlegen wollen. Sie hatte verloren. Es war ihrer Mutter auch nicht besser ergangen. Niemand durfte Bernd Boyard verarschen. Das passierte, wenn man Bernd Boyard verarschen wollte.

In den Wochen nach Weihnachten dachte Bernd noch eine Weile über Max als seinen Nachfolger nach. Er erinnerte sich daran, dass er mit Max noch mal sprechen müsste, was die Schlagersängerinnen anging. Dass Max in Zukunft als Labelchef keine von ihnen anfassen durfte. Dass sich diese ganze hässliche Sache wie mit Lorelei niemals wiederholen sollte. Max müsste für ein paar Jahre die Füße stillhalten. Mindestens ein paar Jahre. Bis die Wahnsinnigen und Aktivistinnen weitergezogen waren.

Kurz bevor Jennifer und Max am zweiten Weihnachtssfeiertag Berlin erreichten, die Kinder schliefen gut in ihren Sitzen, sagte Max zu seiner Frau, dass er sich wünsche, dass sie zur Erholung eine Atemtherapie machte. Dass es nun an der Zeit sei, sich mal auszuklinken. Von allem. Ausklinken, Handy aus, Technik aus, Kopf aus. Sie sollte ihre Konten in den sozialen Netzwerken löschen. Sie sollte dieser ganzen Empörungsmaschinerie und dem Internet entsagen.

»Bernd sagte, Hasselröder wollte dich in die geschlossene Psychiatrie stecken.«

Jennifer reagierte nicht.

»Aber ich habe es nicht zugelassen«, log er.

»Soll ich dir jetzt dafür danken?«, fragte sie.

Zum ersten Mal seit Langem schauten die beiden sich an. In Jennifers Hals bildete sich ein Kloß. Ihre Augen wurden feucht.

Max schaute ernst auf die Straße.

»Ich möchte, dass der Wahnsinn mit dir aufhört. Ich möchte ein ganz normales Leben. Du brauchst vielleicht diese Aufregung, dieses ständige Drama. Ich brauche es nicht. Ich will einfach Ruhe und dass wir gut zueinander sind. Das muss doch gehen, Jenni.«

Wieder benutzt er meinen Namen nur am Satzende, dachte sie. Was auch immer sie jetzt auch sagen würde, es zählte kaum mehr. Aber nichts zu sagen, hätte die Lage nur eskalieren lassen. Sie dachte an eine Situation aus ihrer Jugend. Damals hatte sie gelernt, dass es Normen gab, auf die man sich geeinigt hatte. Gegen die sie nicht ankommen würde. Mit vierzehn Jahren hatte sie einmal eine der Psychiaterinnen, die für sie zuständig war, gefragt, was Verrücktsein eigentlich so ausmachen würde.

»Es sind die Menschen, die nicht unserer Vorstellung von

normal entsprechen. Das ist leider die Wahrheit«, hatte die Ärztin geantwortet.

Das hatte Jennifer nie wieder vergessen.

Sie ergriff die Hand von Max. Es war unvermeidbar. Max schaute sie überrascht an. Sie lächelte ihn an.

»Ich verspreche dir, glücklich zu sein. Ich verspreche es. Ich werde mir die größte Mühe geben.«

Max nickte.

»Alles gut«, antwortete er.

Jennifer sah nach vorne auf die Autobahn. Am Himmel dämmerte es in roten und grauen Farben.

Kapitel 16

Grüße gehen raus

Dear Friends and Family, Freunde und Familie,

in Erinnerung an den jährlichen Familienbrief von Donata Freifrau zu Halfternburg haben wir hier eine Auswahl unserer glücklichen Momente aus dem Jahre 2024 zusammengestellt.

Die vielleicht größte und schönste Veränderung für unsere große Familie war in diesem Jahr, dass Laura die Grundschule verlassen hat und nun das altsprachlich-humanistische und evangelische Gymnasium zum Grauen Kloster in Berlin besucht. Hier kann Laura nicht nur im hundertjährigen schuleigenen Debattierclub und bei der morgendlichen Andacht im Chor zeigen, dass sie eine laute Stimme hat. Die kleine Dame ist längst Mitglied in der am Kleinen Wannsee beheimateten Ruderriege des Grauen Klosters – und belegt dort auch regelmäßig einen der ersten Plätze bei den Regatten. Am Großen Fenster des Wannsees hat unsere Laura nämlich im vergangenen Sommer auch gleich ihren Junior-Segelschein und ihr Goldabzeichen im Schwimmen absolviert. Einst war der am Südufer des Kleinen Wannsees beheimatete Ruderverein im Jahr 1943 kriegsbedingt aufgegeben worden. Jennifer und ich hatten große Freude daran, die Wiedergründung des Vereins tatkräftig zu unterstützen.

SYMBOLFOTO: Jennifer und Max schneiden ein rotes Band mit einer großen goldenen Schere gemeinsam durch.

SYMBOLFOTO: Laura grinst durch eine Zahnlücke. Sie hält eine Medaille hoch.

Dank der Vermittlung von Victoria zu Schaffgotsch-Khevenhüller hatte Laura die Chance, in den Sommerferien ein frühes Praktikum in den ehemaligen Potsdamer Ateliers des Labels Wunderkind zu machen, wo sie erste zarte Schritte in die Welt der Haute Couture machen durfte. Ihre Freundin Victoire de Betancourt war ebenfalls an ihrer Seite. Und so bekamen wir viele tolle Schnitte und erste Kleider der Mädchen in den Sommerferien, die wir zum Teil in unserem Sommerhaus in der Uckermark verbrachten, präsentiert. Während Lauras Praktikum urlaubte ich auch ein paar Wochen im Gästehaus auf Schwanenwerder, ganz in der Nähe meiner Tochter. Dort hatte ich endlich mal wieder die Gelegenheit, ein paar Tage auszuspannen und am Steg dicke Bücher, Klassiker von Florian Illies und Gottfried Benn, zu lesen. Mein Highlight war aber ganz sicher eine Lesung im Garten des Literarischen Colloquiums am Wannsee, als Oliver Hilmes aus seinem neuen Roman *Schattenzeit* las. In dem geht es um die herzzerreißende Geschichte eines in der NS-Zeit ermordeten sechsundzwanzigjährigen Pianisten, der von einer Freundin seiner Mutter denunziert wurde – und schließlich in der Justizvollzugsanstalt Plötzensee erhängt wurde. Die Erinnerung wachzuhalten, ist gerade in unseren krisengeschüttelten Katastrophenzeiten wichtig.

SYMBOLFOTO: Max hält das Buch *Schattenzeit* hoch. Er steht neben dem Autor.

Unser zweites Kind, Jonah, ist am 20. November vier Jahre alt geworden. Zum ersten Mal in seinem jungen Leben hat er neben dem Hockey ein weiteres Interesse für sich entdeckt. Beim Tennisverein Blau-Weiß e. V. im Grunewald hat er gerade mit seiner Mannschaft das Pokalturnier gegen Rotation Berlin gewonnen. Jonah begeistert sich außerdem seit Wochen für Schach. Wir sind glücklich, dass er an der Metropolitan School in Berlin-Mitte eine schulische Heimat gefunden hat, die auch seinem Hobby Schach Raum bietet. Bei einem Turnier durfte Jonah gegen den früheren DDR-Meister Dieter Meier antreten und sich einige Tricks abschauen. Sein Großvater Bernd Boyard, einer der besten Schachspieler, gegen die ich jemals spielen durfte, ist nicht zu Unrecht schon sehr stolz auf seinen mittleren Enkel, der auch seine Passion für Beethovens »Mondscheinsonate« teilt. Auch konnte Jonah in der Mathe-Olympiade seiner Schule den ersten Platz belegen.

SYMBOLFOTO: Jonah vertieft beim Schachspielen gegenüber von Dieter Meier, einem älteren Mann.

Unser jüngstes Kind Selma wurde am 16. März zwei Jahre alt. Sie ist ein wahrer Sonnenschein, der uns und ihrem engagierten Kindermädchen Rosa de la Luz so unglaublich viel Freude macht. Die Zeit wird darüber urteilen, aber wir glauben, dass Selma sehr viel von dem musikalischen Gespür ihres Großvaters Bernd geerbt hat. Ihr müsstet sie hören, wenn sie auf ihrer Minigitarre »West Side Story« anstimmt. Und erst recht, wenn sie auf dem Klavier »Das tanzende Geißlein« übt.

SYMBOLFOTO: Selma am Miniflügel in ausgeleuchteter Salonkulisse.

Jennifer konzentrierte sich in diesem Jahr ganz auf unser schönes Heim, die Villa Metz im Grunewald – und natürlich die Kinder. Sicherlich hat ihre häusliche Präsenz, für die sie ihren Beruf bei Boyard Records aufgab, auch zu ihrem sehr soliden Lernerfolg beigetragen. Natürlich würde ich mir wünschen, dass Jennifer und ich öfter zusammen auf Tournee gehen würden. Sie tröstet mich mit dem Versprechen, dass auch diese Zeiten für uns als Paar wiederkommen werden. Auch kümmerte sich Jennifer natürlich weiterhin beratend um den Fortbestand unseres Familienunternehmens Boyard Records. Ohne ihren klugen Rat käme ich als Geschäftsführer häufiger ins Grübeln.

SYMBOLFOTO: Jennifer, auf dem Schreibtisch sitzend. Max im Chefsessel, leicht versetzt.

Jennifer wird dieses Jahr zweiundvierzig Jahre alt. Das wollen wir mit einem großen Doppelgeburtstagsfest bald mit euch feiern, wenn die Sommerkonzert-Tourneen abgeschlossen sind. Ich werde dieses Jahr mit der fantastischen Lisa Carell und den Berliner Philharmonikern auf Tour sein und mit der Legende *himself*, dem großen Roland Bach. Es ist schön, dass unsere deutsche Kultur und ihr richtungsgebender Schlager auch in den Jahren einer geradezu eliminatorischen Identitätspolitik und eines entfesselten Woke-Wahnsinns weiter fortbestehen kann. Auch diese Zeiten werden vergehen, sagte mir Roland Bach, mein Mentor. Von ihm stammt auch mein Jahresmotto: *Eine Familie muss den Flammen der Leidenschaften standhalten, sie muss schützen und zusammenwachsen.*

SYMBOLFOTO: Max neben Roland Bach. Neben den beiden eine unbekannte blonde Dame. Wahrscheinlich eine Schlagersängerin.

Im kommenden Jahr freuen wir uns besonders auf den achtzigsten Geburtstag unseres Bernds, der uns sicherlich ein paar Monate Vorbereitungen kosten wird. Der krönende Abschluss wird eine Jubiläumssendung mit all seinen Künstlern, eine MDR-Fernsehgala, sein. Für euch werden die Festlichkeiten in der Villa Boyard in Kronberg im Taunus stattfinden. Die Einladungen für den 3. Juni werden rechtzeitig verschickt. Wir freuen uns auf euch und auf ein gesundes, aufregendes Jahr 2025. Unser Instagram-Account bleibt derselbe: @rochlitzer-boyard – auch wenn Jennifer und ich mehr aufs Briefeschreiben und Telefonieren schwören. In diesem Sinne: Lasst uns persönlich in Kontakt bleiben.

Möge Gott mit euch sein,
Maximilian und Jennifer Rochlitzer-Boyard

Kapitel 17

Ich war noch niemals in New York

»Du darfst nicht lügen. Es ist eine hässliche Angewohnheit und es ist sinnlos, weil es eh jeder irgendwann durchschaut.« »Ja«, antwortete Poil de carotte, »aber man gewinnt Zeit.«

Aus *Poil de carotte*, Jules Renard,
eigene Übersetzung aus dem Französischen

Jennifer fragte sich immer wieder, wann es angefangen hatte. Dieses Unglücklichsein, das zur Normalität geworden war. War es am zweiten Weihnachtstag gewesen? An dem Tag, an dem sie plötzlich mit absoluter Sicherheit gewusst hatte, dass Paul nicht wiederkommen würde? Nach ihrem letzten gemeinsamen Bad im See? Als alle wieder zu Hause waren und Max angefangen hatte, ihr Leben als Familie in Ordnung zu bringen? Ja, oft glaubte sie, dass genau damals alles begonnen hatte. Max hatte jedenfalls nach ihrer Heimkehr aus Kronberg vollends begriffen, dass mit der Geschäftsführung des Labels eine neue gewichtige Aufgabe auf ihn zugekommen war, die künftig alle seine Zeit und Energie erfordern würde.

An diesem Abend, nachdem sie die Koffer ausgepackt hatte und die Kinder im Bett waren, hatte Jennifer ihn oben im Arbeitszimmer mit seiner Affäre aus der Kanzlei telefonieren hören. Es war ein konfrontatives Gespräch gewesen. Sie hatte aufgeregt und ohne Pause gesprochen, zumindest ahnte sie das damals, weil Max geschwiegen oder nur halbe Sätze herausgebracht hatte.

»Du weißt, es hat mit der Krankheit meiner Frau zu tun. Sie hatte einen neuen depressiven Schub. Wir dachten, es wäre ausgestanden. Mein Schwiegervater und ich müssen uns jetzt um sie kümmern. Um die Kinder. Um die Firma. Mit meinen Gefühlen für dich hat das nichts zu tun. Ich werde dich immer lieben.«

Es war eindeutig gewesen, dass Max sie loswerden wollte. Als er das Gespräch beendet hatte, ging er nach unten in die Küche, öffnete eine Flasche Weißwein und schüttete einen großen Teil des Inhalts in ein Rotweinglas.

Jennifers schleichende Entmachtung in der Firma war dann in den folgenden Monaten eine Standardprozedur gewesen, die geräuschlos vonstattenging. Ihre bisherige Leistung, die Dutzenden von Musikdeals, die sie mit Sängerinnen und anderen Labels abgeschlossen hatte, die siebenstelligen Umsätze, die sie Boyard Records in den vergangenen zwei Jahren eingebracht hatte, waren dabei nie ein Thema gewesen. Wie auch die Verdienste von Millionen Trümmerfrauen verblasst waren, als Adenauer im Bundestag einst in den Fünfzigern über das Grundgesetz debattierte. Die Mütter verschwanden in die Küche, ins traute Heim. Wo sie Valium schluckten und ihr ganzes Muttertagsparfüm auf Ex tranken. Heute war es wie früher – und früher wie heute, dachte Jennifer oft. Mütter erzogen die Kinder. Mütter gingen ein bisschen arbeiten. Die Väter brachten die Kinder auf dem Weg zur Arbeit frühmorgens in den Kindergarten, die Mütter holten sie wieder ab. Ihnen ging es ganz gut, solange sie sich leise über die Ungerechtigkeit beschwerten. Ihre Krisen waren nicht laut und mussten der Schwerkraft der Normalität standhalten. Jennifer hielt still. Kochte, ließ putzen, spielte, ging joggen, einkaufen, schlafen. Machte das, was Menschen das einfache Glück nannten.

Und so vergingen Wochen, vielleicht Monate, vielleicht auch nur Tage – sie hatte irgendwann ihr Zeitgefühl verloren. Sie wusste nur, dass sie ein gutes Chamäleon war, das jeden Tag, je nach Rolle und Anforderung, seine Farbe anpasste. Und sie hatte viele Farben. Pastellfarben und satte barocke Töne. Sie tarnte sich, um Zeit zu gewinnen. Sie beobachtete ihr Umfeld und wurde sich allerhand Merkwürdigkeiten bewusst, die sie sonst nicht beachtet hätte. Sie studierte ihre Mitmenschen, um zu sehen, wer sie vielleicht verstehen konnte. In ihr tobte ein Sturm, äußerlich war sie ein ruhiger, klarer See. Paul begegnete ihr weiterhin in ihren Träumen, als würden die beiden nachts zu zweit ein paralleles Leben führen. Oft war es Sommer. Die Träume drehten sich um das Usa-Freibad in Friedenheim, um Karnevalspartys in der Grundschule, um Pauls Haus, um ihr Leben auf der Wiese und auf Bäumen, als es noch voller Verheißung gewesen war. In den Neunzigern hatte man den Mädchen gesagt, dass sie alles machen konnten. Zum Mond fliegen, Bundeskanzlerin werden, als Ärztin in Afrika Kinder heilen. Ihre Barbiepuppen waren Meeresbiologinnen, Veterinärinnen und Springreiterinnen gewesen. Sie wollten so sehr daran glauben, dass ihnen die Welt offenstand. Sie ahnten aber schon damals, dass an diesem glühenden Versprechen irgendwas faul sein könnte. Dass der Moment kommen würde, an dem sie sich wieder unterordnen würden.

Sie ahnten es, als sie ihre eigenen Mütter sahen, als sie von der Schule nach Hause kamen. Als sie sahen, wie sie Hosen und T-Shirts falteten. Das Mittagessen auf den Tisch stellten. Noch mal in den Keller gingen, um nach der Waschmaschine zu sehen. Sie bekamen Zweifel. Und Angst. Sie beruhigten sich wieder, aber schliefen schlechter. Sie machten Ausbildungen und studierten – und gaben sich selbst die Schuld, dass ihnen keiner mehr zuhörte. Dass der Chef ihnen beim Praktikum ins Wort fiel. Sie verstanden, dass sie für die kleinste Veränderung der Verhältnisse sehr viel opfern müssten. Vielleicht sogar ihren Job, ihr Studium, ihren Partner, ihren zugewiesenen Platz.

Jennifer erzählte ihrer Therapeutin von ihren Bedenken zu ihrem Leben (sie vermied das stigmatisierende Wort Psychose). Die Therapeutin schlug ihr Eiseninfusionen vor. Eiseninfusionen seien das Wundermittel der Zeit. Für gestresste Mütter, die den Erfordernissen ihrer Generation standhalten müssten. Für Frauen, die emotional unausgeglichen waren (sie vermied das Wort Depression). Für Menschen, die offen für Wohlfühlmedizin waren. Die Stimmung, die Libido, alles würde angekurbelt. Jennifer sagte der Therapeutin, dass Eisen ihren Ehemann auch nicht attraktiver machen würde. Und beide lachten. Am Ende lachte nur noch Jennifer. Einen kurzen Moment zu lang.

»Sie werden sehen, wie viel mehr Energie Sie zur Verfügung haben, wenn Ihre Eisenspeicher einmal komplett aufgeladen sind«, sagte die Therapeutin. Jennifer strukturierte ihre Tage, weil Struktur ja so viel mehr noch von diesem einfachen Glück bringen sollte. Sie fragte die Therapeutin, ob sie denn wirklich so blass aussähe, obwohl sie die Antwort schon kannte. Ihr fehlen das Salz und die Elektrolyte, die sie täglich durch Schwitzen bei den Spinning-Klassen verliere, antwortete sie. Da, wo alle Frauen sich wochentags nach der Kindergarten-Bringzeit trafen und auffällig gut frisiert Yoga und Crossfit betrieben. Der Grund für das morgendliche Styling stand vor ihren Yoga-Matten und hieß Alan. Und war der Nachfolger von Sven.

Alan aus Kalifornien, der auf einem Arm Handstand machen konnte und ihnen erzählte, dass ihr drittes Auge in ihrem Becken saß, also streng genommen ihr Arschloch war, aus dem sie den Frust ihres Lebens möglichst leise ausfurzen sollten. Alan sagte, sie sollten atmen, denn wenn sie nicht richtig atmen würden, dann sei es nur Fitness und kein Yoga. Dann hatte es keinen Sinn, im Sinne von tieferem Sinn. Jennifer beugte sich in den herabschauenden Hund mit derselben Demut, mit der sie auch bereit war, ihr Leben, ihr zufriedenes Leben anzunehmen und zu umarmen. Sie versuchte es doch mit aller Kraft, mit aller Konzentration auf das Hier und Jetzt. Sie begrüßte die Tatsache, dass sie siebenundzwanzig Euro für eine Yogastunde bezahlt hatte, die ihr Entspannung bringen sollte, jene Entspanntheit, die sie zwanzig Jahre zuvor mit einem Joint aus schlechtem Gras vom Kleindealer erreicht hatte. Sie hatte verkraftet, dass die Partys in ihrem Leben vorbei waren. Dass durchtanzte Partynächte nun von Hochzeiten in der Familie und im Bekanntenkreis ersetzt worden waren, bei denen der Miet-DJ um halb eins die Musik abdrehte. Sie wollte sich doch zufriedengeben mit der Tatsache, dass nichts mehr in ihrem Leben gefährlich oder aufregend sein musste, dass der irre, leicht verbotene Höhepunkt ihres Tages die Balkonzigarette sein konnte. Sie wäre mittlerweile sogar bereit, ihr Leben etwas asexueller zu gestalten und ein Foto von ihrem Kind und sich als WhatsApp-Bild zu verwenden. Jogginghosen zu tragen. Eine Payback-Karte im Portemonnaie zu haben. Mit ihren Kindern im Urlaub Uno zu spielen, um ihnen die so wichtige Stabilität zu vermitteln. Ihnen eine Zirkus-AG zu buchen, um ihnen die Erinnerung einer goldenen Kindheit zu schenken. Mit ihrem Mann mittagessen zu gehen und ihn in der Firma abzuholen, die einmal ihre gewesen war, ohne dabei Groll zu empfinden. Sie wollte verstehen, wie das ging, weniger zu wollen. Sie wollte es doch wirklich, dieses einfache Leben und dieses Glücklichsein. Dass es ihr bis jetzt nicht gelungen war, wollte doch nichts heißen. *Impossible is nothing.*

Schon alleine deshalb musste sie es schaffen. Mit allen Mitteln. Sie würde jeden Wochentag in der Umkleide des Kindergartens ihre Kinder umarmen und überwältigt von der Tatsache sein, dass es sie gab. Dass sie gesund waren, denn das reichte doch, gesunde Kinder, das war so verrückt im Grunde, dass ihre Kinder gesund waren, würde sie sich mit den anderen Müttern täglich laut vorsagen, sie hätten ja immerhin auch anfällig für Krankheiten gewesen sein können, körperlich eingeschränkt, einen Hirntumor haben, einem Verbrechen zum Opfer fallen oder tot sein können, aber nein, sie waren gesund und anatomisch wohlgeformt und hey, das ist doch schon ganz schön verrückt, dass so viele Eventualitäten da günstig in ihren Uteri, in ihren Gebärmuttern, zusammengekommen waren. Und weil andere Menschen kranke Kinder hatten, müssten sie, die Mütter mit den gesunden Kindern, so demütig sein, dass sie sich nie wieder über irgendetwas anderes beschweren dürften. Denn das war doch schon das größte Geschenk: gesunde Kinder. Und vielleicht noch fünfundvierzig Minuten Yoga bei Alan am Morgen.

Glücklichsein war im Grunde sehr leicht. Dass Max und sie verheiratet waren, auf lässiges Paar mit kleinen Kindern, großem Haus und altem Labrador machten und sich nicht komplett hassten, war doch erstaunlich, dachte Jennifer oft, und im Grunde schon erfreulich genug in einer Zeit, in dem der absolute Anspruch war, dass Eheleute sich liebten. Offiziell galt die Zweckehe ja nämlich als antiquiert, in einer Zeit, in der Frauen arbeiteten und jedes ihrer Bedürfnisse kannten, Lomi-Eier benutzten und personalisierte Lippenstifte.

Und so waren die Regeln der Liebesheirat fast noch strenger zu befolgen als die der Zweckehe: Neue Mütter und Väter verabredeten sich mindestens einmal die Woche zu einer Date-Night. Sie machten samstags den Großeinkauf im LPG-Biomarkt zusammen. Sie sagten *my husband, my man, my wife*, wenn sie ihre englischsprachigen Expat-Freunde auf dem Spielplatz trafen. Die Daddys trugen Röhrenjeans und Stiefeletten, als wären sie Brit-Rocker auf Heroin, die Frauen offene Haare und diese Beanie-Wollmützen von Acne. Sie waren Paare, die unentwegt über Veganismus und das ADHS ihrer Kinder sprachen, über die Klimakatastrophe und ihre letzte Tarotkarten-Session – und dass sie mit der ganzen Familie ein Jahr nach Ibiza ziehen wollten, aber dann ihr Netzwerk in der Nachbarschaft verlieren würden. Und das half natürlich. Das war ein Benefit. Mit den Kindern. Dass man sich abwechselte. Keine Themen waren hingegen: der Krieg in der Ukraine, China (im Allgemeinen), Konsumkritik (wenn, nach ihren Bedingungen), die Sinnhaftigkeit des eigenen Berufs (wir haben doch die Kinder). Und Letzteres war dann immer der Punkt im Gespräch, an dem es zu irgendeiner gestelzten Überleitung zum Thema Vereinbarkeit kam.

»Wir wechseln uns ab. *He is such a great dad*. Ich nehme mein Baby einfach mit zu meinem Freelancejob. Sie stört mich nicht. Sie ist so lieb. Mein Mann ist so lieb. So ein guter Vater.«

Die Reden über die gute, funktionale Ehe hielten meistens bis zu dem Tag an, an dem die Ehefrau dann plötzlich auf seinem Smartphone eine Webseite voller Arschritzen, Stringtangas und kleinen jugendlichen Titten entdeckte. Genau dann, als sie gerade das süße Bild von ihrem gemeinsamen Baby suchte, das der Ehemann am Sonntag beim Spaziergang gemacht hatte. Dann kam die Woche, in der die Frau über Scheidung nachdachte, weil sie die Pornosucht ihres Mannes nicht richtig verdauen konnte. Wie sollte denn jetzt noch alles okay und befriedigend sein, jetzt wo ihre Körperhaut nach zwei Kindern wie ein Vorhang über ihrem Bauchnabel hing? Wie sollte sie denn mit einer Frau mit gebleichtem Poloch aus dem Internet mithalten? Und waren der Mann und sie, was Porno anging, nicht schon weiter? Bedürfnisorientierter, sexpositiv und fetischfreier?

Wenn die Frau sich dann allerdings mit dem Thema Scheidung und Sorgerecht für die beiden gemeinsamen Kinder länger auseinandergesetzt hatte, stellte sie fest, dass ihr Unterhaltsanspruch bei fünfhundert Euro monatlich lag und, falls der Mann das Wechselmodell einforderte, sogar bei null Euro. Die Frau wäre dank ihrer lebenslangen Teilzeitjobberei nach einer Scheidung offiziell arm und wochenweise kinderlos. Der

Mann wäre dem Gender-Pay-Gap sei Dank noch ganz gut aufgestellt, seine neue Freundin würde sich wochenweise auch um die Kinder kümmern, wenn er arbeiten müsste. Und so dämmerte es der Frau langsam, dass ihre Ehe alternativlos war und dass soziale Gerechtigkeit die Zielgruppe »Mütter« irgendwie großzügig ausklammerte. Aushalten als neue Superpower. Darum ging es in ihrem Selbsthilfe-Seminar. Du konntest nicht alles haben als Frau. Du konntest deine Ehe nicht mit diesen ganzen Erwartungen, die du auch an dich selbst stelltest, überfrachten. Bleib doch mal bei dir selbst. Zwei Kinder, eine große Wohnung, Gleichberechtigung im Haushalt und befriedigender Sex – wie sollte das überhaupt gehen? Ihr streitet, deshalb habt ihr keinen Sex. Ihr habt keinen Sex, weil ihr streitet. Nimm dich zurück und überzeuge dich selbst davon, dass du okay bist (und er auch), dann kämpfst du nicht gegen das ganze *fucking* System und bist ausgeglichen. Und still. Dann unterwirfst du dich wieder, und er bekommt wieder Lust auf dich. Jennifer fragte sich oft, wie Sex wohl wäre, ob er überhaupt befriedigend möglich wäre, wenn sie nicht alle diese Codes und Normen in sich tragen würden. Wenn die Abhängigkeit voneinander, die Unterwerfung vor ihrem Mann, sie nicht auf eine masochistische Art antörnen würde.

Kurz nach ihrer Rückkehr aus Kronberg hatte Jennifer Tanja auf der Straße getroffen. Sie hatte ihre Kinder Peppa und Louis dabei. Und sie schob einen neuen Kinderwagen, der auf ein Neugeborenes hindeuten ließ. Jennifer rannte in sie hinein. Sie war zunächst erschrocken, dann etwas unglücklich darüber, sie zu sehen. Jennifers schlecht kontrollierte Mimik konnte nichts kaschieren. Tanja sah nicht so aufgestylt wie sonst aus, sondern schlecht. Ihr sonst Hyaluron-gestähltes Gesicht wirkte eingefallen, und auch ihr kaktusähnlicher Dutt hing traurig zur Seite. Jennifer war überrascht, Tanja so fertig zu sehen, weil sie sie an diesem Tag schon vier Stunden vorher auf Instagram gesehen hatte, und da hatte sie viel besser ausgesehen. Sie hatte etwas über die Schattenseiten, die Müdigkeit der Mutterschaft geschrieben, aber in den nächsten Zeilen ihre geneigten Leserinnen wieder beschwichtigt, dass alles nur eine Phase sei. Auf dem Foto war Tanja ohne ihr Baby zu sehen, und erst jetzt wurde Jennifer der Zusammenhang mit dem zugegeben nagelneuen (wahrscheinlich über Social Media gesponserten) Kinderwagen klar: Tanja hatte ihr Baby bekommen. Noch eins. Einfach so: noch eins. Sie erwischte sich dabei, wie sie Tanja auf eine völlig distanzlose Art musterte, noch despektierlicher, als sie es bislang ohnehin schon getan hatte. Es war für Jennifer offensichtlich, dass diese Frau in den vergangenen Wochen einiges – was man gemeinhin als geburtsmedizinische Praxis und Wochenbett bezeichnete – durchgemacht hatte. Sie hatte sich ein weiteres Kind zugemutet. Tanja war offenbar wie sie einer neoliberalen Wahnvorstellung unterlegen gewesen, dass sie beide (ehemalige Einser-Schülerinnen) schaffen konnten, was man von ihnen erwartete. Mit dem dritten Kind, hatte Jennifer vor zwei Jahren gehofft, könnte sie jeden Zweifel, den andere an ihr haben, abstellen. Denn was wollte man einer Gebärenden schon vom Leben erzählen, einer Frau, die drei Kinder hat? Sie hatte allerdings mittlerweile begriffen, dass Misogynie wie gefräßige Säure war, es gab gegen sie keinen Schutzwall, keine Barriere.

Jetzt also Tanja, deren Regenbogenschal (ihr stolzer Regenbogenschal!) völlig zerrupft war. Jennifer sagte ihr, dass sie super aussehe, wie das blühende Leben, was eine große Unverschämtheit war, noch mehr, als diese das hilflose Kompliment, das darauf abzielte, das Richtige sagen zu wollen, dann auch noch erwiderte. Jennifer kam von ihrem Yoga und trug die entsprechende Hose mit Leopardenmuster. Ihr Gesicht war von den Psychopharmaka aufgequollen. Eine Weile standen beide so da und sagten sich gegenseitig, wie anstrengend ihr Leben sei. Dann lachten beide. Ja, anstrengend, aber auch schön, wenn ein kleiner Mensch geboren wurde. Wobei es nicht der kleine Mensch ist, der es so zum Heulen machte, das ganze Leben, sondern diese völlig bizarre Vorstellung, dass sich eine Person alleine um dieses Baby, das sie da geboren hat, mit Hingabe kümmern sollte.

»Emma weint den ganzen Tag, und ich mache nichts anderes als spazieren gehen und rumlaufen.«

Jetzt kamen Tanja die Tränen, die sie mit einem Taschentuch, das sie aus ihrem Rucksack holte, schnell abtupfte.

»Entschuldige, es ist so unpassend.«

Jennifer brachte kein Wort heraus. Tanja redete noch eine Weile, um keine peinliche Pause entstehen zu lassen. Dann verabschiedeten sie sich.

Wieder zu Hause, erzählte Jennifer Max, den sie ausnahmsweise um die Uhrzeit antraf, von Tanja. Dass sie echt nicht gut aussah, eigentlich wie ein Wrack. Und Max hörte seiner Frau zu, während sie von einer Banalität wie Tanjas Leben erzählte. Er hört richtig hin, weil es eben solche Banalitäten waren, die den Alltag seiner Partnerin bestimmten. Und das war ja genau da, wo er sie haben wollte, in dieser banalen Existenz. Und wenn er jetzt kein Interesse zeigte, dann würde er ihr spiegeln, dass ihr ganzes Leben unnötig und langweilig war. Das würde sie wiederum unzufrieden machen und sie zwingen, sich selbst die großen Fragen zu stellen, von denen eine und sicherlich die wichtigste mit Paul zu tun haben würde. Und so hörte Max Jennifer lieber vier Minuten lang zu und nickte empathisch.

Als sie fertig war, sagte Max dennoch, während er sich einen Espresso an der Siebträgermaschine machte, dass er nur Larmoyanz hörte, wenn sie von Tanja spreche. Dass Tausende von Menschen jedes Jahr auf dem Mittelmeer sterben würden, um auch mal in den Genuss dieser Form des »Unglücklichseins« zu kommen. Und Jennifer hatte daraufhin genickt.

Eine Woche nach ihrer Rückkehr hatte sie eine Einladung von Valerie zu einem erneuten Top-Women-Event, diesmal im *Chateau*, Unter den Linden, bekommen. Sie sagte fünf Minuten später zu, in der Hoffnung, sich einmal mit Valerie über die Ereignisse der vergangenen Wochen aussprechen zu können – und um etwas zu erleben. Ob sie ihr noch die Schuld gab?

Valerie schrieb zurück: »Danach ist erst einmal Schluss mit den Frauen-Dinnern.« Und in einer neuen Nachricht: »Kein Geld mehr da.«

Jennifer wusste nicht, was sie antworten sollte, also schrieb sie etwas Ausweichendes wie »Wird schon«.

Auf dem Event sprach sie mit einer jungen Schauspielerin.

Sie sagte: »Es muss endlich etwas passieren, diese Typen, die uns sexistisch behandeln, müssen weg. Es muss Konsequenzen geben.«

Fünf Minuten später war bei der Schauspielerin von dieser Vehemenz nichts mehr zu spüren. Jetzt redete sie wieder über Castings und über ihre neuen Filmprojekte.

Vor dem Schlafengehen oder beim Aufwachen dachte Jennifer nach wie vor viel an Lorelei. An ihren Mut, die Dinge beim Namen zu nennen, und ihren Aufbruchswillen. Wie sie Jennifer damals überzeugt und mitgerissen hatte, ganz ohne es zu wissen. Sie hatte in ihr etwas ausgelöst, an jenem Tag, als sie vor Weihnachten beim Label in ihrer Bürotür gestanden hatte. Eine Wut, die sie so nicht kannte. Aber sie hatte die Rechnung ohne die Widerstandskraft der Alten gemacht. Ohne die gefährliche Rückhand der Väter. Und vor allem: ohne Bernd. Vermutlich war sie ihrer Zeit voraus gewesen, dachte Jennifer oft. Oder hinterher. Vielleicht war es aber auch eine Zeit, die sie da herbeigesehnt hatte, die nie kommen würde. Fünf Zeitungen und zwei Fernsehsender hatten nicht über Loreleis Geschichte berichtet, sondern über Gerüchte. Vom Journalisten Florian Rust hatte Jennifer nie wieder etwas gehört. Niemand hatte Lorelei interviewen wollen. Die Gründe waren immer dieselben gewesen: gute Kontakte zu Bernd, komplizierte Rechtslage, Zweifel an der Darstellung der Betroffenen, kein schwebendes Ermittlungsverfahren gegen Bernd.

»Diese Geschichte muss erscheinen. Sonst machen wir uns alle zu Mittäterinnen. Sonst sind wir alle verantwortlich«, hatte Valerie damals zu Jennifer gesagt.

»Ich fahre nach Formentera, um meine Nervosität zu heilen«, sagte sie heute.

Ein paar Monate nach ihrer Rückkehr aus Kronberg hatte Jennifer Lorelei auf Instagram gesehen. Sie war offenbar Mutter geworden. Auf einem Posting war der nackte Fuß eines Babys zu sehen. Auf einem Video spielte sie ihrem Neugeborenen einen ihrer alten Schlagersongs vor. Den Titel kannte

Jennifer nur zu gut, weil sie ihn damals mitproduziert hatte: »Du unterschätzt mich«.

Jennifer dachte viel nach. Am Ende ihrer Überlegungen beschloss sie stets, sich bloß noch zu wundern. Zu wundern, dass es doch erstaunlich war, wie sehr Kinder sie alle zwangen, alles noch mal neu zu bewerten.

»Es tut zwar noch ein bisschen weh, aber das wird schon vergehen«, hieß es in Loreleis Song. Hashtag #schlagerbaby

Mitte März bekam Jennifer ein Paket. Es war ein Belegexemplar von *Renegade*. Friede hatte es ihr geschickt. Im Buch, ganz vorne auf der ersten Seite, hatte Friede eine Widmung für sie hineingeschrieben: »Eines Tages werden wir uns alles erzählen.« Manchmal fiel es Jennifer schwer, sich zu erinnern, was gewesen war. Die Tabletten am Morgen waren sehr heftig. Sie vernebelten ihr den Kopf. Sie verursachten Übelkeit und Augenflimmern. Doch sie erinnerte sich, denn wie sollte es anders gewesen sein, als dass Friede an Weihnachten sehr viel zugehört hatte. Dass Jennifer sie über Jahre manchmal nachts angerufen hatte, wenn sie nicht schlafen konnte und viele Fragen gehabt hatte. Friede musste alles aufgeschrieben haben über die Jahre, dachte Jennifer. Sie hatte immer gesagt, dass Aufschreiben das Einzige war, das uns zu Unvergessenen machte. Das Einzige, das die Ungelebten Gelebte werden ließ.

Ein halbes Jahr nach ihrer Rückkehr aus Kronberg waren Jennifer, Max und die Kinder wieder zu Besuch in Kronberg. Tulpen blühten in Bernds Vorgarten. Die Vorbereitungen für die große Party liefen. Im Garten hängten die Mitarbeiterinnen des Eventplaners viertausend weiße Ballons auf. Das Feuerwerk für den Abend wurde vorbereitet, eine lange Tafel wurde aufgebaut, die Stühle hatten bonbonfarbene Hussen. Am Abend wurden die zweihundert wichtigsten Bekannten von Bernd erwartet – Sängerinnen, Manager, Tour-Veranstalter, Politiker und diverse Promis. Zum achtzigsten Geburtstag bekam Bernd eine Biografie von seinem Freund Rainer Teuffel zu Rosenfeld, dem Leiter des größten deutschen Publikumsverlages, geschenkt. Bernd saß mit seiner Familie an einem gedeckten Kaffeetisch in der Sonne, als er das erste Exemplar im Beisein seines Freundes vor Melanie, Jennifer, Max und den Kindern auspackte. Mehrmals strich Bernd mit seinen wulstigen Fingern über die Folie, bevor er Melanie bat, ihm eine Schere zu holen.

»Da sehe ich ja knapp zwanzig Jahre jünger aus. Da kann ich ja noch mal auf die Pirsch gehen«, rief Bernd, als er das Cover betrachtete und den Umschlag mithilfe seiner Lesebrille musterte, die ihm endlich gebracht worden war. Max und Melanie lachten laut auf.

»Du könntest auch mehr lächeln, Jennifer«, rief Bernd seiner Tochter zu.

Sie nickte zurück. Auch Max fragte sich immer noch ständig, wo das Lachen seiner Frau über seine Witze, ihre Kommentare in der neu gegründeten Familien-Chatgruppe, in der sich alle herzten, geblieben waren. Fröhlich sein war ihr großes Lebensthema. Jennifer musste fröhlicher werden. Denn Fröhlichkeit war die kleine Schwester des großen Bruders Glück, pflegte Bernd zu sagen. Für Bernd, Max und Melanie gab es tatsächlich nichts, aber auch rein gar nichts, was guter Laune im Weg stehen könnte. Menschen wie sie waren gut im Verdrängen. Wenn schon für das Nachkriegskind Bernd und Großvater Lenz der Zweite Weltkrieg eine überwindbare

Episode gewesen war, was sollte er dann mit dem Unwohlsein der modernen Frau anfangen, geschweige denn mit dem seiner Tochter?

Die Haushälterin stellte mehr Bienenstich und Schlag auf den Tisch. Laura kam zu ihrer Mutter an den Tisch und druckste herum.

»Mama, wie lange müssen wir noch hierbleiben?«

Sie trug ein gepunktetes Sommerkleid, Sandalen und weiße Söckchen. Jennifer strich ihr über den Rücken.

»Wir essen hier noch in Ruhe Kuchen, mein Herz. Noch eine halbe Stunde.«

Laura nickte.

»Okay, dann fahren wir zu Regina, ja? Und zu Friede?«

Am Tisch herrschte plötzlich Totenstille. Jennifer versuchte, leise zu antworten.

»Das wird nicht gehen, mein Schatz. Wir wissen auch gar nicht, ob Regina zu Hause ist.«

Laura schüttelte den Kopf.

»Aber warum finden wir es nicht einfach raus, ich will zu Oma. Und ich will nach Rosenberg fahren. Bitte, Mama, jetzt komm!«

Bernd schaute seine Tochter mit seinen eingefrorenen, alten Augen an. Melanie starrte zu Jennifer, als würde sie vor Ekel ersticken, als würde sie sagen wollen: »Sieh, was du anrichtest, du dumme Kuh.«

Max mischte sich ein.

»Laura, bitte, lass es jetzt gut sein.«

Doch Laura regte sich nur noch mehr auf. Jennifer konnte es ihr nicht verübeln. In Kronberg redete keiner der Erwachsenen mit ihr.

»Ich hasse es hier. Das einzige Mal, dass ich hier je Spaß hatte, war bei meiner Oma. Ich will Friede und Oma sehen. Ist das denn so schlimm?«

Jennifers ältere Tochter war jetzt nicht mehr zu halten.

»Ich will sie doch einfach nur besuchen.«

Max machte einen letzten Versuch mit Bestechung.

»Willst du dir noch ein Eis aus der Kühltruhe holen?«

»Ja, und dann fahren wir zu Oma. Bitte, Mama.«

Bernd wurde ungeduldig.

»Es wird Zeit für einen Mittagsschlaf.«

Jennifers Vater erhob sich langsam von seinem weißen Rattanstuhl.

»Entschuldige«, rief Max Bernd noch hinterher. »Entschuldige, Bernd!«

Bernd verließ wortlos den Tisch.

Jennifer küsste Laura auf die Stirn.

»Mein liebstes Kind. Regina geht es nicht gut. Sie will uns nicht sehen.«

Laura schaute ihre Mutter entsetzt an.

»Stimmt das? Weil, an Heiligabend hat sie gesagt, dass wir uns jetzt öfters sehen.«

»Ich erkläre es dir, wenn du groß bist.«

»Und Friede?«

»Sie ist weggezogen.«

Laura nickte langsam. Dann drückte sie ihre Wange an Jennifers Wange und flüsterte ihr ins Ohr.

»Sie haben dir die Zunge rausgeschnitten, Mama, oder?«

Jennifer schüttelte langsam den Kopf.

»Du bist verrückt!«

Laura antwortete nicht, sondern schaute ihre Mutter noch

eine Weile an, weil sie zu hoffen schien, dass sie doch noch etwas sagen würde. Irgendwas. Je länger sie wartete, desto mehr bekam ihr Blick etwas Spöttisches.

Als Jennifer gerade Luft holte, um etwas zu sagen, kam Rudi an den Tisch. Bernd, der schon durch den Salon auf dem Weg nach oben war, hatte doch noch einmal kehrtgemacht und umarmte seinen alten Freund brüderlich. Max, Melanie und Jennifers Brüder drückten Rudi der Reihe nach. Jennifer schaute von ihrem Platz aus zu.

Rudi war Mitte siebzig, das, was man gemeinhin als rüstig bezeichnete, und die Reporterlegende der *Kronberger Zeitung*. Er kam als Gratulant und Fotograf vorbei. Als die Begrüßungsorgie abgeklungen war und alle Kalauer ausgetauscht waren (»Wir werden immer oller, aber auch toller«), zog Rudi den DIN-A4-Abzug eines alten Fotos aus seiner braunen Lederaktentasche. Darauf zu sehen waren Bernd und Jennifer. Sie selbst hatte keine Erinnerungen an das Foto. Es musste auf irgendeiner Tournee gewesen sein. Jennifer war auf dem Bild elf Jahre alt, Bernd wohl Anfang fünfzig. Vater und Tochter saßen an einem Bootssteg des Mondsees in Österreich. Bernd hatte ein helles Jackett und ein Hemd an. Seine Haare waren noch nussbraun und geföhnt. Jennifer trug ein Dirndl mit Schürze und ihre blonden langen Haare offen. In seinem linken Arm hielt Bernd seine Gitarre, seine Rechte hatte er um seine Tochter gelegt.

»Es wäre so ein Highlight für unsere Leser, wenn du dieses Bild mit Jenni nachstellen könntest, Bernd. Für dein Porträt zu deinem runden Geburtstag in unserer Sonntagsausgabe«, sagte Rudi.

Bernd war sichtlich gerührt.

»Na gut, aber einen See kann ich dir nicht zaubern, Rudi!«

Die beiden alten Herren lachten herzlich.

»Aber vielleicht tut es unten der Teich mit den Seerosen im Garten hier«, sagte Max.

»Ich hole deine Gitarre«, rief Melanie.

»Fantastisch, ich baue unten am Teich schon mal das Licht auf.«

Rudi lief etwas angestrengt den Hang herunter. Links und rechts hielt er seine Lichtständer fest. Seine schwere Fototasche hing über seiner Schulter. Bernd nutzte die Gelegenheit, als alle beschäftigt waren, Jennifer von hinten die Hand auf die Schulter zu legen. Seine Hand hatte immer noch etwas Zupackendes, aber war alt geworden. Eine Weile stand er so da. Dann beugte er sich zu Jennifer herunter.

»Ich weiß, es war kein leichtes Jahr, aber würdest du mir den Gefallen tun? Ich habe noch ein paar Dirndl oben im Schrank in Melanies Zimmer hängen.«

Jennifer schaute ihren Vater an.

Bernd lächelte ihr zu.

»Gib mir noch eine Minute.«

»Fein, dann hole ich kurz oben mein beiges Jackett.«

Jennifer schaute in den blauen Himmel. Tatsächlich schaffte sie es dann endlich aufzustehen.

Dank

Ich danke Katrin Fieber, Karsten Kredel, Petra Eggers, Benjamin Herrmann und Malakoff Kowalski. Außerdem danke ich meinen vier Kindern.

Literaturverzeichnis

Prolog

Seite 9: Auf Basis einer Zeitungsmeldung aus dem Jahr 1976, *Wetterauer Zeitung*

Kapitel 1

Seite 11: »Für mich soll's rote Rosen regnen«, Hildegard Knef, Hans Hammerschmid, Decca, 1968

Seite 11: Zitat aus »Alice's Adventures in Wonderland«, Lewis Carroll, Macmillan, 1865

Kapitel 2

Seite 29: »Wer Liebe lebt«, Michelle, Gino Trovatello, Matthias Stingl, Eva Richter, 2001

Seite 29: Zitat aus »Alice's Adventures in Wonderland«, Lewis Carroll, Macmillan, 1865

Seite 34: Nach »Der Fischer«, Ballade von Johann Wolfgang von Goethe, 1779

Seite 35: »Warum hast Du nicht Nein gesagt?«, Maite Kelly, Roland Kaiser, Maite Kelly, Götz von Sydow, Sony, 2014

Kapitel 4

Seite 81: »S. O. S. – Mein Herz ertrinkt«, G. G. Anderson, 1988

Kapitel 5

Seite 87: »Der Papa wird's schon richten«, Peter Alexander, Gerhard Bronner, 1958

Seite 91: »Joana«, Musik: Joachim Heider, Text: Roland Kaiser / Norbert Hammerschmidt © 1984 by Hansa Musikverlag GmbH

Seite 95: »Wahnsinn, Du spielst mit meinen Gefühlen«, Wolfgang Petry, Tony Hendrik (Musik), Kim Merz, Karin van Haaren (Text), 1983

Seite 97: »Moskau«, Dschinghis Khan, Ralph Siegel, Bernd Meinunger, 1979

Kapitel 6

Seite 107: »Das bleibt immer ein Geheimnis«, Daliah Lavi, 1997

Seite 107: Zitat aus »Ich klage an – An den Präsidenten der französischen Republik«, Émile Zola, *L'Aurore*, 1898, aus dem Französischen

Kapitel 7

Seite 125 »Er gehört zu mir«, Marianne Rosenberg, Joachim Heider, Christian Heilburg, 1975

Seite 125: Zitat aus »Alice's Adventures in Wonderland«, Lewis Carroll, Macmillan, 1865

Kapitel 8

Seite 145: »Schöner fremder Mann«, Connie Francis, Athena Hosey, Hal Gordon, Jean Nicolas, MGM Records, 1961

Seite 145: aus »Blutbuch«, Kim de l'Horizon, DuMont Verlag, 2022

Seite 152: »Schöner fremder Mann«, Connie Francis, Athena Hosey, Hal Gordon, Jean Nicolas, MGM Records, 1961

Seite 153: »Mit siebzehn fängt das Leben erst an«, Ivo Robic, 1960

Kapitel 9

Seite 165: »Liebe ohne Leiden«, Udo Jürgens, Jenny, Wolfgang Hofer, Udo Jürgens, Ariola, 1984

Seite 165: aus »Women Talking«, Miriam Toews, Alfred A. Knopf, 2018

Kapitel 10

Seite 177: »Was ich Dir sagen will«, Udo Jürgens, 1969

Seite 177: aus »Liebes Arschloch«, Virginie Despentes, übersetzt von: Ina Kronenberger, Tatjana Michaelis, Kiepenheuer & Witsch, 2023

Kapitel 11

Seite 199: »Schwimmen lernt man im See«, Manuela und ihre 5 Dops, Georg Buschor, Gloria Shayne, Jack Segal, 1964

Seite 199: Elena Ferrante für *The Guardian*, 2018: https://www.theguardian.com/lifeandstyle/2018/mar/17/elena-ferrante-even-after-century-of-feminism-cant-be-ourselves

Seite 210 bis 212: auf Basis von: https://www.therapie.de/psyche/info/index/diagnose/dissoziative-stoerungen/medikamentoese-behandlung/

Kapitel 12

Seite 217: »Es ist verrückt, wie schön du schweigst«, Zeile aus: »Nur ein Wort«, Wir sind Helden, *Von hier an blind*, 2005

Seite 217: Aus »Dissoziative Identitätsstörung«, David Spiegel, Stanford University School of Medicine, 2023. Link unter: https://www.msdmanuals.com/de-de/heim/psychische-gesundheitsst%C3%B6rungen/dissoziative-st%C3%B6rungen/dissoziative-identit%C3%A4tsst%C3%B6rung

Seite 219: Auf Basis von: https://www.wetterauer-zeitung.de/

wetterau/rosbach-ort848709/nieder-rosbacher-teich-bekommt-neue-teichbelueftung-12084314.html

Seite 228 bis 231: auf Basis von »Reform des Ehe- und Familienrechtes«, Berliner Programm der CDU, 1975. Link unter: https://www.kas.de/c/document_library/get_file?uuid=4dbf11aa-1005-e6c3-f12a-be23f5a87636&groupId=252038

Kapitel 13

Seite 235: »Sag' mir die Wahrheit«, 3mal1, Christian Bruhn, Alexandra Mucz, Verlag Berton, Tyrolis Music, Wörle Musicland, 2021

Seite 235: aus *One Piece*, Netflix, 2023

Kapitel 14

Seite 239: »Du sollst nicht weinen«, Heintje, 1967

Seite 239: aus einem Urteil des Bundesgerichtshofs, 1966. Link unter: https://opinioiuris.de/entscheidung/1659

Kapitel 15

Seite 253: »Ich liebe das Leben«, Vicky Leandros, Klaus Munro, Leo Leandros, 1975

Seite 253: Zitat von Elisabeth Fritzl, *The Mirror*, 2017, Link unter: https://www.mirror.co.uk/news/world-news/no-one-believe-me-first-10214770

Kapitel 17

Seite 275: »Ich war noch niemals in New York«, Udo Jürgens, 1982

Seite 275: *Poil de carotte*, Jules Renard, 1894